三 岛 由 纪 夫 精 品 集

晓寺

［日］三岛由纪夫 - 著

佟凡 - 译

北京理工大学出版社
BEIJING INSTITUTE OF TECHNOLOGY PRESS

版权专有 侵权必究

图书在版编目（CIP）数据

晓寺 /（日）三岛由纪夫著；佟凡译. —北京：北京理工大学出版社，2020.12

（暴烈之美：三岛由纪夫精品集）

ISBN 978-7-5682-9142-2

Ⅰ. ①晓… Ⅱ. ①三… ②佟… Ⅲ. ①长篇小说—日本—现代 Ⅳ. ①I313.45

中国版本图书馆CIP数据核字（2020）第197656号

出版发行 / 北京理工大学出版社有限责任公司
社　　址 / 北京市海淀区中关村南大街5号
邮　　编 / 100081
电　　话 /（010）68914775（总编室）
　　　　　（010）82562903（教材售后服务热线）
　　　　　（010）68948351（其他图书服务热线）
网　　址 / http://www.bitpress.com.cn
经　　销 / 全国各地新华书店
印　　刷 / 三河市金元印装有限公司
开　　本 / 880毫米×1230毫米　1/32
印　　张 / 10.25　　　　　　　　　　　　　责任编辑 / 赵兰辉
字　　数 / 226千字　　　　　　　　　　　　文案编辑 / 李文文
版　　次 / 2020年12月第1版　2020年12月第1次印刷　责任校对 / 刘亚男
定　　价 / 219.00元（全6册）　　　　　　　　责任印制 / 施胜娟

图书出现印装质量问题，请拨打售后服务热线，本社负责调换

第一部

XIAO SI

一

曼谷正值雨季。空气中总是淅淅沥沥地飘着细雨，就算烈日炎炎，也时常会看到雨滴飞扬。不过抬头就能看到一小片晴空，当厚厚的乌云在太阳周围聚集，云朵边缘的天空就会闪烁出灿烂的光芒。若天空呈现出一片浓重的灰暗，则预示着骤雨将至。那片黑暗中孕育着骤雨的气息，遮住了绿意盎然、到处点缀着椰子树的低矮街巷。

曼谷的名字起源于阿瑜陀耶王朝[①]，当时这里长满了橄榄树，所以得名"橄榄之城"，古时又称"天使之城"。城市海拔不足两米，交通全部依靠运河。虽说是运河，不过都是填土修路时挖出的河川，填土建房时挖开的地方则成了水池。水池自然与河川相通，于是运河的河道四通八达，最终全部汇入泰国的母亲河——湄南河[②]。湄南河在阳光的照射下呈现出棕褐色，与居民的肤色别无二致。

[①] 泰国古代以阿瑜陀耶城(今曼谷北，意为"不可战胜之城")为首都建立的王朝。华侨习惯称阿瑜陀耶城为大城，故阿瑜陀耶王朝又叫大城王朝。1350年建立，1767年被缅甸灭亡，历时417年，传35位国王。
[②] 昭披耶河，中文俗称湄南河（湄南在泰语里指大河），是泰国第一大河，自北而南地纵贯泰国全境。

市中心有带露台的三层欧式建筑，外国人居留地①也能看到不少两三层的砖瓦建筑。但是因为道路整改的缘故，各处都砍倒了不少行道树，一些地方已经变成了柏油马路。行道树原本是这座城市最美的标志，如今只剩下几棵合欢树遮住炽烈的阳光，在道路上洒下一层深沉的阴影，如哀悼死亡的黑纱。然而在伴着雷鸣的骤雨之后，原本在暑气中垂头丧气的小草却突然苏醒，充满活力地扬起叶尖。

这座城市繁荣的样子宛如中国南部的某座城市。无数没有侧面挡板的双人三轮车在城市中来回穿梭，有时还能看见牵着水牛的人从邦卡皮②近郊的水田来到城中，有乌鸦惬意地落在牛背上。得了麻风病的乞丐赤裸着皮肤，在隐蔽处若隐若现，像刺目的黑色污点。男孩子们光着身子在街上来回奔跑，女孩子们腿上裹着金属质地、蛇腹纹样的裙子。早市上能看到罕见的水果和鲜花，唐人街金行的门口挂着纯金大锁，像门帘一样垂下，散发着炫目的光芒。

但是入夜后，整座曼谷城就只剩下月光和星辉。能够自己发电的酒店暂且不提，只有配备升压变压器的富裕人家在城市中点亮节日般的零星光辉，大多数人家都以油灯或蜡烛照明。河畔低矮的民房都只靠佛龛前的一支蜡烛过夜，只有佛像上的金箔在竹质地板深处反射出朦胧的光。棕色粗线香在佛像前静静燃烧，对岸人家的烛火就像落入河水中的灯影，被偶尔划过的舟影遮住。

前年，也就是昭和十四年（1939），暹罗改国名为"泰"。

曼谷与威尼斯的城市结构和规模都没有相似之处，可见曼谷被称

---

① 政府在某地划有一定地区租赁给外国侨民居住，本国仍掌有该地行政权。
② 位于曼谷城区东面。

为"东方威尼斯"并非因为外观相似。第一是因为两座城市都有无数条运河,组成了一张水上交通网;第二是因为两座城市的寺庙数量都很多,曼谷一共有七百座寺庙。

高高耸立在绿树掩映中的建筑都是佛塔,它们第一个迎接拂晓晨光,最后一个送走夕阳余晖,终日变幻出各种各样的色彩。

尽管规模不大,不过19世纪由拉玛五世朱拉隆功大帝[①]建造的这座大理石寺院却是曼谷最新、最华丽的寺院。

当今皇帝是拉玛八世阿南塔·玛希敦大帝,他继位于昭和十年(1935),当时年仅十一岁,继位后立刻去了瑞士洛桑留学。如今他已经年满十七岁,依然在别国勤奋学习。皇帝不在国内的这段时间,銮披汶总理独揽大权,只会在形式上咨询摄政府。摄政有两位,第一摄政阿奇多·阿帕殿下不过是装饰而已,真正掌握政府实权的人是比里·帕侬荣。

清闲的阿奇多·阿帕殿下虔诚地信仰着佛教,经常去各处寺院祭拜。一天傍晚,他下旨要去大理石寺院参拜。

大理石寺门两侧有一对石马护佑,古代高棉式样的头饰仿若白色的火焰结晶,布满红锈的大门敞开着。石头小路从门口一路通往正殿,两边的草坪闪烁着祖母绿色的光芒,中央是一对古代爪哇风格的四角小阁。修剪成圆形的灌木丛开满鲜花,小阁的屋檐上脚踏火焰的白狮仿佛就要跃入空中。

正殿前,印度大理石的白色圆柱和护殿的一对大理石狮子,以及

[①] 即拉玛五世,中文名为郑隆,为暹罗却克里王朝国王(1868年10月1日—1910年10月23日在位)。

欧式矮石栏与大理石墙壁共同反射出夕阳的光辉,耀眼夺目。但是这些大理石不过是一方纯白画布,衬托出大量黄金与鲜红色的中文。铁丹尖拱窗周围包裹着一圈烦琐的金色火焰。正面的白色圆柱顶部也包裹着金色火焰,燃烧的圣蛇盘踞其上,重重朱红琉璃瓦飞檐上是一排翘首的金蛇,每个屋顶的顶端都雕刻着一只神经质的金蛇脊瓦,如同高跟鞋尖锐的鞋跟般的脖颈高高扬起,仿佛在争相跃入蓝天之上。飞翔在悬山式屋顶上的鸽子在黄金的衬托下愈发洁白,热带的阳光反而显得暗淡了。

不过,随着暮色渐沉,一群惊飞的白鸽仿佛变成了一股黑烟。寺院各处雕刻着独具匠心的火焰花纹,鸽子仿佛成为从那些金色火焰中生起的黑烟。

庭院中突兀地立着几棵椰子树,仿佛受惊般一动不动,这座弓形"树木喷泉"向天空喷出了几股绿色的水花。

动物、植物、金属、石头、铁丹都在光亮中融为一体,如火焰般跳跃。就连护佑玄关的那对白狮的大理石鬃毛都宛如向日葵花瓣般伸展着。狮子的牙齿像种子,整齐地排列在大张的狮嘴中,狮子的脸就是一朵散发着怒气的白色葵花。

阿奇多·阿帕殿下的劳斯莱斯停在寺院门前。穿着红色制服的少年军乐队早已在草坪中的小阁边静候,每个人都鼓起褐色的脸颊吹响手中的乐器。红色制服的身影倒映在圆号闪亮的号嘴上,没有比它更适合热带阳光的乐器了。

穿白色上衣、系红色束带的侍从撑着草色的大阳伞跟在殿下身后。殿下身着白色军装,上面挂着勋章,系着蓝色束带的侍从手捧布施品和十名近卫兵共同护卫殿下进入寺庙。

按照惯例，殿下的祭拜大约会持续二十分钟。侍从们要站在草坪上顶着灼热的太阳等待。四名带僧帽的近卫兵站在石阶上，扛着装饰有金色佛塔的伞在入口旁静候。殿内光线昏暗，若隐若现的烛光中传来诵经声，激昂的音乐在一声钲鼓后戛然而止。

侍从恭恭敬敬地将草色大伞举在退出正殿的殿下头上，近卫兵捧刀行礼。殿下疾步走出殿门，坐上了停在门口的劳斯莱斯。

不久后，目送殿下离开的群众纷纷散去，军乐队离开后，寺庙缓缓迎来了宁静的黄昏。身着姜黄僧衣、袒露右肩的僧人们来到河边，有人阅读经书，有人窃窃私语。枯萎的红色花瓣和腐烂的水果在河水中漂浮，河面倒映出对岸的合欢树和美丽的晚霞。太阳在寺庙之后落下，草木隐去了身形。只有寺院的白色大理石圆柱、石狮和墙壁上勉强残留着落日的余晖。

例如，卧佛寺。

在这座拉玛一世18世纪末建造的寺庙中，人们必须在不断出现的佛塔和佛堂之间穿行。

烈日炎炎，晴空万里，但是正殿回廊中的巨大白色圆柱如白象的四肢般肮脏。

佛塔上装饰着细碎的陶片，釉质光滑地反射出阳光。紫色大塔的每一层都贴着不计其数的琉璃色马赛克陶片，上面雕刻着数不尽的花朵，蓝紫色衬底上缀着黄色、红色、白色的花瓣，如同卷着一条陶瓷波斯地毯直冲天际。

旁边是一座绿色的佛塔。一只怀孕的狗在仿佛被阳光的铁锤压碎的石阶上蹒跚潜行，带着黑斑的粉红色乳房垂在身下。

涅槃佛殿中供奉着巨大的金色卧佛，满头螺发枕在蓝、白、绿、黄构成的碎瓷箱枕上。他颀长的金色手臂撑着头，在昏暗的佛堂中，金色脚跟在遥远的另一边闪闪发光。

脚跟用到了精致的螺钿工艺，黑底被分成细碎的区域，散发着虹彩的珍珠在每个区域勾勒出牡丹、贝壳、佛具、岩石、出淤泥而不染的莲花、舞女、怪鸟、狮子、白象、龙、马、鹤、孔雀、三帆船、老虎和凤凰等图案，讲述着佛祖的事迹。

敞开的黄铜窗子被打磨得锃亮，一群穿着橙色僧服的僧人露出褐色右肩走过菩提树下。

天气太热，室外的空气都仿佛患上了热病。鲜绿的红树长出无数气根，垂落到佛塔旁浑浊的池中。池中供鸽子栖息的小岛染成了蓝色，岩石表面画着一只巨大的蝴蝶，顶部立着一座乌黑诡异的小塔。

还有以绿宝石佛闻名的王城守护寺——护国寺。

护国寺建于1785年，此前从来没有被毁坏过。

大理石台阶两边矗立着金色佛塔，金色半女半鸟像在雨中灿然发光。红色琉璃瓦和绿色镶边在明亮的雨点中愈发鲜艳。

马哈曼达帕蜿蜒的回廊画满了壁画，都是《罗摩衍那》中的故事。

比起德高望重的罗摩本人，风神光芒万丈的儿子——猿神哈奴曼的形象更多地出现在绘卷各处。可怕的罗刹王掳走了长着茉莉花般牙齿的黄金丽人悉多。罗摩在众多战役中睁大伶俐的双目英勇奋战。

壁画背景昏暗，是早期威尼斯画派的风格，国画风的山川和色彩鲜艳的庙宇、猿神、怪物跃然纸上。七彩神明乘着凤凰飞过昏暗的山水之上。金衣人挥鞭驱赶穿着人类衣服坐于地上的马。怪鱼从海中探出头，想要袭击桥上的大军。远处是幽静的湖水，猿神躲在昏暗的森林中，在一棵茂密的大树后凝视着悄然走近的金鞍白马，手中利刃已出鞘。

"您知道曼谷的正式名称是什么吗？"

"不知道。"

"是黄台甫马哈那坤弃他哇劳狄希阿由他亚马哈底陆浦欧叻辣塔尼布黎隆乌冬帕拉查尼卫马哈洒坦。"

"这是什么意思？"

"几乎无法翻译。就像这里的寺院，一味追求金碧辉煌，一味追求烦琐，不过是为了装饰而装饰的名字而已。

"不过，'黄台甫'姑且有'首都'的意思，'浦欧叻'是'九色金刚石'的意思，'辣塔尼'是'大都'的意思，'布黎隆'指'心地善良'。不过是挑选出夸张华丽的名词和形容词，然后像穿项链一样一股脑连在一起而已。

"臣子对国王回答的一声'是'，按照这个国家的繁文缛节就要说成以下内容：布拉普特恰欧卡克拉普婆罗姆坎赛科拉奥赛库拉莫姆。要想翻译的话只能翻译成'诚惶诚恐叩首叩首'了。"

本多陷在椅子中，津津有味地听着菱川的话，一副事不关己的样子。

五井物产让这个底细不明，似乎无所不知又莫名有些丑恶的落魄艺术家担任本多的翻译兼向导。本多认为在这个分外炎热的国家，将一切都交给他人是对自己的礼让。

　　本多来曼谷是应五井物产的邀请。当合同在日本谈妥，并且根据日本法律签订后，如果在国外因为索赔问题起了争执，就算向国外法庭提起申诉也会出现国际司法方面的问题，更何况外国律师对日本法律一无所知。这种情况下，企业经常会从日本请来权威律师，向律师详细解释日本的法律条文以协助审讯。

　　在今年一月，五井物产向泰国出口了十万箱解暑药"卡洛斯"，其中三万箱药剂出现了潮湿变色的情况，就此失去药效。药品明显还处在有效期内，却发生了这种情况。这种民法上的违法行为应该被当作合同不履行处理，但是对方却根据刑法上的欺诈罪提起诉讼。对于分包商造成的商品瑕疵，五井物产理应根据民法第七一五条承担无过失赔偿责任，如今出现了国际司法纠纷，就不得不由本多这样优秀的日本律师出面协助。

　　本多住在曼谷最豪华的东方大酒店中，从他的房间能看到湄南河的美景。天花板上的白色大风扇给房间送来习习凉风，不过到了黄昏时分，在河边的庭院感受河风带来的些许凉意自然更加惬意。菱川来到酒店是为了给本多做夜游的导游，晚饭前，本多一边喝酒一边听着菱川侃侃而谈。他现在明明连拿起一把勺子都觉得累，至于和菱川对话这种事，哪怕只是想想，都觉得比镀银的勺子更加沉重。

　　太阳在对岸的晓寺后沉沉落下。巨大的晚霞勾勒出两三座高塔的轮廓，在吞武里[①]密林沉闷的景色上方赫然撑住了广阔的天空。密林中

[①] 泰国故都。

盎然的绿意像海绵一样吸收着夕阳的余晖，散发出祖母绿般的光彩。船只来往交错，乌鸦成群结队，蔷薇色的肮脏河水凝结不动。

"一切艺术都是晚霞。"菱川说。然后就像平时即将展开一个话题时那样停顿了一下，观察着对方的反应。比起他滔滔不绝的讲述，这段沉默的时间更让本多厌烦。

菱川黝黑的脸庞像极了泰国人，只是皮肤比他们更加干燥、憔悴。当对岸的晚霞残照落在他脸上，菱川开始滔滔不绝地大发评论。

"艺术就是巨大的晚霞，是整个时代一切佳作的献祭。那永恒不变的白昼真理在晚霞无意义的色彩滥用中断送，原本以为可以成为永恒的历史，也突然意识到自己已经走到尽头。美突兀地伫立在众人面前，让一切人工造物成为徒然。在辉煌灿烂的晚霞面前，在火烧云席卷一切的自由面前，一切'更美好的未来'、一切痴人说梦突然失去了光彩。眼前的景象就是世间的全部，空气被色彩之毒浸透。是什么即将登场？什么都不会登场，一切只是终结。

"那里没有任何本质的东西存在，本质存在于夜晚。那是宇宙的本质，是死亡与无机质的存在。白昼也有本质，人类的一切都属于白昼。

"晚霞没有所谓的本质，那只是一场游戏。一切形状、光明和色彩都只是一场漫无目的却严肃的游戏。请看那片紫色的云彩。大自然难得会奉上紫色的盛宴。火烧云是对一切对称美的侮蔑，它对秩序的破坏连接着更本质的破坏。如果将白昼的悠悠白云比作道德的高尚，那么在道德上妄加色彩是否可以原谅？

"艺术在各个时代都能够第一个预见到最重要的末世论，并且准备好亲自加以实现。那里凝结着当时人们所能想到的一切奢侈，诸如美食美酒、美形美衣。一切奢侈之物都在等待一个形式，等待一个能在短暂的时间内将所有人类生活尽数席卷劫掠的形式。晚霞不正是如此吗？它的目的是什么？它并无目的。

"晚霞将最微妙的感受，对美最细枝末节、最挑剔的判断（我是指那朵橙色云彩边缘无以言喻的醇香曲线）与广阔天空的普遍性相结合，激活了隐含在最深处的东西，让它们与展露在外的表面性相结合。

"也就是说，晚霞是表现，表现是晚霞唯一的功能。

"人类微乎其微的羞耻、喜悦、愤怒、不快都被放大到了整个天空的规模。人类内脏中那些平时无法见到的色彩都通过晚霞这场大手术铺满了整个天空，展现得淋漓尽致。最细微的温柔和殷勤与世界苦[①]相结合，于是，苦恼本身变成了瞬间的欢愉。人们在白昼时坚信的无数小理论都被卷入天空中这场盛大的情感爆发，在这场轰轰烈烈的情感放纵中消散，人类的一切体系宣告无效。也就是说，一切都被展现出来……在持续十几分钟后……走向终结。

"晚霞迅速消散，它带有飞翔的性质。晚霞往往是世界的翅膀。就像蜂鸟，只有在吸食花蜜时扇动羽翼才能闪烁出彩虹色的光辉。晚霞让人们窥见了世界飞翔的可能性，晚霞之下的一切物象都在陶醉和恍惚中交相飞舞……然后坠地而亡。"

本多漫不经心地听着菱川的话，他看着对岸的天空，那里已经被

[①] 佛教用语，指生老病死，爱别离，怨憎会，求不得，五阴炽盛。

暮色包围，只在地平线上留下一缕微弱的光芒。

他说"一切艺术都是晚霞"？而远方就是晓寺！

昨天一大早，本多就雇菱川去对岸拜访了晓寺。

破晓时分正是参观晓寺的最佳时间。周围的景象尚处在昏暗中，只有塔尖沐浴着晨光。鸟叫声从前方的吞武里密林中破空而出。

走近后，会看到佛塔上镶嵌着密密麻麻的红蓝色中国彩瓷。不同楼层中栏杆的颜色不同，一层是褐色，二层是绿色，三层是蓝紫色。

无数镶嵌在塔上的瓷盘勾勒出花朵的形状，有的以黄色小碟作为花心，周围是盘子堆叠成的花瓣；有的以倒扣的淡紫色酒盏为花心，配以锦绣图案的盘子组成花朵，一直延伸到高处。叶子都是瓦片，塔顶有几只白象向四方伸出鼻子。

层叠重复的佛塔让人感到压抑。充斥着色彩和光辉的高塔逐级而上，越来越细，仿佛多重梦境从头顶垂下。就连陡峭的台阶立面都被花纹填满，每一层以人面鸟的浮雕支撑。色彩缤纷的佛塔每一层都驮着多重梦境、多重期待、多重祈祷的重压，依然不断累积，逐渐向天空逼近。

破晓的晨光从湄南河对岸照在塔上，成百上千个瓷盘成为成百上千面镜子，迅速捕获晨光，这座巨大的螺钿工艺品散发出嘈杂的光芒。

这座佛塔走过了永恒的时间，始终以色彩发挥着晨钟的作用。色彩响彻整座城市，深深铭刻于拂晓之中。这座佛塔在建造时就与拂晓有了同等的力量，同等的重量，以及同等的破裂感。

灿烂的佛塔将自己的身影投射在赤土色的湄南河中，倒影映衬在辉煌的黄褐色朝霞中，摇曳着预示今日又将是一个炎热的日子……

"寺庙已经看得够多了吧。今晚我带您去个好地方。"

本多正在茫然注视着黄昏中的晓寺，菱川开了口。

"卧佛寺、护国寺都去参观过了，去大理石寺院的时候还恰巧看到了摄政参拜的景象，而且昨天早上又去看了晓寺。若是您热衷于参观寺庙的话可就看不完了，不过看了这么多已经足够了。"

"是啊。"

本多含糊地回答，对菱川打扰了他的沉思感到不耐烦。

刚才本多正在想躺在包裹底部那本清显的《梦日记》。他为了打发旅途的无聊想要重新读一读这本书，已经很久没碰了。来到曼谷以后，因为酷暑和倦怠感，他还没有翻开过这本书。不过直到现在，他依然能清楚地记得过去读这本书时感受到的，某种梦幻般热带风格的鲜亮色彩。

本多原本就是个大忙人，吸引他踏上这次泰国之旅的并非仅仅是工作。他通过清显认识了两位暹罗王子，对月光公主那份爱情的悲哀结局，还有失去的翡翠戒指，本多都在自己多愁善感的年纪从旁看到了详细的经过。正因为是旁观，他被那份羁绊所束缚，渐渐的，模糊的记忆画面在坚硬顽固的画框中被保存了下来。从很久以前开始，他就下定决心总有一天要亲自来暹罗。

但是另一方面，四十七岁的本多甚至开始警惕细微的感动，在不知不觉中染上了立刻从中分辨欺骗和夸张的习性。本多回忆，那件事就是自己最后的热情了，那时他得知勋就是清显的转世，为了救勋，他选择了抛弃自己的工作……然后，他体会到了"拯救他人"这一观念的彻底失败。

自从他不再相信自己能拯救他人之后，他反而成为优秀的律师，自从不再拥有热情，他反而一次次成功拯救了他人。无论是民事还是刑事，他开始只接受富有的委托人。本多家变得比父辈更兴旺。

摆出一副代表社会正义的嘴脸，实际上却不过是以此为卖点的贫穷律师不过是滑稽的家伙而已。本多很清楚法律的拯救限度。在本多看来，付不起律师费的人明明应该没有犯法的资格，很多人却没有认清这一点，因为必要或愚蠢去触犯法律。

有时他也会想，给广阔的人性套上名为法律的规矩是人类想出的最傲慢的玩笑。如果犯罪经常出于必要或人类的愚蠢，那么难道不能说构成法律基础的习俗同样如此吗？

昭和神风连事件以勋的死而告终，此后频频发生类似事件，尽管昭和十一年2月26日发生的"二·二六"事件让国内的混乱事态告一段落，但是后来发生的中日战争历经五年依然没能得到解决，再加上德意日三国同盟刺激到了欧美列强，如今人们纷纷开始讨论美日开战的危险。

但是本多毫不关心时事变迁、政治纠纷和战争的逼近，也不会被这些事情牵动心绪。他内心深处有些东西已经彻底崩溃。本多明白，时代如骤雨般倾盆而下，雨滴将打在无以计数的人们头上，每一个命运的小石子都将被无数次冲刷，没有任何力量能够阻止。但是，并非所有命运都将以悲剧终结。历史的进程经常会实现某些人的愿望，对另一些人的愿望视而不见。无论未来是多么悲惨，历史都不会背叛所有人的愿望。

本多拥有这样的想法，却并不能因此说他已经变成了一个虚无阴暗的人。恰恰相反，与此前相比，他变得更加快活，更加开朗了。他不再像当法官时那样谨言慎行，改掉了仿佛蹑手蹑脚地走在榻榻米上的说话方式，穿衣风格也变得更加自由，开始尝试花哨的细格纹上衣了。他开始开玩笑，心胸变得豁达了不少。不过自从来到这个炎热的国家，他连玩笑都没有心情开了。

他的脸上开始浮现出与年龄相符的厚重感，年轻人简明浅显的轮廓逐渐消失，曾经像在阳光下晒过的干净木棉一样的光滑皮肤上呈现出绸缎般奢华的厚重感。本多很清楚自己年轻时绝对称不上俊美，所以这张岁月为他披上的面孔也勉强可以接受。

而且现在的他与年轻人相比，拥有更加切实的未来。年轻人总会对未来侃侃而谈，那只是因为他们尚未拥有过未来。通过放弃来获取，这是年轻人不知道的秘诀。

就像清显一样，本多也没能推动时代。清显曾经死在了情感的战场上，如今，另一个时代正在逼近，年轻人将再次丧命于战场之上，这次是因为真正的行动，勋的死即是开端。也就是说，两位转世的年轻人分别在对跖的战场上完成了对跖的死亡。

那么本多呢？本多完全不想死！他既没有热切渴望死亡，也没有刻意躲开不由分说扑面而来的死亡。但是他没想到，当他终日暴露在这个热带国家灼热的火箭之下时，竟然在无处不在的繁茂树木生机勃勃的姿态中看到了在绚烂中壮丽赴死的光辉。

"以前,大概是二十七八年前吧,在两位暹罗王子来日本留学的时候,我曾与他们交往甚密。其中一位是拉玛六世的弟弟巴塔那迪多殿下,另一位是拉玛四世的孙子克里萨达殿下。来曼谷之后,我想去看看二位殿下如今怎么样了,又怕他们已经忘了我,我擅自打扰会有不妥……"

"您怎么不早说呢?"无所不知的菱川责备本多拿他当外人。"如果您什么事都来问我,我马上就能给您个准信了。"

"那么,我能见到二位王子吗?"

"这倒不是。那二位殿下是拉玛八世陛下最信任的伯父,已经跟随陛下去了瑞士洛桑。如今王族的主要人物都去了瑞士,宫殿里已经空无一人了。"

"这真是遗憾啊。"

"不过,你倒是有可能见到巴塔那迪多殿下的亲戚。这事说来奇怪,殿下最小的女儿刚满七岁,小公主在侍女们的照顾下独自一人留在了曼谷。她住在狭小的蔷薇宫里,和软禁没什么区别,真是可怜。"

"这是什么缘故?"

"因为如果带她出国,让其他人觉得她精神不正常,就会成为王室的耻辱。坊间传言都说这位公主自从懂事以来就坚持说自己不是泰国王室的公主,而是日本人的转世,自己真正的故乡在日本。不管别人说什么都改变不了她的想法。一旦有人提出一点儿质疑,她就又哭又闹地发脾气,所以仆人们都不打破她的幻想,一直将她养到现在。要见她可不容易,不过先生既然有那层关系,如果找到一个好借口,说不定能成。"

二

就算听了菱川的话，本多也没有产生立刻去见见这位可怜的、头脑不正常的小公主的念头。

和那座金碧辉煌的美丽小寺院一样，本多知道她就在那里，就像寺院不会飞走，公主同样不会飞走。可以想见在这个国家，疯狂一定也会像建筑一样，像永不停止的单调金色舞蹈一样，极尽华丽且看不到尽头。本多，只要在近期自己来了兴趣的时候申请谒见公主就可以了。

这种拖延恐怕有一半缘于热带地区带来的倦怠感，还有一半缘于本多已经到了与世无争的年龄。本多的两鬓已经渐生白发，按理来说到了他这个年龄，眼睛也该花了，不过托他年轻时有轻微近视的福，现在还用不到老花镜。

到了本多这个年龄，基本上已经能在自己掌握的众多法则中选取一个作为标准来衡量身边发生的任何事情了。天地灾变另当别论，只要是历史性事件，无论看起来多么突然，其实都在此前经过了长时间的踟蹰，就像情窦初开前的姑娘一样对爱情提不起兴致。那些立刻回应自己的期望，按照自己喜欢的节奏接近的事情背后一定有人操纵。

如果想让自己的行动符合历史法则的话，最好的方法就是保持从容的态度，不要急功近利。本多见过太多因为急功近利导致一无所获，意志彻底消沉的例子了。有心栽花花不开，无心插柳柳成荫。就连完全凭借自我意志就能完成的自杀，勋都不得不在经历了一年的狱中生活后才得以完美实现。

但是仔细想来，勋的暗杀和自杀，乃至"二·二六"事件，正是灿烂星空中那颗纯净的金星，承担着先驱的任务。他们遥望黎明，却只能出现在黑夜中。而如今时代总算摆脱了黑夜，置身于不安而闷热的清晨，这正是他们做梦都没有见过的清晨。

德意日三国同盟触怒了一部分奉行日本主义的人和亲法、亲英的人，但是对大部分喜爱西洋文化、喜爱欧洲文化的人，以及守旧的亚洲主义者来说都是值得欣喜的。对他们来说，这个同盟并非与希特勒或墨索里尼的结合，而是与日耳曼的森林、与罗马万神殿的结合，是东西方具有阳刚之美的异教神明之间的交往。

本多自然不接受这种浪漫的偏见，这个时代明显已经因为某种令人战栗的东西而狂热，正在做着某种不切实际的美梦，所以哪怕他离开东京来到曼谷，想要拥有短暂的休息和放松，却反而招致疲劳，无法阻止自己的大脑一味沉浸在对过去的回忆中。

很久很久以前，他曾在与十九岁的清显聊天时提出，想要参与历史的欲望才是人类意志的本质，本多至今依然没有抛弃这个想法。但出于本能，他对十九岁时仍是少年的自己的性格怀有畏惧，这种畏惧有时当真会成为正确的预感。十九岁的本多在提出这种想法的同时，表达了对自己与生俱来的顽固性格的绝望。这份绝望随着年龄的增长逐渐增加，终于成为本多心中的顽疾，但他的性格并没有因此而发生丝毫改变。他曾经接受过月修寺主持的教诲，读过两三本佛教书籍，《成实论》[①]三报业品中的一句话尤其让他感到恐怖。

"行恶见乐，因恶未熟。"

因此，自从他来到曼谷之后，接受了热情的招待，从所见所闻到日常饮食都充满了富有热带气息的怠惰"乐趣"，这一切并不能证明自己在将近五十年的岁月中没有"行恶"。恐怕自己的恶只是尚未成熟，还不能像醇香的果实那样从枝头自然掉落。

这个国家信奉小乘佛教，在《南传大藏经》素朴的因果论中，重叠着曾经让年轻的本多感触颇深的《摩奴法典》的因果律，印度教诸神奇怪的面孔也随处可见。装饰在寺院屋檐上的金蛇和金翅鸟向今人传递着7世纪的印度戏曲《龙喜记》中的故事，奉养金翅鸟会受到印度教毗湿奴神的嘉奖。

自从来到此地之后，本多与生俱来的探究欲就开始萌芽，他想知道小乘佛教会如何解释转生的神秘，解释这个让他的前半生始终脱离合理轨迹的机缘。

根据学者的说法，印度的宗教哲学分为以下六个阶段。

第一阶段是梨俱吠陀时代。

第二阶段是祭坛哲学时代。

第三阶段是奥义书哲学时代，从公元前8世纪持续到5世纪，这个时代以"梵我合一"为理想，属于自我哲学的时代，第一次明确了轮

[①] 一本佛教论书。古印度诃梨跋摩著，后秦鸠摩罗什译。

回思想，将轮回思想与"业"相结合，提出了因果律；将轮回思想与"自我"相结合，创立了体系。

第四阶段是百家争鸣的时代。

第五阶段，公元前3世纪到公元前1世纪是小乘佛教完成的时代。

第六阶段是横跨此后五百年的大乘佛教兴盛的时代。

问题在于第五阶段，《摩奴法典》①正是在这一时期集大成的，法典中将本多所熟悉的轮回转生总结成了有法可依的条文。尽管同为"业"，但是佛教之后的思想和奥义书中的思想却截然不同。要说哪里不同，佛教之后的思想否定了"我"的概念。可以说佛教的本质就在于此。

让佛教区别于异教的三大特点之一就是"诸法无我印"。佛教宣扬无我，否定了作为生命中心主体的"我"，并且进一步否定了"我"在来世存续的"灵魂"。佛教不承认灵魂，认为生物不存在"灵魂"这一中心实体，非生物同样没有。不，世间万物都没有固定的实体，宛如没有骨头的水母。

但是这里出现了一个矛盾，如果死后一切归于虚无，那么行恶业会令人堕落恶道、行善业会升入善道的思想究竟该如何解释呢？既然世间本无"我"，那么轮回转生的本体究竟是什么呢？

佛教否定了"我"的概念，这与佛教继承的"业"的概念产生了矛盾。佛教分成各种学派为此纷争不断，但是在小乘佛教三百年的历史中，最终也没能得出一个逻辑自圆其说的结果。

---

① 又称《摩奴法论》。古印度有关宗教、道德、哲学和法律的汇编之一。传说是由天神之子摩奴制定，故名。

要想在这个问题上得出一个哲学性的成果,不得不等到大乘佛教中"唯实论"的出现。到了小乘经量部后,确定了"种子熏习"的概念,就像香水的香气会浸染衣物一样,善恶之业的余习会留存于人的意志中,塑造出性格,这种塑造性格的力量就是引发果的因。这就是后来出现的"唯实论"的先例。

如今,本多终于明白了两位暹罗王子常挂在脸上的微笑和忧郁的眼神中包含着什么样的思想。那是在这个充满金碧辉煌的寺庙,在这个被鲜花和果实装饰的国家中,在慵懒阳光的压迫下一心崇拜佛教,相信轮回,忌讳逻辑自洽的体系的、黄金般的沉重怠惰和树下微风摇曳的精神。

克里萨达殿下暂且不提,英明的巴塔那迪多殿下犀利的哲学家精神令人惊讶。尽管如此,他激烈的情感依然压过了探寻真理的精神。比起他说过的任何一句话,最让本多至今难以忘怀的是他在终南别墅听到月光公主的噩耗后,倒在夏季草坪中的椅子上神志不清的样子。他褐色的胳膊垂在洁白的椅子扶手上,头耷拉在肩膀上,看不清表情,只能看到微张的嘴唇中透出的晶莹皓齿。

他修长优雅的褐色手指生来就是为了轻柔爱抚而存在,此时却无力地垂在两侧,几乎就要碰到夏季的绿色草地,五根手指在瞬间失去了生命,仿佛已经为爱抚的对象而殉情。

但是,纵使随着时间的流逝,两位王子愈发怀念在日本留下的回忆,本多依然害怕这些回忆绝对称不上美好。让王子们心情不快的是孤立感,是语言不通,是不同的风俗习惯,是失窃事件,是月光公主的死。但是在最后,恐怕高高在上的"剑道部精神"才是王子不能理解的东西，不仅仅是本多和清显这样的普通青年，就连白桦派的自由人道主义青年们都因此被孤立。令人感到困扰的是，恐怕王子们自己多半也能模糊地意识到，日本真正与他们站在一起的部分太稀薄，而与他们为敌的部分太浓郁。那个孤傲的日本就像一个自视清高的年轻武士，像少年一样容易受伤，会在被别人嘲笑之前主动挑衅，会在被别人蔑视之前主动赴死。勋与清显不同，他正是生活在这样的日本的核心，并且相信灵魂的存在。

年近五十的本多活了这么多年，收获之一可以说是不会再受到任何偏见。因为他自身已经成为权威，所以也不再受到权威的偏见；因为他自己已经是理智的化身，所以也不再受到理智的偏见。

因为过去大正初期的"剑道部精神"浸染了整个时代，包括从未受其影响的本多也同样认可，所以事到如今，本多并不吝于将自己记忆中的青春包含于其中。

到了"剑道部精神"进一步发酵，走向极致的勋的世界，本多已经不再与它共度青春，而仅仅是旁观而已。但是看着年轻的日本精神在那般孤立的状况下奋战并逐渐走向自我灭亡的身影，他不由感慨"自己之所以能生存下来，靠的正是西洋的力量，是外来思想的力量"，而固有思想会使人走向灭亡。

如果想要活下去，就不能像勋那样执着于保持纯洁，不能像他那样亲手切断所有退路，拒绝一切。

勋的死让本多强烈意识到什么是纯粹的日本。除了拒绝一切，甚至否定一切现实的日本和日本人之外，除了这种最艰难的生存方式，除了注定要杀人或自杀的结局之外，有没有一条路能真正和"日本"

共同生存下去？尽管没有人敢说出口，但勋不正是用生命证明了这一点吗？

细细想来，一个民族中最纯粹的元素必定散发着血的气息，投射出野蛮的影子，正如西班牙不顾全世界动物保护者的责备坚持保留"国技"斗牛，与西班牙不同，日本在明治时代的文明开化过程中渴望抹去一切"蛮风"，结果，大和民族最富有生命力的纯粹灵魂隐入地下，不时如火山爆发般释放出狂暴的力量，逐渐成为被人们忌惮畏惧的存在。

无论展现出的面目多么恐怖，日本最初的灵魂都是纯白的。来到泰国之后，本多愈发看清了祖国的文物是多么纯洁、朴素、单纯，就像能够数清水下石子的河水般清澈，以及神道仪式的清明。但是本多并没有和这些东西共同生活，就像大多数日本人一样，他选择了无视，对它们视而不见，反而凭借着逃避活了下来。他无视了那些无比矫健有力、无比朴实无华的原始精神，他终其一生都在逃避那白手帕、那清水、那微风中摇曳的御币、那鸟居隔开的单纯空间、那海上的岩石、那群山、那大海、那日本刀、那道光辉、那份纯粹、那份尖锐。不仅仅是本多，大部分已经被西化的日本人都承受不了日本浓烈的元素。

但是勋相信灵魂的存在，他一旦升天，就一定会因为善因善果再次转世为人进入轮回，这究竟算什么呢？

本多越想越觉得这是的他胡思乱想，但当勋决心赴死时，是否感受到了"另一段人生"的暗示呢？是不是当人的一生达到极致的纯粹时，就会自然预感到另一段人生的存在呢？

在曼谷炎热的天气中,本多仅仅回忆过去就觉得有汗水从额角滴下,他的脑海中出现了日本神社的样子。在登上石阶,向神社走去的参拜者眼中,鸟居只框住了远方神殿的轮廓,而在参拜结束后返回的人眼中,鸟居这个画框中只剩下了湛蓝的天空。同样一个东西从正反两面分别包含了庄严的神殿和空无一物的蓝天,这是何等神奇。本多觉得鸟居的形式正是勋的灵魂本身。

至少勋的一生像鸟居一样极致美丽而简洁朴素,而且在他生命的画框中,不可避免地充满了蓝天。

本多认为无论勋的心在临死前与佛教距离多远,他与佛教的关系都暗示了日本人与佛教的关系,这种关系就像用白绢过滤湄南河的污浊河水一样。

从菱川口中听到公主的故事后,夜深人静时,本多在酒店的房间里翻出了行李包底部被紫色包袱裹着的书,那本清显的《梦日记》。

他已经读过太多次,日记都开线了。虽然本多手笨,但他还是亲手将日记缝好了。清显年轻时仓促写下的字迹跃然纸上,但三十年前的墨迹已经变色发黑。

没错,就像本多记忆中那样,清显将暹罗的两位王子迎入家中之后不久,就梦到了色彩鲜艳的暹罗,并且将梦境记录在日记中。

清显梦见自己坐在皇宫中面向庭院的豪华椅子上,"带着高高的黄金王冠,上面镶满了宝石"。

在梦里,清显成为暹罗的王族。

房梁上站着数不清的孔雀,白色的粪便落到地上,清显的指头上套着属于王子的祖母绿宝石戒指。

宝石中映出一张"小巧可爱的女性面孔"。

这正是他尚未谋面的、年幼的疯公主的脸，这张面孔倒映在宝石上，说明这张面孔属于正在俯视宝石的清显自己，因此已经不需要质疑，公主就是清显也就是勋的转生。

虽然将暹罗王子迎入家中，听了他们故乡绚烂多彩的故事后，谁都有可能做这样的梦，但是以本多丰富的经验来看，他不得不相信清显梦中的含义。

这件事已经不言自明。只要超越一次不合理，后面的路就会豁然开朗。更何况虽然勋特意隐瞒以至于本多无从知晓，但勋也许同样曾在漫长的入狱时期里，每晚都做着这个热带女孩的梦。

菱川一如既往细心地关照着本多在曼谷的生活，另一方面，诉讼在本多的帮助下顺利进行着。泰国方面的失误被发现了。

泰国的民商法以英美法律为基准，第四七三条规定卖家在发生以下情况时不需要对商品的瑕疵负责，即：

（一）买家在购买时已经得知商品的瑕疵，或者只要不疏忽，一般人都能发现瑕疵的情况。

（二）交货时瑕疵明显，或者买家无保留接收商品的情况。

（三）商品以拍卖形式出售的情况。

根据本多的调查，泰国应该是犯了符合（一）和（二）中情况的失误。只要收集证据攻击对方的弱点，对方就有可能会根据情况选择撤诉。

五井物产自然开心，本多也认为事情已经告一段落，觉得可以让菱川帮他着手准备谒见公主的手续了。

本多这一辈子都没有想过要和艺术家打交道，事实上他也确实从没有和艺术家打过交道，更不要说想到自己会在这样遥远的国度和一位三流艺术家相处了。

更让他感到困扰的是，在照顾他这位并不相熟的游客时，菱川简直是无微不至，无论拜托他什么事，他都不会露出厌烦的表情，而且在这个很难从前门进入任何地方的国家，菱川通晓所有后门，着实是一位难得的向导。当然，他本人也深知自己作为向导是完美无缺的。

虽然本多不知道菱川过去究竟创作过什么样的作品，不过他身上确实能看到艺术家无可救药的装腔作势。因此，菱川在以做向导为生的同时，打从心底看不起自己这样的"俗物"。他的想法清清楚楚地写在脸上，本多也欣然模仿着菱川心中描绘的俗物。本多很愿意在菱川面前谈起留在日本的母亲和妻子，谈起自己因为一直没有孩子而遗憾。说实话，这都是为了看到菱川怜悯的反应，从中获得愉悦。

实际上本多认为，与清显和勋的一生所展示出的青涩之美比起来，艺术和艺术家表现出来的不成熟——特别是他们在此基础上创作的作品不成熟——实在是最丑陋的东西。他们直到八十岁为止都要拖着这份褴褛前进，还要以自己拖着的褴褛为卖点。

更烦人的是那些伪艺术家，他们难以言喻的骄傲态度中混杂着独特的卑微，充满懒汉特有的臭味。菱川将这种单纯以仰人鼻息为生的怠惰包装成了具有热带风情、充满奢侈的贵族气质的怠惰。就连在餐厅点餐，菱川都会在点高档葡萄酒显摆之前说一句"反正是五井物产买单"，他这样的行为让本多十分反感。本多并没有很喜欢葡萄酒。

他想，自己无论如何都不想为这种人辩护，但是自己是受邀而来的客人，出于礼貌总不好要求换向导。

在法庭等候室或晚餐的餐桌上，每当身材丰腴的分店店长问道"菱川有没有帮上您的忙"时，本多都会应和着"啊呀，他帮了我很多"，只是话里话外藏着一丝苦涩。分店店长听了他的回答，只会因为字面意义而感到满意，绝不会探寻话中的深意，这让本多颇为焦急。

就像生长在密林中的潮湿杂草，表面承受着烈日的照射，却会在不知不觉间变成腐叶土，这个国家中隐藏着隐蔽的人际关系，菱川的职业才能让他能够第一个闻到腐败的气味，他这只绿豆蝇的翅膀也许还曾经栖息在分店店长的残羹剩饭上吧。

"早上好。"

酒店电话的听筒里响起了菱川熟悉的声音，本多每天早上都会被这个声音叫醒，他浓重的睡意一扫而空。

"您起床了吗？真是抱歉，皇宫里的人倒是可以心安理得地让别人等，但是对拜谒者的来访时间总是斤斤计较，所以我特意早来了一会儿。不着急，您先刮一刮胡子吧。嗯？您问我吃过早饭了吗？呀……呀……您别担心。那个，其实我还没吃，不过我不吃早饭也没关系的。嗯？您让我去您房间一起吃？这哪好意思啊，实在不好意思。那我就恭敬不如从命，这就去您的房间。要我等五分钟左右吗？

或者十分钟？啊呀，您不是贵妇人，我也就不客气了。"

像这样，本多和菱川一起享用东方大酒店准备的、碗碟众多的传统英式"奢华"早餐绝不是第一次了。

不一会儿，穿着笔挺的白麻西装、拿着巴拿马帽子在胸前频频扇风的菱川走进房间。电风扇白色的翅膀无精打采地旋转着，两人就站在它的正下方说话。本多依然穿着睡衣，他问西装笔挺的菱川："对了，我必须在忘记之前问问你，公主殿下要如何称呼呢？'Your Highness'就可以吗？"

"不对。"菱川明确地回答，"公主殿下是巴塔那迪多殿下的女儿，巴塔那迪多殿下是庶出的王弟，所以他的称号是普拉欧·加欧，用英语的话必须说成'Serene Highness'，所以要称呼公主殿下'Your Serene Highness……'不管怎么说，没什么需要您担心的，一切事情我都会办妥当。"

早上的暑气不知悔改，已经大举侵入房间。本多抛弃被汗水浸湿的被窝，在淋浴时才第一次感受到了清爽，这对他来说是难得的感官体验。以本多的性格，绝不会让感官越过理智直接与外界接触，而在这里，一切感受都直接作用在皮肤上，热带植物浓烈的绿，合欢花的鲜红，装饰着寺院的金色，突然划过的蓝色闪电都不时浸染着本多的皮肤，这种肌肤初次与某些东西接触的体验实在新奇。温暖的骤雨，温吞的淋浴，外界就像五彩缤纷的色彩流体，让人终日浸泡其中。在日本时，本多怎么可能感受到这些呢？

在等待早餐的时间里，菱川一直在房间中以洋气的姿势来回踱步，他看着墙上挂的平庸风景画，轻蔑地哼了一声，擦得油光发亮的黑色鞋跟上映出了地毯的图案，简直是装模作样的极致。这个男人扮演艺术家，而自己扮演俗物，本多对这场戏已经厌倦了。

突然，菱川直直地转过身来，从口袋中取出了一个紫色天鹅绒的小盒子递给本多。

"这个可不能忘，请先生直接交给公主殿下。"

"这是什么？"

"是贡品。按照规矩，泰国王室绝对不会接见两手空空的客人。"

本多打开一看，盒子里放着一枚精致的珍珠戒指。

"原来如此。我没想到要送礼物，多谢你替我着想。多少钱？"

"您怎么能说这种话？……不用的先生。是五井物产让我买给您的，礼物是您谒见时的必需品嘛。反正多半是分店店长从日本人那里便宜买来的，您不要在意。"

本多立刻下了判断，最好不要在这里问价格。他不能因为自己的私事给五井物产添麻烦，这钱总是要给分店店长的，不过菱川一定会抬高价钱，这种事就睁一只眼闭一只眼，按照他说的价钱付就好。

"那我就承蒙厚意了。"本多站起身来，将小盒子放进了上衣口袋中若无其事地问，"对了，公主殿下叫什么名字？"

菱川一脸得意地说："是姜特拉帕公主。似乎是巴塔那迪多殿下很久以前就死去的未婚妻的名字，他把这个名字给了自己的小女儿。姜特拉帕是'月光'的意思，结果倒成了'精神错乱'的意思。"

三

在开往蔷薇宫的路上，本多从车窗中看到了穿着卡其色制服列队前进的少年，据说这身制服是模仿希特勒少年团设计的。菱川在他身边喋喋不休地解释，其实现在城里甚至很难听到美国的爵士乐了，大概是銮披汶总理的国粹主义运动奏效了吧。

但是在本多看来，这些变化他在日本已经习惯了。就像酒一点点发酵成醋，牛奶一点点发酵成酸奶，东西放久了就会达到饱和，在各种自然力量作用下变质。人们总是在害怕自由和肉欲过剩。一个人第一次在酒精的作用下入睡时，第二天早晨感受到的神清气爽会让他觉得自己除了水什么都不需要，自豪之感油然而生。……人们已经开始接触到这种新鲜的快乐。本多大概能猜到这种快乐会将人们带往何处，因为勋的死，他的猜想变成了确信——纯粹总是会引发邪恶。

"遥远的南方，常年酷暑。……在南国蔷薇的光辉中……"

勋在死前三天的胡言乱语突然回响在本多耳旁。从勋的死到现在已经过去了八年，自己正在为了与勋重逢赶往蔷薇宫。

他如今的心情无比喜悦，就像炎热干渴的土壤等待着浸润大地的骤雨一般。

本多觉得与这份感情的邂逅就像与自己的本质邂逅。他年轻时总认为自己的本质是不安、悲伤或理智的清晰性，但这些都不是真的。当他听说勋切腹的消息时，比起刺骨的悲伤，他的心头立刻被一股徒劳的沉重感压得动弹不得，随着时间的流逝，这份沉重变成了等候重逢的喜悦。就是在那时，本多意识到自己正在丧失属于人类的情感，因为他避免了无人能够幸免的爱别离苦，也许自己的本质是不属于这个世界的极致喜悦。

"遥远的南方，常年酷暑。……在南国蔷薇的光辉中……"

……汽车停在了娴静优雅的门前，门前的庭院中是一片绿草。菱川率先下车，用泰语和卫兵沟通，并且递上了名片。

透过雕刻着龟甲和箭羽花纹的铁格子围墙，本多从车里看到对面平坦的草坪静静地吸收着灿烂的阳光，两三丛灌木点缀在草坪上，开着或白或黄的花朵，被修剪成精致的球形。

菱川带着本多进入大门。

这里作为宫殿实在太小，一栋石棉瓦屋顶的二层小屋被刷成了枯萎的黄蔷薇色。除了小屋旁的大合欢树将浓密的黑影洒在墙壁之上，其他部分的黄土色安抚着过于强烈的阳光，让光线变得沉郁。

在走向草坪里曲折小路的过程中没有一个人出现。本多感觉自己的脚趾就像在密林中潜行的兽爪，正朝着形而上的喜悦一步步接近，咬牙切齿，口水横流。没错，他正是为了这份喜悦而活。

蔷薇宫本身就像封闭在自己小巧而顽固的梦境中，没有翼楼，没有延展建筑，就像一个小盒子，蔷薇宫的建筑构造更加深了这种印象。一楼围绕着众多法式窗户，甚至看不出入口在哪里，每一扇有着蔷薇木雕的护墙板上方都纵向排列着黄色、蓝色、深蓝色的龟甲形彩色玻璃，其间还镶嵌着近东风格的五瓣玫瑰形紫色小玻璃窗。面向庭院的法式窗户都敞开了一半。

二楼百合花格子形状的护墙板上，每一扇三尊像一样中间高两边低的窗户都敞开着，左右两边雕刻着蔷薇纹饰。

三段石阶上方的玄关同样有着相同样式的法式窗户。菱川刚刚按下门铃，本多就放肆地看向紫色小玻璃窗的对面，里面只有一片深紫色的海底。

法式窗户打开，出现了一位老妇人的身影，本多和菱川都脱帽致意。她一头白发，塌鼻梁，褐色的面孔上浮现出泰国人特有的亲切微笑。不过这微笑只是打招呼而已，并没有包含任何意义。

菱川和这位老妇人说了两三句泰语，看起来谒见的预约没有出现任何阻碍。

玄关摆着四五把椅子，作为休息室来说有些不够。菱川把一个包裹递给老妇人，妇人合掌致谢后接过。她打开中间的大门，直接将两人带到了宽敞的谒见厅。

上午，室外已经足够炎热，而大厅中散发着些许霉味的冷气令人感觉舒爽。两人被带到了雕刻着狮子前肢的金红色中国风椅子旁。

在等待公主驾临的过程中，本多仔细查看着宫殿内部的每一个角落。除了苍蝇扇动翅膀的声音之外，整个宫殿中听不到一丝响动。

大厅并没有窗户。周围是一圈支撑着小二层的拱形廊柱，只有中央宝座前的廊柱上垂下厚重的帷幔，位于宝座上方的二楼正中间悬挂着朱拉隆功大帝的肖像画。科林斯式的廊柱都涂成了蓝色，纵向沟銎中填充着金泥,柱头装饰着近东风格的金色玫瑰,代替爵床叶式的花纹。

宫殿中到处都固执地使用着蔷薇花纹。白框镀金的小二层栏杆上全都雕刻着镂空金色蔷薇。巨大的吊灯从高高的天花板中央垂下,边缘同样装饰着金色和白色的蔷薇。脚下铺的红色地毯同样有着蔷薇图案。

只有宝座前一对由巨大象牙组成的从两侧向中央拥抱的白色新月是泰国的传统装饰,象牙擦得闪闪发亮,在昏暗的宝座前散发出乳白色的光芒。

进入宫殿内部后才知道,只有玄关和前庭用了法式窗户。朝向后花园的窗户自然有廊柱阻隔,不过从敞亮的玻璃中可以看到那些窗户有齐胸高,微风正是从朝北的窗户吹进来的。

本多不经意间看了一眼,感觉到似乎有一道黑影跃进了窗户中,他浑身一颤。原来是绿色的孔雀,孔雀站在窗框上,伸着柔软的金绿色脖颈。它的羽冠高傲得在头顶展开,勾勒出一道小扇子的轮廓。

"要等到什么时候呢?"

本多无精打采地在菱川耳边窃窃私语。

"一直都是如此,没什么别的意思,并非为了通过让客人等待来突显权威。您应该已经明白了吧,在这个国家做什么事都急不得。

在朱拉隆功大帝的儿子瓦栖拉兀王在位时,他到了早上才回卧室睡觉,一直睡到中午,每天游手好闲,昼夜颠倒,朝臣们也都是下午四点进宫干活,回到家的时候已经是早上了。但是,也许在热带国家,这样才能一切顺利吧。如果将这里的人们的美丽比作水果之美,水果都会在怠惰中达到美丽的成熟，绝不会有勤勉的水果。"

菱川一如既往地喋喋不休，本多想逃离他的窃窃私语，结果菱川又追了上来。就在本多实在避不开菱川的口臭时，刚才那位老妇人再次出现，合掌致意，引起了两人的注意。

孔雀停驻的窗边传来呵斥声，并不是宣布公主的到来，只是为了把孔雀赶走。孔雀扇了扇翅膀从窗边离开了。本多在北侧廊柱边看到了三位老妇人的身影。三人之间隔着规定好的距离，排成一列向两人走来。公主被走在最前面的妇人牵着，另一只手里把玩着白色的茉莉花环。七岁的月光公主身材娇小，她被带到放在象牙前，略显宽大的中国式椅子面前时，为她引路的老妇人突然双膝跪地，头几乎要蹭到地上，行了一个名叫"克拉布"的大礼，大概是因为她身份低微。

走在最前面的老妇人拥着公主坐上中央的中国式椅子，其余两位老妇人并排站在右侧的小椅子旁边，也就是说最后一名老妇人就在菱川旁边。刚才双膝跪地的老妇人很快就离开了。

本多模仿菱川，起立深鞠一躬后又坐在了金红色的中国式椅子上。老妇人们都年近七十，所以与其说她们是在照顾小公主，不如说是在囚禁犯人。

公主如同本多的想象般没有穿过去的传统服饰帕努，而是穿着白底金边的西式衬衫，下身穿着名叫帕新的泰国花布裙，很像马来人穿的纱笼，脚上的鞋子是红底金饰的。她的发型是泰国特有的短发，这是过去科拉特小城勇敢的少女们的发型，她们曾在柬埔寨军侵略故乡时梳着这样的发型穿男装战斗。

公主的长相着实伶俐可人，完全感觉不到精神错乱的样子。乌黑的大眼睛一直看着本多和菱川，形状姣好的纤细眉毛和嘴唇散发着威严，再加上那一头短发，看起来就像一位王子。公主的肤色是透着金黄的褐色。

虽说是谒见，不过公主在接受了本多等人的行礼后，只是坐在椅子上摇晃双腿，一边用双手摆弄着茉莉花环一边频频看向本多，然后她在第一女官耳边轻声说了些什么，女官说了一句话严厉地斥责她。

菱川向本多使了个眼色，本多从口袋中取出装着珍珠的紫色天鹅绒小盒，交给第三女官，盒子经过第二、第一女官的检验后交到了公主手里。这段时间漫长得仿佛暑气都变得更加深重了。因为盒子已经在第一女官的手里经受了检验，所以公主失去了亲自打开盒子时孩子气的期待。

可爱的褐色手指漠然地扔掉了茉莉花环，然后拿起珍珠，仔细端详了好一会儿。看不出公主的表情是否激动，这段不同寻常的静止过于长久，所以本多开始怀疑这是不是公主发疯的前兆。突然，公主脸上泛起了一个短暂的微笑，露出一排有些凌乱的皓齿。本多放下心来。

戒指被收进小盒子中，交给了第一女官。公主第一次发出了清脆的声音。她的声音经过三名女官的嘴唇，就像绿蛇攀上合欢树，在若隐若现中爬过一根根枝条，最后由菱川翻译后闯入了本多耳中。公主说的是"谢谢"。

本多通过菱川的翻译传达了"我久仰泰国王室，听说殿下对日本颇感亲近，如果您愿意，我这次回国后可以为您送上日本的人偶"的意思。菱川口中说出的泰语尚且简短，但是在第三女官、第二女官传递的过程中，每个词语的音节都逐渐变长变多，等到第一女官向公主上奏时，已经变成了一段出奇漫长的话语。

公主的话经过同样的传递，在乌黑褶皱的嘴唇中失去了一切感情的光辉，仿佛公主话语中生动活泼的年轻养分在中途被吸取殆尽，吐出来的只剩下被老朽的假牙咀嚼过的残渣，令人生厌。

"殿下说，她会开心地接受本多先生的一番厚意。"

就在这时，突生异变。

公主趁第一女官不注意，从椅子上飞奔而下，跳过两米左右的距离紧紧抱住本多的膝盖。本多惊讶地站起身来。公主浑身发抖，紧紧抱着本多不放手，大声哭喊着。本多也蹲下身子，用双手捧住公主娇小的双肩，把依然在抽泣的她扶了起来。

年老的女官们并没有粗鲁地拉开公主，只是挤在一起一边注视着这里一边不安地窃窃私语。

"她在说什么？快翻译给我听。"

本多冲着呆若木鸡的菱川怒吼。

菱川尖声翻译："本多先生！本多先生！我真是太想你了！你那么照顾我，我却一句话都没说就选择了死亡。这八年时间我一直想向你道歉，总算等来了今天的重逢。虽然变成了这副公主的样子，但我实际上是日本人。我前世是在日本度过的，所以那里才是我的故乡。本多先生，请你一定要带我回日本。"

公主总算被带回了之前那把椅子上，恢复到刚刚见面时的威严仪表，本多远远地看着靠在女官身上哭泣的公主的黑发，依然怀念着自己膝盖上残留的，属于那具幼小身体的温暖气息。

女官说因为公主身体欠佳，希望今天的谒见到此结束，本多通过菱川提出请求，希望公主能够允许他再问两个简单的问题。

第一个问题是："松枝清显和我曾在松枝家的中之岛迎接月修寺住持苫临，那是何年何月？"

公主趴在第一女官的膝盖上听到这个问题后，半抬起满是泪痕的脸，一脸委屈的表情，一边用手拨开被泪水沾湿后贴在脸上的短发一边流利地回答："1912年10月。"

本多心中大惊，他并不确定在公主心中，已经过去两世的前世故事是否真的像小小的密画绘卷般完完整整地被详细记录了下来。刚才她完全不合情理地向自己道歉，就算那是勋才会说出来的话，但她真的明白那些话的背景吗？本多并不清楚。因为刚才公主说出那个正确的数字时全无感情，仿佛只是随口说出了她脑海中的数字排列而已。

本多又提了第二个问题。

"饭沼勋被捕的日期呢？"

公主看起来愈发昏昏欲睡，但是回答时依然没有犹豫。

"1932年12月1日。"

"就到这里吧。"

第一女官看起来想要马上带公主离去。

公主像弹簧一样立刻起身，穿着鞋直接站在椅子上向着本多高声大喊着什么。女官低声责备，制止了公主的行为。公主继续大喊，抓住了制止她的女官的头发。因为本多能听出公主一直在发出同样的音节，所以他明白公主一直在重复同一句话。在公主发狂的过程中，第一、第三女官走上前想要抓住公主的胳膊，公主疯狂哭泣，声音打在高高的天花板上传来回响。老妇人试图压住公主，富有光泽和弹性的褐色小手从她们干瘪的手指间伸展出来，到处乱抓。老妇人们吃痛，尖叫着松了手，公主的哭声愈发凄厉。

"她说什么？"

菱川说："公主说后天要去邦派因离宫出游，希望本多先生务必应邀前往。女官制止了她。这次谒见真是让我大开眼界。"

月光公主开始和女官商量，公主终于止住哭泣点了点头。

第一女官一边整理凌乱的衣服，一边喘着粗气冲着本多直接发话了。

"后天，殿下会坐车前往邦派因离宫散心，希望邀请本多先生和菱川先生共同前往，请务必同意。我们会在离宫用午餐，因此请于上午九点来蔷薇宫会合。"

菱川立刻将这段形式化的邀请翻译给了本多。

在回程的车上，本多陷入沉思，菱川毫无顾虑地在他耳边喋喋不休。这个自称艺术家的男人丝毫不会照顾他人的情感，一味暴露着他旧牙刷一样粗糙的神经。如果说他认为小心翼翼地关注人际关系是俗物的特性的话，这种行为还可以说是顺理成章，但菱川在赖以为生的向导这一行里可是以心思细腻为傲的。

"先生刚才那两个问题真是绝妙。虽然我完全不知道是怎么回事，不过看起来公主殿下似乎是先生熟人的转世，对您格外亲近，所以您是在用那两个问题试探，没错吧？"

"是的。"

本多漫不经心地回答。

"两个问题她都答对了吗?"

"不。"

"对了一个吗?"

"不,很遗憾,两个都错了。"

本多随口说了句谎话,不过他随意的口吻反而掩饰了他在撒谎,菱川彻底相信了他的话,放声大笑。

"是吗?都错了啊。殿下明明一本正经地说着年份,既然错了就没办法了,要说是转生就太缺乏说服力了。先生您真是坏心,竟然用路边占卜的方式试探那么可爱的公主殿下。说到底,人生终究没有神秘的东西啊,只有艺术中保留着神秘,也就是说,只有在艺术中才能让神秘成为必然。"

本多直到这时才惊讶地发现这个男人对合理主义如此执着。本多看向车窗外的红色影子,是河水,岸边有焰色树干的行道树,那是猩猩椰子树,凤凰木点缀在其间,仿佛升起了一片大红色的烟雾。炎热已经在树梢间翻滚。

本多开始思考独自前往邦派因的方法,哪怕语言不通,他也不希望有菱川陪在身边。

四

　　菱川以恩人的身份自居，说了一句："虽然我不想和那个疯公主同行，但是如果没有我，您就要哭了。那些老女官可是一句英语都不会说。"这反而让本多不带菱川前往邦派因的计划得以顺利进行。本多顺着他的话违心地回了一句："比起通过麻烦的翻译理解内容，我想要享受听不懂的泰语像音乐一样在耳边回响的感觉，哪怕只有半天。"他说这句话时，期盼着说不定能就此和菱川断绝关系。

　　后来，本多无数次回忆起那次游玩的愉快经历。

　　坐车只能走到一半，剩下的路众人换乘了官廷风格的华丽画舫，在被水浸没的青田和河水之间穿行。水牛在青田中午睡，看到画舫后突然站起身来，布满泥泞的脊背在阳光下闪闪发光。绕过小山丘上的树林边时，松鼠在河边的树上上蹿下跳，公主看得十分开心。有时还能看见绿色的小蛇昂起头，在下方的树枝间跳动。

　　在密林各处，能看见用施主捐赠的钱建起的金色佛塔高高耸起，崭新的金箔自然不会少。本多知道，这些金箔都是日本制的，然后大量出口到这里。

　　本多始终记得画舫穿行在这段水路中的一段时间里，月光公主凝望远方，一动不动地靠在船舷上的姿势，其他时间里，公主始终像个孩子一样欢欣鼓舞。女官对此已经见怪无怪，毫不在意地大声说笑，不过本多立刻注意到公主注视的是什么东西，他认为这东西不容轻视。

那是一片巨大的云彩，挡住了从地平线上升起的太阳。此时已经日上三竿，所以要想挡住太阳，云彩就必须伸出巨大的触手。那片黑云仿佛就是为了遮住太阳而拼命向上伸展，它费尽千辛万苦只是勉强成功了。云朵的最上方攀上蓝天，遮住了太阳的身姿，但只有那部分云彩散发着灼热的白光，背叛了整体不祥的黑色。不仅如此，因为这朵黑云伸展的幅度太不合常理，导致下方出现裂痕，云朵后方的光线毫无阻拦地倾泻而出，就像光的血液从巨大的伤口无限迸发而出。

远方的地平线被低矮的密林覆盖，前方的密林在穿过黑云裂口的光线中闪耀着美丽的绿色，与远方的地平线相比仿佛置身于另一个世界。而后方的密林就在黑云下方，暴雨如注，仿佛升起一团云雾。雨丝像菌丝一样细密地垂下，笼罩着整个昏暗的密林。视线所及之处，能看到雨丝只是降落在遥远地平线处的一部分密林中，清晰可见，甚至连雨丝在风中摇摆的姿态都能尽收眼底。骤雨被禁锢在那一方天地中，只在那里凝结。

本多立刻明白了年幼的公主在看什么。

公主同时凝望着时间和空间。也就是说，远方骤雨之下的空间本应属于无法从这里看到的过去或未来。他们置身于现在晴朗的空间中，清楚地看到了雨的世界，这是不同时间的共存，也是不同空间的共存，雨云让他们窥见了时间的扭曲，遥远的距离让他们窥见了空间的扭曲。也就是说，公主正在凝视着世界的裂缝。

那时，公主湿润的桃色小舌专心致志地舔着本多献上的那枚戒指上的珍珠（如果女官看见了，一定会立刻呵斥她的吧），仿佛这个动作能够让她以幼小的身躯护住眼前的奇迹……

邦派因。

那里成为本多始终无法忘怀的地方。

公主无论如何都要求本多牵着她向前走，所以本多不顾女官们紧皱的眉头，牵起了那只汗津津的小手，任凭曾经来过这里的公主带路，在离宫中游览。他们依次欣赏了中国式的离宫、法国式的小亭、文艺复兴风格的庭院和阿拉伯风格的高塔。

其中格外美丽的是一座佛堂，它位于宽阔的人工水池中央，宛如摆放在水上的精巧工艺品。

邻水的石阶因为水位增高而湿润，台阶的最下方已经被池水中的污泥淹没，水中可以看见的白色大理石石阶被水苔藓染成绿色，甚至有水藻缠绕其上，覆盖着一层银色的泡沫。月光公主想要将手脚伸入其中，多次被女官制止。虽然本多听不懂泰语，不过大概明白公主是认为泡沫就是戒指上的珍珠，踩着脚非要摘来看看。

不过本多刚一出面制止，公主立刻老实下来，和本多一起坐在石阶上看着池水中央的佛堂。

其实那并非佛堂，似乎只是供游船小憩的地方。四面开放的小阁周围挂着有些褪色的红褐色帷幔，因为风吹起了帷幔，本多能看到里面只是空无一物的小房间。

小小的房间被无数根黑底描金的细柱围住，透过高高的柱子间的空隙，可以看到水池对岸的绿树、翻卷的云朵和光芒刺眼的天空。看得久了，将景色分割成一道一道的柱子反而变成了奇妙的细长纹路，和亭子外面的云彩与森林共同组成一幅壮丽的景象。而且这间小阁的屋檐极尽华美，细碎的暗红色、黄色、绿色琉璃瓦重重叠叠，四层重檐之上，金光灿烂的纤细尖塔直插蓝天。

不知道是看到小阁时就已经想到，还是事后回想时才发现的，月光公主的身姿与小阁不知在何时融为了一体，深深刻在了本多的脑海中。池中小阁变成了一个靠脚尖站立的纤瘦舞女，极细的黑色柱子变成了乌木色的肉体，大量烦琐的黄金工艺品贴在她身上，一顶尖尖的金冠戴在她头上。

五

在一切都无法用语言沟通，并且全然没有尝试凭借意志沟通的情况下，如果将发生的事情装进记忆中，不需要任何加工就能成为一连串美丽的小画，分别装进同样尺寸、装饰烦琐的黄金画框中。仿佛流逝的时间都被瞬间升起的绘画兴致所凝结，仿佛活泼的时间粒子格外激动地泛起泡沫，然后突然静止，想要将如画般的刹那凝固成画面。画面中是公主伸向水底深处石阶上的珍珠般的幼小双手，是她指头上、手掌中清晰细密的纹路，是她贴在脸颊上的碎发纯粹的漆黑，是她浓密的长睫毛，是黑色的小巧额头上的波光粼粼，就像黑底上的螺钿。时间泛起波澜，阳光庭院充满蜂鸣的空气、漫步园中的一行人的感情也泛起波澜。如珊瑚般的时间之美的精髓在此时尽显无遗。没错，就在这时，公主年幼时晴空万里的幸福时光与这份幸福背后一连串的前世苦恼与流血牺牲就像旅途中见到的，远方密林中的太阳雨一样融为一体。

本多感到自己如今所置身的时间如同去掉了一切隔扇的大厅。这里太过广阔，太过自在，甚至不像他熟悉的"现世"住所。黑色的木头柱子密密麻麻地排列着，仿佛能看到及听到连人类的情感都无法企及的地方。在这间大厅中，公主年幼时的幸福无限延伸，每根柱子后仿佛都藏着众多轮回的影子，就像在玩捉迷藏的人一般，清显躲在那根黑檀木柱子的阴影中，勋则躲在这边的柱子后面。

公主又笑了。其实游山玩水的一路上，公主一直面带微笑，有时，湿润的淡红牙龈会迅速展现出来，这时，公主的表情就变成了真正笑容。每次露出真正的笑容，公主一定会抬头看向本多的脸。

自从来到邦派因，年老的女官们突然不再讲究礼数，忘记了那些死板的礼仪，开始尽情笑闹。一旦忘记了规矩，年老就成了她们唯一的礼仪。她们就像满脸皱纹、贪婪的鹦鹉一样把嘴凑到一个大袋子旁边啄食槟榔，将手插进衣摆中挠痒，模仿舞女的样子横着走路，同时发出尖利的笑声。像假发一样的白发贴在她们褐色的脸上，在阳光下燃烧，像舞女木乃伊一样的老女人们咧开被槟榔染得鲜红的嘴大笑，一边向旁边迈步一边伸直胳膊。当她们将胳膊肘折成锐角时，干瘪的骨头仿佛就要从胳膊肘中穿出，以点缀着灿烂云朵的蓝天为背景，成为剪影画的一角。

公主的一句话让女官们突然吵吵嚷嚷地围住了她，像一阵风一样抛下本多离去了。本多心中一惊，不过在看清她们走向的那一栋小屋后，本多就明白了，公主想要小便。

公主的尿意！这让本多觉得无比可爱。本多没有孩子，如果他自己也有一个年幼的女儿，也许就会是这样的感觉吧，但这一切都仅仅存在于想象中。像今天这种因为公主突如其来的尿意，让本多感受到扑面而来的肉体的可爱之处还是第一次。他暗自想道，如果可以的话，他甚至想伸出自己的手，分开公主滑嫩的褐色双腿，撑住她的身体抱着她撒尿。

公主回来后,有好一会儿都因为害羞没有说话,也没有看本多的脸。

吃完午饭后,众人在树荫下游戏。

本多已经不记得游戏的内容和顺序了。她们一直在重复单调的歌谣,本多并不明白其中的意思。

他只记得公主站在草地中央,树荫从四面向中央延伸,透过树叶间的阳光在草地中间变得强烈,三名老女官围在她身边,有的跪在地上,有的盘腿而坐,姿势不同依次而坐。其中一名女官做出一副对游戏敷衍了事的样子,不停吸着莲花片包着的烟草;另一名女官将镶着夜光贝螺钿的漆器水壶放在膝盖旁边,以便公主在喉咙干渴时能立刻喝到水。

这个游戏多半和《罗摩衍那》有关。公主以树枝为剑,姿势滑稽地驼背喘气,明显是在模仿猿神哈奴曼。女官们一边用手打拍子一边唱歌,公主随着她们的歌声变换姿态。公主微微侧了侧头,微风正好吹过,花草也轻轻侧了侧头,在树枝间跳跃的松鼠猛然停下,侧头的时机与公主不谋而合。公主一下子变成了罗摩王子。白底金边的衬衫袖口露出浅黑色的纤细手腕,手中的剑凛然指向天空。这时,一只山斑鸠从公主眼前飞过,它的翅膀遮住了公主的脸,公主却岿然不动。

本多知道,耸立在公主身后的正是一棵菩提树。郁郁葱葱的树上,长长的叶柄前方垂下宽阔的树叶,每当微风吹过,都会响起风铃般的沙沙声。每一片鲜绿的叶片上都有一根显眼的黄色叶脉,仿佛过滤后的热带光线。

公主感到炎热，正在磨着年老的女官提要求。女官们凑在一起嘀嘀咕咕地说了一番话，然后起身示意本多。众人走出了森林的树荫，一直走到停船的地方，本多以为这就要回去了，但事实并非如此。女官们命令船主从船上取出了一大张美丽的花布。

众人拿着花布走过盘踞着红树气根的岸边，选择了一个隐蔽的地方。两名女官卷起衣摆，举起花布走进水中，在齐腰深的地方将花布整个展开，围成了遮挡视线的帷幔。剩下的一名女官也卷起衣摆，衰老的细腿在水中投下影子，和裸体的公主一起走进水中。

公主见到聚集在红树气根旁边的小鱼，开心地发出惊叫。本多很惊讶，女官们的动作似乎是当他不存在，不过他认为这或许也是一种礼法，于是静静地坐在岸边的树根上观赏公主沐浴。

公主的动作实在称不上文静。她始终从阳光穿过花布形成的纹路中对着本多微笑，完全不掩饰对孩子来说大过头的肚子。她冲着女官泼水，被呵斥后就撩起一阵水花逃走。河水绝对称不上清澈，而是和公主皮肤颜色相同的黄褐色，就连看起来浑浊、笨重的河水，当飞散在透过花布的光点中时也变得澄澈了。

公主有时会抬起手臂，本多不由自主地将目光集中在了公主平坦单薄的胸部左侧腋下，平时被胳膊挡住的位置。那里本该有三颗黑痣，此时却空空如也。本多心想也许是因为淡淡的黑痣隐藏在了褐色的皮肤中，但他抓住每一个机会凝神看向那里，直到眼睛酸痛都没有结果……

六

本多负责的诉讼因为对方认为继续下去对自己不利而突然撤诉,于是意料之外地有了个好结果。本多本可以立刻回国,不过五井物产出于感谢的心情,提出让他继续游览到尽兴为止。本多提出想去印度,他认为战争即将开始,现在就是最后的机会了。五井物产与他约定,各地的分店将为他提供最好的照顾。本多在内心祈祷,五井物产所说的照顾一定不要是菱川给他提供的那样。

将此事通知了留在日本的家人后,本多坐在时速只有二十五六公里的蒸汽火车上,体会到了自己安排行程的乐趣。他打开地图后发现,自己想去的阿旃陀石窟①和恒河河畔的贝拿勒斯②相距甚远,两地之间的公里数看上去令人晕眩。而且两地都以同样的力量吸引着本多直觉的磁针,引导他前去探索未知。

---

① 古印度佛教艺术遗址。位于马哈拉施特拉邦境内,背靠文底耶山(温迪亚山脉),面临果瓦拉河(戈达瓦里河)。始凿于公元前2世纪,一直延续到7世纪中叶。
② 又称瓦拉纳西,印度教圣地、著名历史古城。位于印度北方邦东南部,坐落在恒河中游新月形曲流段左岸,现有人口一百万,该市有各式庙宇一千五百座以上。

本多本想在出行前给月光公主打个招呼，但是一想到又要拜托菱川翻译，他就烦躁地打消了这个想法。而且由于忙着做旅行的准备，他只是在酒店的便签上写下感谢公主前几天邀他游山玩水的话，在即将出发前托送信员带去了蔷薇宫。

本多的印度之旅丰富多彩，不过，只需要描述他在阿旃陀石窟度过的一个下午的深刻体验，以及贝拿勒斯摄人心魄的景观就足够了。本多在这两块土地上见到了一些东西，是他人生中极为重要的本质。

七

　　旅程首先经过海路进入加尔各答，然后在火车上颠簸了整整一天，才到达了距离加尔各答六百七十八公里的贝拿勒斯。然后本多驱车前往蒙格西莱，又从那里坐了两天火车到达曼莫德，再从曼莫德坐车前往阿旃陀石窟。

　　10月上旬的加尔各答正在举行一年一度的杜尔迦节，热闹非凡。

　　迦梨女神是印度教万神殿中最受欢迎的女神，在孟加拉邦和阿萨姆邦更是最受尊崇的女神，她的丈夫是破坏神湿婆，两人都拥有无数的名字和化身，杜尔迦就是她的化身之一。与浑身血腥气的迦梨相比，杜尔迦是一位比较温和的女神。城市各处都装饰着巨大的杜尔迦偶人，她诛杀水牛神的英勇身姿和瞋恚的眉毛都被塑造得充满美感，到了夜晚，偶人在耀眼的灯火中更加醒目，接受众人的崇敬。

　　由于迦梨神庙就位于加尔各答，因此这里成为迦梨信仰的中心，每逢这个节日，寺院就变得热闹非凡。本多迅速找到了一位印度向导入内参拜。

　　迦梨女神的真身是夏克提，原意为"精力"。这位大地母神是全能的女神，她的肖像有时充满母性而崇高，有时阴柔妖艳，有时恐怖而残忍，她的形象被赋予在世界各地的女神身上，让她们的神性更加丰富。迦梨象征着死亡与破坏，这恐怕就是夏克提的本性，她代表着传染病、天灾地变，以及给这个世界上的一切生物带来破坏和死亡的各种自然力量。她全身漆黑，嘴巴被鲜血染红，龇牙咧嘴，脖子上挂着头盖骨和人头串成的项链，在瘫倒的丈夫身上疯狂舞蹈。这位渴望鲜血的女神为了止渴，会立刻招来传染病或天灾。为了安抚她，人们必须不停地献上祭品。据说一头老虎可以让女神在百年间不再渴望鲜血，一个活人的生身献祭能够保证女神千年不渴。

本多是在一个闷热的雨后拜访迦梨神庙的。

寺院门前聚集着的群众和祈求施舍的乞丐们纷纷被雨水淋湿，现场一片混乱。前来参拜的人将狭窄的寺庙全部淹没，大理石基座的高大神殿周围被人们堵得水泄不通，无处下脚。大理石基座在雨水的冲刷下愈发白亮，有人试图从基座向上爬，信徒额头上祝福的辰砂飞散，洁白的大理石上布满黄褐色的脚印和红色的辰砂。尽管这一片狼藉像极了亵渎神灵的景象，但人们依然沉醉地吵嚷着、相互拥挤着。

一名僧侣从寺院内伸出长长的黑手，在投入香火钱的信徒额头点上圆形的小小辰砂以示祝福。众人争先恐后地想要得到这一颗小小的辰砂，女人的蓝色纱丽紧紧贴在身上，从后背到屁股的轮廓一览无余，男人白麻衬衫中露出的脖子上堆满了发光的黑色皱纹。他们纷纷伸长脖子，仰头看着僧侣的黑色指尖不停跳起。众人的动作和狂热让本多想到了博洛尼亚折衷派的画风，想到了阿尼巴尔·卡拉奇《圣洛克的布施》中兴奋的群众。并且，在即使是白天依然昏暗的寺庙深处，伸出鲜红的舌头，脖子上挂着人头项链的迦梨女神雕像正在烛火中摇曳。

本多跟着向导绕到了后庭，雨水打在凹凸不平的石板地上，后庭面积不足百坪，人烟稀少。有一对低矮狭窄的柱子，像是门柱，下方是凹陷的石门槛，还有一片石头围挡圈住了像水池一样的地方。就在围挡旁边，有一个与这幅景象完全相同的小型模型。那对模型柱子接受着雨水的冲刷，门槛上留着一摊血迹，血水被雨点激起，飞溅在石板上。听了向导的解释，本多明白了。较大的水池是水牛祭坛，现在没有使用。小一些的是公山羊的祭坛，为了杜尔迦节这样格外重要的祭祀仪式，会宰杀四百头公山羊献祭。

从后方观察迦梨神庙（刚才被群众推搡着没能看到细节），本多发现只有底座是洁白的大理石，中央的佛塔和周围的拜殿都装饰着五彩缤纷的瓷片马赛克，让他在此时想到了曼谷的晓寺。细致的花朵图案和与之相对的孔雀图案连绵不绝，灰尘被雨水冲刷干净，鲜亮的色彩冷淡地践踏着脚下的鲜血。

雨点大而稀疏，狼狈地从天空中落下，饱含水汽的风吹过空气，酝酿出雾气般的闷热。

本多见到一个没有撑伞的女人独自走向公山羊的祭坛，恭敬地双膝跪地。她有着一张典型印度中年妇女的长相，富态的面孔看起来聪明而真挚，草色纱丽已经湿透了。她的手里提着一个小小的黄铜水壶，里面是恒河圣水。

女人把圣水浇到柱子上，点起能在雨中燃烧的油灯，在周围洒下深红色的小巧爪哇花。然后她跪在溅上了鲜血的石板上，额头靠在柱子上专心祈祷。被雨水打湿贴在脸上的头发间那一点祝福的辰砂在她忘我祈祷的过程中，仿佛变成了她自我牺牲的鲜血，鲜艳夺目。

本多体会到了一种不舒服的感情，仿佛是灵魂的动摇与难以当作错觉的厌恶相结合。在这份感情的注视下，周围的清静变得恍惚，只有正在祈祷的女人清晰可见，清晰得近乎诡异。就在本多无法继续忍受这份细节的清晰和其中包含的厌恶时，女人突然消失了。他怀疑刚才看到的都是幻觉，但并非如此，因为后门敞开着，他在雕刻着藤蔓花纹的粗铁门对面看到了女人离开的背影。只是，刚才祈祷的女人和离去的女人之间有着无法逾越的断裂。

孩子手里牵着一只尚且稚嫩的黑色公山羊走了过来。小山羊的毛在雨水中立起，额头有祝福的红点。孩子将圣水倒在小山羊额头上，它晃着脑袋扑腾着后腿想要逃脱。

一个穿着肮脏衬衫、蓄着小胡子的年轻人出现，从孩子手中接过小山羊。年轻人用手掐住小山羊的脖子，小山羊开始发出焦急而悲切的叫声，扭动身子拼命后退。它屁股周围的黑毛在雨水中凌乱地竖起。年轻人压着小山羊，按着它趴在祭祀台两根柱子的枷锁之间，柱子之间的黑色夹子紧紧地套在了小山羊的脖子上。小山羊的屁股高高撅起，一边叫一边蹬腿。年轻人举起了半月刀，刀刃在雨中泛起银光。手起刀落，小山羊的头向前滚去，眼睛睁得大大的，发白的舌头从口中伸出。留在柱子上的前腿微微颤抖，后腿大大分开，膝盖剧烈地蹬了好几次，甚至撞到了胸部，就像钟摆逐渐停止一样，每一次幅度都会逐渐减弱。从脖子流出的血量并不大。

负责献祭的年轻人抓着无头小山羊的后腿向门外走去。门外有桩子，年轻人将尸体挂在上面，匆忙切开处理了。年轻人脚边还有另一只无头公山羊的尸体，后腿尚在雨中抽搐，仿佛被噩梦魇住了一样。它似乎是在几乎毫无知觉的状况下超越了瞬间的生死，迅速，毫无痛苦，如今依然沉浸在无法醒来的噩梦之中。

年轻人刀法熟练，忠实地按照机械的步骤完成了这份神圣而可怕的职业。血点飞溅在他肮脏的衬衫上，他深沉清澈的大眼睛聚精会神，神圣感极为平常地从他像农夫一样的大手上滴下，就像汗水一样。行人对祭祀已经司空见惯，连看都不会看他一眼。神圣就存在于人潮涌动之间，通过肮脏的手脚占据一席之地。

头呢？就盖着门里粗糙的雨披被摆在祭坛上。在雨中燃烧的炉子上散落着红色花朵，几枚花瓣已经被火烧焦，祭拜梵天的火之官旁边，七八个黑色公山羊的头颅依次排开，像爪哇花一样的红色断口冲着本多的方向，其中一个刚才还在发出啼叫。在头颅后方坐着一个老婆婆，像在做针线活一样深深佝偻着身子，黑色的手指专心致志地从光滑的皮肤内侧掏出油光发亮的内脏。

八

在前往贝拿勒斯的路上,本多脑海中一次次浮现出祭祀的情景。

那副情景就像正在忙着准备些什么,祭祀仪式并没有就此轻易终结,反而有什么东西要从此开始——一座桥已经搭好,将要通向某种隐形的且更加神圣、更加可怕、更加高远的东西。也就是说,这一连串仪式是为迎接某个正在靠近的、更加无法用语言形容的存在而铺下的一席红毯。

贝拿勒斯是圣地中的圣地,是印度教徒的耶路撒冷。湿婆的道场是喜马拉雅雪山,雪水汇聚成的恒河在此弯曲成绝妙的新月形,西岸就是贝拿勒斯,古称"瓦拉纳西"。这是献给迦梨女神的丈夫湿婆的城市,可以当成通往天国的大门。这里同样是各地信徒朝拜的目的地,恒河、多他帕帕、基尔纳、亚姆纳、萨拉斯瓦提五条圣河汇聚于此,人们相信沐浴过这里的河水后便可坐享来世至福。

《吠陀经》对水浴的恩惠有以下描写:

水才是良药。

水可消除病痛,

带来活力。
水是一切病症的药草，
能治愈一切邪恶。

还有：

水可让生命不死。
水可守护身躯。
水可治愈伤痛。
常住于此，水的力量将让你永世难忘。
水乃身心良药。

用祈祷洗涤心灵，用河水清洁身体，这是印度教的仪式，在贝拿勒斯的各个台阶码头达到极致。

本多于下午到达贝拿勒斯，他在酒店放下行李后冲了个澡，然后立刻托人为自己安排导游。长途火车旅程并没有让他疲惫，心中活力四射的雀跃之感让本多置身于积极意义上的不安状态中。令人窒息的夕阳充斥着酒店窗外，本多觉得如果纵身一跃，就能立刻抓住神秘本身。

尽管如此，贝拿勒斯在极端神圣的同时，是一个极端污秽的城市。狭窄的小路只有屋檐能沐浴到些许阳光，两侧排列着卖油炸食品和点心的小店、占卜师之家、卖散装谷粉的小店，散发着浓重的恶臭、湿气和疾病。走过这段路就到了临河的石头广场，从各地前来朝圣，在等待死亡的过程中乞讨的麻风病人排成一排蹲在地上。广场上有很多鸽子。下午五点，天空灼热。乞丐面前的马口铁罐子里，只有寥寥几枚铜钱贴在罐底，一只眼睛红肿溃烂的麻风病人伸出失去了手指的手，像被修剪过的桑树一样指向黄昏的天空。

侏儒在广场上跳动，在这里能看到一切形式的残疾。他们的肉体缺少了人类共通的符号，就像无法解读的古代文字一样排列着。他们残缺的身体并非由于腐败或堕落，被扭曲的形状本身依然有肉体的生机和温度，喷涌出可怕的神圣意义。血液和脓水借着无数苍蝇的力量像花粉一样传播出去。苍蝇一个个脑满肠肥，闪耀着金绿色的光芒。

顺流而下，在河流右边，搭着几个描绘着鲜艳圣纹的帐篷，人们聆听着僧侣传教，用布包裹着的尸体就躺在他们身边。

一切都漂浮着。众多裸露在外、无比丑陋的真实人类肉体与他们的排泄物、恶臭、病菌和尸毒一起暴露在光天化日之下，如同最平常的现实中蒸发出的水蒸气一样飘浮在空中。这就是贝拿勒斯，一张丑陋到近乎华丽的地毯。有一千五百座寺院，有朱红柱子上雕刻着一切性交体位的黑檀浮雕的爱情寺院，一味等待死亡降临的寡妇们家里，高亢的念经声终日不绝，住在这里的人、来这里游览的人、正在死去的人、已经死去的人们、遍体生疮的孩子们、靠在母亲的乳房上死去的孩子们……这张喧嚣的地毯由众多寺庙和人构成，夜以继日、欢天喜地地悬挂于苍穹之下。

广场到河流之间是一道斜坡，行人自然而然地被引向最重要的台阶码头——"十马牺牲"。据说创造之神梵天正是在这里献上了十匹马作为祭品。

这条水量充沛的黄土色河才是恒河！在加尔各答，圣水被恭敬地供奉在小小的黄铜水壶里，只会在信徒和祭品的额头吝啬地洒上一滴，如今却充斥着眼前的大河，这是令人难以置信的神圣盛宴。

难怪病人、健康人、残疾人、濒死之人在此处都达到平等，充分感受到了黄金般的喜悦；苍蝇和蛆虫也因为充满喜悦而肥硕；难怪印度人特有的严肃而若有所思的表情中布满了几乎难以与无情区分的虔诚。本多开始思考自己的理智要如何才能融入这片炽烈的夕阳、这股恶臭、这阵散发着些许瘴气的河风中。他怀疑无论走到哪里，自己都无法融入祈祷的唱和声、钟声、乞讨声和病人的呻吟声中，融入像针眼细密的厚实毛织物般的黄昏空气中。本多总是害怕自己的理智会像把藏在他怀中的匕首一样切开这张完整的地毯。

总之就是要抛弃理智。他从少年时代开始就将理智的刀刃当作自己的责任，虽然就连刀刃已经在数次袭来的转生中卷了刃时他依然能苦苦支持，但是在充满汗水、病菌和灰尘的人群中，他只能选择不知不觉地扔掉理智。

阶梯上立着无数蘑菇形状的、供沐浴者休息的伞，夕阳西下，与沐浴者最多的日出时刻相距甚远，伞下几乎都是空的。向导走到河边开始与小船的船主交涉。夕阳像烙铁般贴在本多的背上，他只能站在一旁等待，仿佛看不到尽头。

小船终于载着本多和向导离开了岸边。"十马牺牲"差不多位于恒河西岸众多码头的正中央。参观码头的船只首先南下，看过"十马牺牲"以南的码头后继续北上，直到参观完十马码头以北的码头为止。

恒河西岸如此神圣，东岸却没有丝毫神圣的气息，甚至有人说住在东岸会转生成驴子。人们对东岸颇为忌讳，那里只能看到低矮的绿色丛林，丝毫没有房屋的影子。

当小船开始南下时，火热的夕阳很快被建筑物遮挡，众多壮丽的码头、码头后墙的一排柱子以及柱子上方的高殿鳞次栉比，只能看到明亮的逆光剪影。只有十马码头耸立在广场前方，能接受到夕阳肆意的光芒。傍晚的天空已经将河水染成一片柔和的蔷薇色，来往船只留下淡淡的倒影。

这是夜晚到来前，神秘光线笼罩大地的时间。这一时刻的光线酝酿出铜版画的精致，摆正了一切事物的轮廓，连每一只鸽子都细致勾勒，给一切染上了枯萎黄玫瑰的色彩，让河中的倒影和天空的残阳相互调和。

与此刻的光线最相配的壮丽建筑群正是台阶码头。宫殿前与寺庙大殿相同的台阶伸入水中，背后只有高耸的巨大后墙，就算有一排排柱子和穹隆，但是因为那排柱子都是壁柱，拱廊都是盲窗，所以只有阶梯独自散发着圣域的威严风范。柱头装饰有科林特式也有近东风格，不同样式混在一起，高度达到四十英尺[①]。柱子上用白线标出每年夏天的洪水达到的最高位置，并且在旁边写上了1928年、1936年等年份作为记录。在柱子令人目眩的高度之上还有走廊，后墙顶部排列着拱顶，鸽子在石栏上站成一排。在屋顶的最高处，逐渐失去力气的夕阳洒下了背光。

---

① 1英尺=0.304米。

小船逐渐靠近了台阶码头中的一个，名叫克达尔码头。有人紧挨着小船撒网打鱼，码头散发着闲散的气息，沐浴的人、坐在阶梯上的人都瘦削而黝黑，各自沉浸在祈祷和冥想中。

本多看向大阶梯的中间，被一名正准备沐浴的人吸引了目光。那人背后耸立着一排排壮丽的土黄色柱子，在落日的余晖中，就连柱头装饰的细节都清晰可见。那人就站在神圣的最中心，与周围蹲伏在地的僧侣们黝黑的身体相比，这个人简直会让人怀疑是否真的是人类。这是一位身材高大伟岸的老人，只有他全身散发着真正的玫瑰色光辉。

他一头白发，头顶梳着小小的发髻，浑身赤裸，身体丰满而略有松弛，只用左手上挽着的红色厚重腰布遮住腰部。他仿佛看不到周围的人，只是一心陶醉于自己的思想中，淡漠地看着对岸的天空。他的右手缓缓伸向天空，仿佛那里有他虔诚的信仰。无论是面孔还是胸腹，他全身的皮肤都被夕阳的余晖映照成水灵的白桃色，散发着与世隔绝的高贵气息。但是，老人的双臂、手背和腿部的黑色皮肤依然留有现世的痕迹，仿佛还没有彻底剥落，像斑点、像黑痣、像条纹一样残留着。正因为有这些缺陷，闪闪发光的白桃色皮肤才显得愈发崇高。他是一名白癜风患者。

无数只鸽子飞上天空。

本多坐在掉头北上的船中，看着菩提树的枝干穿过众多台阶码头的缝隙伸到河面上——据说每一片叶子上都寄居着等待转生的死者的灵魂。一只鸽子受到的惊吓在瞬间传开，众多鸽子同时飞起，晃花了他的眼睛。

小船已经划过了十马码头，划过了河边红色砂岩的房屋。窗框有绿色和白色的马赛克装饰，房间里涂成了绿色，这些都是"寡妇之家"。香烟从窗户中升起，屋子里传出钟声，整齐的诵经声在天花板下回响后飘落到河面之上。从各地来到这里的寡妇们住在房间里一心等死。这些在病痛中衰弱，等待死亡拯救的人们认为，在贝拿勒斯度过最后的时光是无上的幸福，她们彼此效仿，都住在这些欣求之家。这也是因为这里离各处都很近，火葬场就在北边不远处，供奉着千种交配体位的尼泊尔爱染寺黄金尖塔就耸立在火葬场上方。

在小船周围浮浮沉沉的布包吸引了本多的目光。当本多判断出布包的形状、体积和长度相当于两三岁的幼儿时，他明白了那正是幼儿的尸体。

他下意识地看了看手表，五点四十分。周围已经笼罩在朦胧的夜色中，本多看见前方的码头中有明亮的火光，那是马尼卡尔尼卡码头的葬火。

马尼卡尔尼卡码头位于恒河之滨，印度教风格的寺院基座上耸立着五层宽窄各异的祭坛。围绕寺院中央的大佛塔，有几座高低不同的佛塔，每座塔上都有伊斯兰教风格的莲花形拱顶露台，巨大的黄褐色寺院中烟熏火燎，端坐于高大的柱廊之上，越靠近烟雾越浓重，怎么看都是一座没有住持的寺院，阴郁威严的形象散发着不祥之兆，仿佛空中的幻影。但是，在小船和码头之间还隔着土黄色的河水。夜色渐深的水面上漂浮着大量献花（也有在加尔各答见过的红色爪哇花）、香料，葬火高耸的火焰反而被衬托得愈发真实。

栖息在佛塔上的鸽子与天空中飞舞的火星共同舞蹈，天空已经变成了暗淡的蓝灰色。

在码头边有一座被熏黑的石头小祠，里面供奉着湿婆和他的一位妻子——萨蒂的雕像，萨蒂曾为守护丈夫的名誉投火自尽，祠堂中还有信徒为他们奉上的鲜花。

码头周围停靠着很多小船，上面堆满了用于火葬的木柴，因此本多的船没有靠近码头中央。在熊熊燃烧的火焰背后，寺院柱廊深处可以看到一团静静燃烧着的火焰。那才是永不熄灭的神圣之火，每一把葬火都来源于它。

河风停了，周围的空气中沉淀着令人窒息的热气。贝拿勒斯的各个角落都充斥着喧嚣，人们的叫声、孩子们的笑声和诵经声从码头中传出，一片和谐，代替了夜晚本该有的寂静。不仅仅是人声，还有瘦削的狗追在孩子们身后。远处火光照不到的地方，角落的台阶没入昏暗的水中，突然传来牧牛人的尖厉叫喊，正在沐浴的水牛纷纷直起黑亮魁梧的背，一头接一头跳上台阶。它们晃晃悠悠地走上台阶，水牛湿润的黑色皮肤像镜子一样反射出葬火的光芒。

火焰时而会被白烟彻底包围，火舌在烟雾中闪烁。冲上寺庙露台的白烟像有生命一样在昏暗的堂内翻滚。

马尼卡尔尼卡码头代表净化的极致，是公然暴露一切的印度式露天火葬场，并且充满了贝拿勒斯被净化过的神圣事物所共有的、令人作呕的可憎气息。毫无疑问，这里就是现世的尽头。

一具红布包裹的尸体正靠在湿婆和萨蒂的祠堂旁边坡度和缓的台阶上，被恒河水浸泡后等待火葬。人形布包如果是红色，就说明尸体是女子，白色则是男子。将尸体放在柴火上点燃时，亲人们要扔进黄油和香料，如今他们正和剃发僧一起在帐篷中等待。接着，一具白布包裹的新尸体又被抬到了竹台之上，在僧侣和亲人的诵经声中到达。几个孩子和黑犬互相嬉戏，在尸体脚边追逐打闹，就像印度随处可见的那样，所有生者都混乱而活跃。

六点，不知从什么时候开始，四五处地方都升起了火焰。烟雾全部被风吹向寺院，所以船上的本多并没有闻到异味，只是将一切尽收眼底。

右边很远的地方是收集骨灰后将其浸泡在河水中的地方。肉体顽固坚守的个性消失，所有人的骨灰聚集在一起，融化在圣洁的恒河水中，回归四大元素和浩然之气。当聚集成一堆的骨灰浸入水中之前，下方的部分一定已经与周围湿润的土壤融为一体了。本多想起自己偶然去青山墓地祭拜清显时，明确地感受到清显并不在墓碑之下时的颤栗。

尸体依次投入火中，绳子被烧断，或红或白的尸衣烧焦脱落，本多看着尸体突然在火中挺起身子，仿佛黑色的手臂在挣扎，尸体翻了个身一样。首先烧着的部分在火葬台上清晰地变成墨黑色，有东西煮沸的声音传到河面上。头骨不容易燃烧，手持竹竿的焚尸人不停在尸体旁徘徊，当死者的身体化为灰烬后，就用竹竿敲碎头骨。黑色胳膊上隆起的肌肉在火焰中清晰可见，敲碎头骨的声音在寺院的墙壁之间回响。

回归四大元素的净化速度缓慢，阻碍净化的人类肉体在死后还要散发出毫无用处的醇香……在火焰中，红布散开，油光发亮的尸体在蠕动，火星和黑色粉末共同飞舞，火焰不停地闪烁跃动，仿佛有什么东西即将出现。然后，柴火突然崩裂，火焰在一声巨响后减弱了几分，焚尸人加上几根木柴后，火焰重新高高蹿起，甚至要攀上寺院的露台。

这里没有悲伤，一切看似无情的人都充满喜悦。不光是因为他们相信轮回转生，只是因为他们见惯了河水在田地里孕育稻米，果树结出果实这样的自然规律。就像收获和耕耘需要人力一样，人类的生存就是为了通过传承向自然提供帮助，尽管过程中需要一些帮助。

印度人看似无情的原因与所有人内心深处巨大而可怕的喜悦紧密相连！本多因自己能够理解这种喜悦而感到恐惧。但是他觉得既然自己已经看到了极致，就注定无法痊愈了。就像贝拿勒斯整体已经患上了神圣的麻风病一样，本多的视觉本身也染上了这种不治之症。

但是，看到极致的感觉在下一个瞬间到来前尚未明晰，那个瞬间让本多的心感受到了水晶般纯粹的战栗。

那就是圣牛迎面走来的瞬间。

白色圣牛可以在印度各处肆意行动，火葬场中也有一头在游荡。圣牛即使走到了火堆旁也毫不惊慌。不久后，焚尸人用竹竿将它赶到了火焰对面，白色圣牛就静静地伫立在寺院昏暗的柱廊前。因为柱廊深处是一片黑暗，因此圣牛的白显得愈发神圣，散发着崇高的智慧。白色的腹部在火焰中摇曳，仿佛喜马拉雅山上的白雪沐浴在月影之下。那是冷漠的白雪和庄严的肉体在野兽身上无瑕的结合。火焰中包含着烟尘，烟尘包裹着火焰，火焰有时会展现出火红的身影睥睨四方，有时会隐藏在翻卷的烟尘之中。

就在这时。圣牛恍惚地转过洁白庄严的面孔，透过正在燃烧尸体的烟尘,确确实实地看向本多。

当晚,本多吃完晚饭后嘱咐向导明天拂晓前叫醒自己,然后就匆匆钻进被窝,借着酒劲睡着了。

他梦到了各种各样的景象。梦境的手指触碰到迄今为止从未接触过的键盘,弹出了声音,像技师一样检查了他已知宇宙的各个角落。当纯洁的三轮山突然出现时,山顶悬崖边形状恐怖、沉睡着的石头缝隙迸发出鲜血,伸着红舌头的迦梨女神又突然现身。另外,烧焦的尸体复苏,变成了美丽的年轻人,他的头发和腰部围着光洁神圣的杨桐树叶,周围可怖的寺院景象一下子变成了铺满白沙的清亮寺院。一切观念、一切神明合力转动了巨大的轮回之环。轮回之环的形状就像宇宙中的漩涡星云,每天在地面生活的人们感受不到地球的自转,尚且感受不到轮回的力量,轮回之环就这样载着有喜怒哀乐之情的人类缓缓转动着,就像神明的游乐园中装饰着彩灯的摩天轮。

本多发现就算在梦中,他也会恐惧地怀疑印度人是否了解这一切。地球自转绝对无法通过五感得知,是借助科学的理性,经历千辛万苦才终于发现的事实。轮回转生同样如此,仅凭日常的感觉和感性无法理解,必须拥有某种超理性,某种切实的、绝对正确的体系或直觉才能理解。难道印度人明明知道这一切,才展现出如此怠惰,如此抗拒进步的一面,并且面无表情,抛弃了普通人判断人类感情的共通符号,抛弃了一切人类的喜怒哀乐吗?

不用说,这不过是旅行者肤浅的感想罢了。梦境往往会混淆最高级的象征和最恶俗的思考。本多在梦中的思考方式也表现出了他过去做法官时的冷淡和死板，仿佛怕被思想烫到一样，急急忙忙地将冷热不明的事实冷冻，但只要不是概念上的冷冻食品就不会放入口中。这种性格和职业习惯现在依然留在他的身心中。在梦中，人们往往会变得谨慎，本多也不例外，也许他依然专注于过去保留下来的精神保身术。

梦境含糊而奇怪，而他在现实中看到的谜更加真实，更加难解。这个事实在他醒来后在身心之上留下了清晰的温度——他仿佛患上了热病。

酒店走廊尽头的服务台亮着昏暗的灯光，嘴上留着胡子的向导正在和夜班服务生开玩笑，两人都忍着没有笑出声。看到本多穿着白麻西装走过昏暗的走廊，两人在远处恭敬地鞠了一躬。

在天色微明时离开酒店是为了看到台阶码头等待日出时的热闹景象。

贝拿勒斯是根据多神教下的统一原理奉献给梵天的城市，梵天是一神也是多神，拥有一个神格又超越一个神格。体现梵天神神格的正是太阳，当太阳从地平线升起的瞬间，神圣将达到极致。圣徒香加恰路亚曾经说过："当神明将天空和贝拿勒斯放在天平两端时，重的贝拿勒斯沉到地面，轻的天空升起。"圣城贝拿勒斯和天空的待遇完全相等。

印度教徒在太阳中能看到神明最高意识的显现，对神明来说，太阳才是终极真理的象征性体现。正因为如此，贝拿勒斯充满了对太阳一心一意的崇拜和祈祷，每个人的意识都脱离了地面的羁绊，凭借祈祷的力量将贝拿勒斯本身推上天空，像一张漂浮的地毯。

和昨天不同，十马码头人潮涌动，在黎明前的黑夜中，伞下无数支蜡烛还在燃烧。对岸丛林的天空中，厚重的云层下浮现出破晓的光辉。

每一柄大竹伞下都放着长凳、红花装饰着的湿婆的化身男根石和人们用小药碾磨碎沐浴后要涂在额头上的辰砂粉末。僧侣在旁侍候，他们的工作是将黄铜瓶中曾经供奉在寺庙中的恒河水与红粉混合，在人们沐浴过后涂在他们额头上。有人匆忙走下台阶，想要在水中祭拜朝阳——他先用手捧起河水祭拜，然后缓缓将全身没入水中。有人跪坐在伞下等待日出。

拂晓的晨光从地平线上喷涌而出，眼看着为码头勾勒出轮廓，涂抹上色彩——女人沙丽的颜色，皮肤的颜色，花朵、白发、疥疮、黄铜圣具，仿佛开始发出色彩的呐喊。终于，当朝阳鲜红的边缘出现在低矮的丛林上时，与本多摩肩接踵的人们口中齐声发出虔诚的叹息，甚至有人顺势屈膝跪地。

将半个身子浸入水中的人们有的合掌，有的张开双手，纷纷祭拜逐渐变成圆形的鲜红色太阳。紫金色的波浪之上，水中人上半身的影子被拉长，一直延伸到台阶上的人们脚下。盛大的欢喜之情悉数涌向对岸的太阳。其间，人们仿佛被看不见的手引导着，一个接一个沉入河水中。

太阳已经升到了绿色的丛林上方，此前，这个红色的圆盘还允许人们注视，此时却突然散发出夺目的光彩，令人完全无法直视。这团轰鸣的光焰威慑着众人。

突然，本多想到了，勋不断描绘的自杀后远方幻境中出现的太阳，正是眼前的这轮太阳。

九

公元4世纪初，佛教在印度迅速衰退。确切地说，是"印度教以它充满友爱的拥抱杀死了佛教"。就像基督教和犹太教在犹太人中的关系，就像儒家和道教在中国的关系一样，佛教为了成为世界性的宗教，只能将它的母国印度交给更加本土的宗教，必须暂时被母国放逐。印度教只在万神殿的偏远角落中为佛陀留下了一席之地，作为毗湿奴神十个化身的第九种。

印度教教徒相信，毗湿奴神有十个化身，能变成鱼、陆龟、猪、狮面人、侏儒、帕拉罗摩、罗摩、牧神克利须那、佛陀和白马卡尔基。婆罗门认为，毗湿奴化身佛陀是为了怂恿民众误信异端，自我毁灭，这反而为婆罗门打开了创立印度教正道的机缘，借此教导民众。

于是，西印度的阿旃陀石窟随着佛教的衰退化为废墟，在十二个世纪后的1819年被一支英军偶然发现之前始终不为世人所知。

二十七座石窟排列在果拉瓦河的悬崖上，分别于公元前2世纪、公元5世纪、7世纪三个时期挖掘成型，除第八、第九、第十、第十二、第十三石窟属于小乘佛教之外，其余石窟都属于大乘佛教。

本多打算在参观过如此鲜活的印度教圣地后探寻毁灭的佛教遗迹。

他应该去那里，不知道为什么，他觉得自己应该去那里。

石窟本身和他寄宿的酒店周围都没有汹涌的人群，这份寂静和简朴让他更加确信自己的想法。

话虽如此，阿旃陀的周围却没有可以寄宿的地方。本多打算顺便去参观著名的印度教遗迹埃洛拉，于是在两地之间订了酒店。尽管酒店距离埃洛拉只有十八英里①，但是与阿旃陀却隔着六十六英里。

五井物产安排的房间极为奢华，等待着本多的车也是最高级的，再加上锡克族司机毕恭毕敬的态度，这些都自然而然地成为招来其他英国游客反感的原因。就连早上出门前坐在食堂吃饭的时候，本多都能感觉到沉默的英国人对他这个唯一一个来自东洋的客人的敌意。只要举一个最明显的例子就能看出来。服务生先给本多这一桌端来了培根鸡蛋，邻桌的老人留着络腮胡，看上去是携夫人来旅游的退役军人，他叫过服务生简单而严厉地训斥了一番。从那以后，本多的桌子都要到最后才会上菜。

如果是普通的旅行者，心情大概会因为这种事立刻蒙上一层阴影。不过本多足够坚强，并没有被伤害到。仿佛去过贝拿勒斯之后，他的心灵就被某种难以解释的厚膜覆盖，一切事情都会从厚膜上一滑而过。仔细想来，服务生不必要的谦恭不过是因为五井物产提前花钱打点好的，所以这件事丝毫没有伤害到本多"客观性的自尊"——这是他从做法官时就已经拥有的品质。

一辆漂亮的黑色轿车停在酒店前厅纷乱的花丛中等待本多出发，

---

① 1英里=1609米。

恐怕经过了五个以上空闲服务生的仔细擦拭。不久，载着本多的汽车就奔驰在西印度的美丽旷野中了。

这片旷野处处荒无人烟，只是偶尔会有焦茶色的猫鼬溅起路边的溪水，动作优美地从眼前的道路横穿而过，或者有几只长尾猿从树枝间窥视轿车。

本多心中升起了对净化的期待。印度式的净化太过恐怖，在贝拿勒斯看到的圣礼依然像热病般笼罩在他心头。他想要一捧清水。

原野的空旷成为本多的慰藉。既没有田地也没有耕地的人，只有无边无际的美丽旷野，合欢树在各个地方投下连绵不断的深蓝树影。原野上有沼泽，有小溪，有红色或黄色的花朵，灼热的天空像一顶巨大的帐篷挂在一切景色之上。

这里的自然没有奇绝之景，也没有激昂之物——只有无为的倦怠在光辉的绿树掩映下灿烂耀眼。对心中燃烧着可怕的不祥火焰的本多来说，旷野就是镇静本身，从树林中飞出的白鹭的洁白代替了祭品飞溅的血液的鲜红。那抹洁白从郁郁葱葱的深绿前飞过，时而隐藏身影，时而清晰可见。

前方天空中的云彩略微卷起，散乱的边缘散发出丝绸般的光泽。天空是无穷无尽的蓝。

不用多说，终于进入了佛教的领域这种想法给本多带来了巨大的慰藉。哪怕只是走向衰亡并已经化为废墟的佛教。

在五彩缤纷的诡异曼陀罗之后，本多幻想中的佛教就像一块冰，他已经在旷野的明朗和静谧中预感到了佛教中熟悉的寂寞。

本多不知不觉中感受到归乡之情。他从活生生的印度教支配的喧器王国中来，正在回归已经灭亡却因为灭亡才变得纯粹的、亲切的梵钟之国。一想到佛祖在绝对回归的尽头等待，他发现他竟然从来没有在佛教中幻想过绝对。他幻想中的家乡的静谧，只有对不断衰亡之物的亲近。在这片美丽的灼热蓝天尽头，不久将会出现佛教的坟墓和忘却的遗迹。在看不到的远方，本多真切地感受到能够治愈他火热心灵的幽暗冷气，能感受到石窟中石头的冰凉和清水的澄澈。

这是心灵的一种弱化。也许只是色彩、血肉的颓败带来的强烈冲击催促着他去寻求已经化为幽静的另一种宗教，就连前方云彩的形状中都包含着枯萎的、清净的灭亡。看起来茂密美丽的树荫也不过是树木的幻影，而且那里并没有人。在这个世界中，只有引擎疲倦的轰鸣打破了午前绝对的宁静，从窗外闪过的悠闲的旷野风景逐渐将本多的心带回了家乡。

不知不觉中，平坦的旷野变成陡峭的大溪谷边缘，就快到阿旃陀石窟了。车子蜿蜒前行，朝着溪谷下方像剃刀一样光洁的果瓦拉河流域前进。

下车后本多走进一家茶店歇脚，这里依然苍蝇满天飞。本多立刻从眼前的窗户眺望广场对面的石窟入口。他觉得就这样兴致勃勃地进入石窟反而会与现在所追求的寂寞背道而驰。本多买了一张明信片，汗津津的手握着钢笔，盯着上面粗糙的石窟照片看了很久。

他再次预感到这里会是一片喧嚣——穿着白衣、眼中充满猜疑的黑皮肤的人们或站或坐，广场上，卖纪念品项链的瘦小孩子大声叫卖。黄色的烈日布满广场的各个角落，室内光线昏暗，桌上躺着三个干瘪的小橙子，苍蝇聚集在上面，厨房中飘来油炸食物浓重的刺鼻味道。

他写了明信片,是写给久未联系的妻子梨枝的。

"我来到了阿旃陀石窟,正准备参观。面前的橘子水里和杯子边缘都沾着星星点点的苍蝇屎,无法下咽。不过我很注意身体,你不用担心。印度着实是令人惊异的国家,你要小心肾。替我向母亲问好。"

这封信中包含着感情吗?他的文章向来如此,虽然正是心中洋溢的温柔和归乡情让他突然提起笔来,但是一旦成文,一定会变成如此千篇一律的枯燥文章。

无论本多将梨枝留在日本多少年,当他回去时,她一定会带着与送别时同样的安静笑容迎接他。就算在此期间她的两鬓增添了几缕白发,送别和迎接时的表情依然会像左右衣袖上的花纹一样没有丝毫差别。她就是这样的女人。

因为轻微的肾病,梨枝的轮廓总是有些模糊,在分别时想起那张脸,本多就会觉得那张如同白天的月亮般朦胧的面孔就应该留在记忆中。当然,没有人会讨厌这样的女人。本多一边写明信片,一边感受着心灵深处的安稳,不由得升起一股莫名的感激之情。这与相信自己被爱着的感情完全不同。

他只写了这些,就将明信片放进脱下的上衣口袋中站起身来,他打算去阳光明媚的广场上走走。向导向刺客一样跟了出来。

二十七座石窟位于俯视着果瓦拉河的悬崖中间,将一排裸露的石头凿开而形成。河流、河滩和河滩上的石头中夹杂着草叶,坡度渐渐变得陡峭,尽头在覆盖着杂木的悬崖中央,一条发白的石头栈道从石窟面前穿过。

第一座石窟是礼拜堂,这里有四座礼拜堂和二十三座僧院的遗迹,第一座石窟就是四座礼拜堂之一。

拂晓前带着霉味的冷气和想象中一样,入口和鞋垫差不多大小,中间最深处轮廓光滑的巨大佛陀雕像保持着结跏趺坐的姿势,在从入口照进来的晨光中清晰可见。此时光线太暗,看不清洞顶与四面墙上的壁画,所以向导打开了手电,光线向蝙蝠一样徘徊翻飞,找不到落脚点。于是,墙上又出现了本多没有想到的各种烦恼图景。

头戴金冠,腰间只卷着花布的半裸女郎们各自摆出千娇百媚的姿态浮现在光晕中。大多数人手中拿着一支莲花,面容相似如姐妹。半睁的狭长丹凤眼上是一对新月眉,微微翘起的小鼻子让冰冷的伶俐高鼻梁显得柔和。下唇丰满,嘴角自然上挑。一切细节都让本多想到月光公主长大的样子。与稚嫩的公主不同,画像中每个女性的成熟肉体上一对挺立的乳房都像快要裂开的石榴一样鲜艳欲滴。纤巧的金银珠宝项链像藤蔓一样慵懒地在乳房上缠绵。有人横坐着展示柔软的腰肢,露出妩媚的背影;有人微微抬起腰骨,袒露的小腹几乎要冲破腰布;有人翩翩起舞,有人濒临死亡……

向导喋喋不休地介绍,随着手电筒的光线移动,女人依次隐没在黑暗中。

走出第一洞窟,热带阳光仿佛激烈地敲打着铜锣,刚才所见到的一切突然还原成幻觉,人们仿佛在正午的困倦中半梦半醒,遍访石窟,探寻被自己遗忘的古老记忆。只有在眺望果瓦拉河中的流水和赤裸裸的河滩时才能确定眼前的一切都是现实。

和往常一样,本多因为导游不顾他人心情的饶舌而心烦。他冷漠地从导游面前走过，对常规景点一概视而不见，久久地坐在空荡荡的僧院遗址上，让后来人超过他们，直到剩下自己一个人。

空无一人的环境更能让他自在地描绘幻觉，僧院的环境正是如此。没有可看的佛像和壁画，洞里的左右两边排列着黑乎乎的粗柱子，比中间最深处更深的黑暗中立着朦胧的说教坛，除此之外只有一对长石桌直通到深处，光线豪放地射入，仿佛众多僧侣刚刚离开这间既用作教室又用作食堂的石桌旁去室外呼吸新鲜空气。

没有任何色彩的房间让本多心情舒畅。虽然定睛一看，还能发现石桌的凹槽中残留着过去的铁丹红色。

什么人刚刚离去？

什么人曾在这里？

本多独自站在冰冷的石窟中，感到周围不断逼近的黑暗仿佛在齐声呢喃。这处"不存在之地"没有任何装饰和色彩，恐怕在他来印度之后第一次唤醒了全新的感情。没有比衰落、死亡、一无所有更能让人切身感受到如此鲜活的存在。不，存在已经在这里成型，从蔓延在真正的石头上的霉味中成型。

本多心中升起一种动物性的情感，仿佛某种事物即将形成时混在一起的欢喜和不安，仿佛狐狸从远处循着气味接近猎物时的心情。他无法准确地把握这份情感，而心灵深处某种已经远去的清晰记忆已经伸手抓住了它。期待搅乱了本多的心。

离开僧院，本多在室外的阳光中向第五石窟前进。栈道转过一个大弯，展开新的希望，从石窟前通过的栈道钻进了镶嵌在岩石中的湿润廊柱。由于位于两条瀑布之中，廊柱已经被水花浸湿。本多知道第五石窟就在附近，于是隔着一条峡谷眺望瀑布。

其中一条瀑布被岩石阻断，另一条像银色的绳结一样绵延不绝，两条瀑布都狭窄而陡峭。一双瀑布沿着黄绿色的岩壁落入果瓦拉河，水流打在周围的山壁上发出清脆的声音。瀑布的后面和左右两边能隐约看到空洞昏暗的石窟，除此之外，合欢树鲜绿色的树丛和红色花朵侍奉在瀑布两侧，飞溅的水光和水汽中的彩虹耀眼夺目。有几只黄蝴蝶在本多的视线与瀑布之间上下翻飞。

本多抬头看向瀑布顶端，因为惊人的高度而晕眩。那高度如此惊人，仿佛有另一个次元的世界在俯视人间。瀑布滑落的岩壁是苔藓和蕨类植物的深绿色，山顶瀑布源头的绿是清亮的明黄。尽管有几块岩石裸露在外，但是绿草的柔美和明亮仿佛并非人间之物。一头黑色小山羊正在那里吃草。在比草更高的碧蓝天空之上，翻卷着众多透出庄严光辉的云彩。

刚觉得听到了声音，这个世界无限的安宁就支配了此处。刚觉得被沉默压制，瀑布的声音又蛮横地响起。本多的耳朵沉浸在静寂和水声的交替之中。

想要立刻前往水花飞溅的第五窟的急切与令人止步的敬畏在本多内心争斗。的确，那里多半什么都没有。但就在此时，清显在发烧恍惚时说的一句话滴进本多心里。

"再见。我们一定会再见的，就在瀑布之下。"

后来，他相信清显口中的瀑布是三轮山的三光瀑布，事实也许的确如此。但是此刻，本多坚信清显所说的最终瀑布就是这里的阿旃陀瀑布。

十

　　载着本多离开印度的"南海号"是五井船舶的客货两用船，一共有六间客房。现在雨季已经过去，"南海号"横穿吹着凉爽东北季风的暹罗湾，经过位于湄南河口的北榄府①，一边测量潮汐的涨落一边向着曼谷逆流而上。11月23日的天空干燥，泛着珐琅的蓝色。

　　从那充满瘴毒之地回到熟悉的小城，本多心情舒畅。尽管说不出心底燃烧的东西具体是什么，不过旅行中留下的恐怖印象仿佛压在舱底，而本多始终靠在上甲板的栏杆上。舱底的货物压得精神的深厚船舱嘎吱作响。

　　途中，除了与泰国海军的驱逐舰擦肩而过之外，长满椰子、红树和芦苇的海岸一片静寂，人烟稀少。终于，曼谷出现在右岸，吞武里出现在左岸。从吞武里所在的河岸上能看见水椰子树叶屋顶，以及悬在地面之上的房屋，鲜绿的树荫里隐约可见果树园工人的黑色皮肤。果园里种着香蕉、菠萝和山竹果等。

　　果树园的一角还伫立着缘木鱼喜欢爬的槟榔树，本多见到后，想

---

① 位于泰国中部，以前是泰国重要的出海口，湄南河的入海口就位于北榄府。

到了那些用蒌叶包着槟榔果实嚼烟草,嚼得嘴角通红的老女官。奉行现代主义的銮披汶总理已经禁止食用槟榔,看来女官们只能在远离首都的邦派因一扫这项禁令带来的郁闷。

单桨水运船只越来越多。过了一段时间,商船和军舰的桅杆在远处交错。那里是科伦库·托伊港,即曼谷港。

泥土色的河水在夕阳映照下格外辉煌,仿佛黯淡的蔷薇色,流动的油水在彩虹的光辉下闪闪发光,让本多想到在印度见到的众多麻风病人滑腻的皮肤。

站在岸边挥动帽子迎接的人群中,逐渐显现出五井物产身材丰满的分店店长和两三名员工,还有日本会长等人的身影,藏在分店店长身后的菱川让本多的心情一下子沉重起来。

在五井物产的员工接过走下舷梯的本多手中的包之前,菱川从旁边一把夺了过去。他迎接本多的态度是迄今为止从未见过的卑微和殷勤。

"欢迎回来,本多先生。见到您健康我就放心了。这次印度之行一定遇到了不少麻烦吧。"

本多觉得比起对自己,这番话对分店店长更失礼,因此他没有理会,只是向分店店长道了谢。

"您在我旅行的每个目的地都安排得滴水不漏,令我受宠若惊。托您的福,我享受了一次奢华之旅。"

"您应该深切体会到,五井物产不会仅仅因为英美对日本的资产冻结就衰落了吧。"

在开往东方大酒店的车中,菱川一直抱着包安静地坐在副驾,分店店长对本多讲述他不在的这段时间，曼谷人心的恶化。他提醒本多小心，如今曼谷人被英美花言巧语的宣传欺骗，对日本的感情变得十分恶劣。从车窗向外看去，街道上似乎聚集着一群贫民，这幅景象以前从来没有见过。

"传言说法属印度国境现在还有日本军队蜂拥而至，地方的治安不断恶化，所以大批难民纷纷流入曼谷。"

不过，酒店依然和以前一样，保持着一副冷淡的英国气质。在房间里安顿下来冲了个澡后，本多的心情也平静下来。

分店店长等人邀请本多一起吃晚餐，他们坐在大厅面向庭院的椅子上等待，巨大的电风扇在天花板上缓慢旋转，不时响起甲虫撞到风扇的声音。

本多从房间走下来，重新认真审视着这些目中无人的家伙，他同样属于这个团体，是"外地来的日本南方绅士"。

这是为什么呢？可以说本多在这个瞬间第一次切实发现了他们的丑陋，同时发现了自己的丑陋。他简直无法想象，他们和那么美丽的清显与勋同为日本人。

从高档的英国制亚麻西服、白衬衫到领带，这副打扮完全无可挑剔，但是人人都快速扇着日本团扇，手腕上挂着的绳子上串着一颗黑色的玻璃珠。每个人都戴着一副眼镜，一笑就能看见金牙。上司说的都是些假作谦虚的自吹自擂，下属只会应和着"这里的分店店长真有胆识，诚实又勇敢"之类的话，相同的话不知道已经说了多少次。接下来谈论的都是些外国来的女人、主战论之类的话题，还会压低声音讨论军队蛮横的行为……一切都带着热带国家沉闷的念经调子，与外表的活跃奇妙地结合在一起。他们有的人身体内部困倦不已,或者因为汗湿而发痒,却要保持恭恭敬敬的姿态,内心角落中不时泛起昨夜的欢愉,担心染上泥沼中的红色睡莲那样的病……就在刚才,本多在房间中照镜子的时候感觉脸上虽然有旅行的疲惫,但并不能明显看出自己是他们的同类。镜子里的只是一个曾经代表正义,接下来要以通向正义的小路与他人交易为生的四十七岁男人。

"我的丑陋是独特的。"本多走下电梯,走下通往大厅的几段铺着红色地毯的楼梯,迅速找回了自负,并且紧紧抓住不放。"我和那些商人不同,毕竟我有名为正义的前科。"

当晚,众人在广东饭店推杯换盏时,分店店长当着菱川的面大声对本多说。

"我们这位菱川啊,真是给本多先生添麻烦了,他自己也明白做过不少伤害您感情的事。他似乎反省过头了,自从先生离开后就一直觉得是自己不好,是自己的错,都变得神经衰弱了。啊呀,他确实有各种缺点,不过我觉得总能帮上忙,才让他跟着您的,结果却给您添了大麻烦,我也有责任。所以,我们有一事相求,距离您出发还有四五天(啊,军用机已经安排好了),菱川也深刻反省过了,说以后一定努力让先生满意,所以您大人有大量,让他继续带您逛逛如何?"

接下来,菱川在桌子对面点头哈腰地说:"先生,请您尽管骂我,都是我的错。"他的额头几乎要贴到桌布上了。

这事让本多十分郁闷。

分店店长的意思是,他自信为本多安排了一个不错的向导,但是从菱川的态度来看，本多相当任性，让菱川觉得很不好伺候。如果随了本多的意在此时换掉菱川的话会伤害到菱川的感情，反正只剩四五天时间了，只能让菱川忍一忍了。为此，不由分说地把一切都说成菱川的错才是上策。这样一来也不会伤了本多的面子。

本多在一瞬间怒火中烧，不过他立刻意识到如果此时坚持自己的想法，局面对自己将更加不利。菱川不会亲口向分店店长检讨自己具体做错了什么，而且以菱川的性格，绝不会知道自己为什么会被讨厌。他有自己的小算盘，觉得既然被讨厌已经成为了事实，一定要做些什么来挽回。于是他巧妙地将分店店长拉到了自己一边，让分店店长说出了这样一番厚脸皮的话。

本多觉得丰满的分店店长这番厚脸皮的话尚且可以原谅，但是菱川发现自己被讨厌之后，厚着脸皮精心设计的这场不由分说的戏码就无法原谅了。

突然，本多想明天就回日本。但是很明显，如果到了现在才提出要变更行程，旁人只会当自己是因为讨厌菱川才做出这种孩子气的选择，所以本多明白自己已经被逼到绝境，连改变行程这种事都做不到了。因为之前太宽宏大量，本多不得不越来越宽宏大量。

既然如此，他只能继续把菱川当成工具了。他笑着否定了分店店长的话，说那都是误解，说明天还要买土特产、逛书店、去蔷薇宫告别，这些都要麻烦菱川安排。至少自己能完美地掩饰感情，本多对自己展示出来的技术很满足。

——菱川的态度确实改变了。

菱川首先带他去的书店里只摆着一排排英文版和泰语版的，印刷粗劣的小册子，就像进货少的蔬菜店板子上零零散散摆放的蔬菜一样。如果在以前，菱川一定会狠狠地批判泰国文化程度低，而如今只是默默地让本多自行挑选。

本多没找到关于泰国小乘佛教或者轮回转生的英文书，而是被一本像自费出版的莎草纸诗集吸引了目光。诗集很薄，白色的封面被阳光晒得卷了边。他站着读完了英文序言，这本诗集的作者看起来是参加过1932年无血革命的青年，在赌上生命的革命结束后发现一切都幻灭了，于是将自己的感情写成了诗歌。很巧，这本诗集就出版于勋死去的第二年。本多翻看着，英文印刷模糊不清，文笔稚嫩。

谁人知晓

将青春献祭给未来后

生出的只是腐败的蛆虫

谁人知晓

约定新生的瓦砾中

只有毒草荆棘相继萌芽

于是蛆虫扇动金色的翅膀

风吹过毒草散播瘟疫

我忧国忧民，满腔热血

比雨中的合欢花更加鲜红

雨后的屋檐、柱子、栏杆

专制的白色霉菌肆意蔓延

昨日的明智在利益的浴场走向暗淡

昨日的健步在锦绣轿子中裹足不前

不如卡宾、巴塔尼

因花梨木、紫檀、苏木的繁荣而繁荣

蔓草、荆棘、淡竹之路随处可见

阳光雨水难以穿透的密林深处

犀牛、貘、野牛

偶尔还有象群

踩碎我的尸骸寻找水源

一轮红月宛如亲手撕开的喉咙

照亮杂草上的露珠

谁人知晓

谁人知晓

一曲哀歌如鲠在喉

  这首绝望的政治诗打在本多的心上，他觉得没有比这更能安慰勋的灵魂的诗了。不是吗？勋在看到他梦寐以求的维新成就之前死去，但即使他看到了维新的成功，必然只会更加绝望。失败也是死，成功也是死，这应该就是勋的行动原理了。但是，人生不如意就在于无法置身于时间之外，无法在公平对比两个时间、两种死亡方式后选择其一。勋无法将维新后体会幻灭而死和未达成夙愿先一步死去并排放在眼前进行选择。如果先一步死去，就不可能选择后来的死；如果选择后来的死，就不可能选择先一步而去。于是，人们只能在两种死亡到来前，凭借预见选取其一。当然，勋选择了不体会幻灭而死，他的预见中包含着年轻人尚未了解权利的一鳞半爪时如清流般的睿智。

但是，参加革命，在成功后细细看清了月之阴暗面的幻灭和绝望后，即使在此时求死，恐怕也不过是想要逃避超越死亡的荒凉罢了。无论是如何真挚的死亡，都难以避免被当成忧郁的革命后发生的病理学上的自杀。

因此，本多想将这首政治诗供奉在勋的灵前。至少勋在死时看到了太阳，而这首诗的早晨却在龟裂的阳光下撕开了化脓的伤口。勋壮烈的死亡与这首政治诗的绝望只是恰巧处于同一时代，两者之间却连着一根无法斩断的线。人们赌上性命追求的未来幻影，那些最好的幻影和最坏的幻影，那些最美好的幻影和最丑陋的幻影，也许就存在于同一个地方，更可怕的是，它们可能就是同一个幻影。难道不能说，勋赌上性命追求梦想，他的预见越睿智，他的死越纯洁，这首政治诗就越绝望吗？

本多当然能感受到自己的想法本身就有巨大的印度的影子。印度塑造了他思想的结构，就像重重叠叠的莲花花瓣一样，不允许他的思念保持清晰的直线。那时，本多甚至不惜抛弃法官的工作也要救勋（虽说其中包含着没能救下清显的强烈悔恨），恐怕那是他这一生中唯一一次无私和献身。但是一切都是徒劳，勋依然死去了，此后，他只能占卜转生背后的理想，在轮回之外遥望结局。本多心中已经难以维系"人类的"情感，而给予他最终暗示的，正是那令人恐惧的印度。

无论成功还是失败，无论早晚，时间总会带来幻灭，对幻灭的预见根本称不上预见，不过是随处可见的悲观主义观点而已。重要的只有一种预见，这就是付诸行动，以死践行的预见。勋完美地实现了这样的预见。只有像他那样的行为才能看透在时间中随处可见的玻璃障壁，看透人力绝对无法穿越的障壁，无论是从这边看向那边，还是从那边看向这边，都同样清晰。在渴望中，在憧憬中，在梦中，在理想中，过去与未来成为等价之物，成为同质之物，即成为平等之物。

勋在死亡的瞬间究竟有没有窥见这样的世界？本多已近老年，探寻终将到来的濒死之际将会看到的东西一事对他来说已经不能等闲视之。至少在那个瞬间，实际存在的勋和虚构的勋实现了相交，这边的预见清清楚楚地抓住了原本不该看见的对面的光辉，对面的目光看透了这边，充满无限的渴望，某种已经获得的东西憧憬着某种尚未获得之物。这边的预见切实抓住了来自过去的，对自身的渴望光辉。两次生命，通过无法重来的机会穿过那面玻璃障壁相结合。勋和这位政治诗人，因拒绝经历而选择死亡的年轻人和在经历过一切后憧憬死亡的诗人，正暗示着永恒的连环。那么，他们以各自的方式所坚信和期盼的事情本身究竟如何呢？历史绝不会因个人意志而改变，而且人类意志的本质就是努力加入历史。这种想法是本多从少年时代以来一以贯之的想法。

那么，要如何将这本此时最好的祭品献给勋的灵魂呢？

可以就这样带回日本，送到勋的墓前吗？不，本多知道勋的墓如今同样空空如也。

没错，献给月光公主就好，献给那位毫不掩饰地主张自己是勋的转世的月光公主就好。这应该是最直截了当、最迅速的传信方式了。自己将成为轻易在时间障壁间往来的捷足信使。

但是，年仅七岁的公主无论多么聪慧，真的能理解这首诗中的无尽绝望吗？而且，此次勋的转生以如此明确的形式展现出来，反而让本多有了一丝怀疑。最关键的是，他在那般明亮的阳光下检查过公主可爱的浅黑色侧腹，那里并没有三颗黑痣。

本多决定将印度当地的高档纱丽和这本诗集作为贡品，拜托菱川联系了蔷薇宫。月光公主表示将于三天后，专门打开因国王不在而封锁的却克里宫殿，在"王妃宫"中接见本多。

但是，女官们对此次接见提出了严苛的条件。在本多去印度旅行的这段时间里，公主一直在焦急等待他回到泰国，表示等到本多回日本的时候，说什么都要与他共同回国，还要收拾行装，女官们只好假装帮她收拾行装。所以她们要求本多在谒见时不仅仅不能提回国的具体时间，就连"回国"这个词都不能说，尽量装成要在泰国永久居住的样子。

十一

回国的前一天早上，天空万里无云，风平浪静，天气甚是炎热。

因为上午十点要谒见公主，九点四十分，本多和菱川穿着闷热的正装，端端正正地打好领带来到了站满卫兵的宫殿前。

这座宫殿是朱拉隆功大帝在1882年建造的，出自意大利建筑家之手，完美地融合了新巴洛克和暹罗的建筑风格，华丽至极。

高耸的宫殿背靠热带的蓝天，外观如梦幻般繁复。抬头看去，宫殿的光辉和过于精致的图案令人目眩。尽管充满欧洲风格，建筑本身却依然带着炎热的亚洲特有的晕眩和醉意。左右两边是平缓的大理石阶梯，入口处有铜像守护，阶梯通向罗马风格的神殿，正面入口的拱顶上方承载着厚重的圆弧形三角楣饰，上面镶嵌着朱拉隆功大帝色彩鲜艳的画像。到此为止，建筑还是由大理石、浮雕和镀金组成的纯西洋新巴洛克风格，再向上一层则是排列着粉色大理石的科林特式走廊，中央是暹罗风格的楼阁，头顶隐约可见白底带红褐色和金色的格子天花板。楼阁像船橹一样伸出，凸起的屋顶上雕刻着却克里王朝枝形烛台一样的纹章。继续向上，直到火焰形的黄金尖塔为止，是一层层纯暹罗风格的金红色繁复天窗，脊瓦像舞者挺直的肩膀一样层层重叠，成群地指向蓝天。却克里官殿的整体结构足以让人联想到以极尽复杂、极尽艳丽的色彩和狂妄高贵的热带王族梦想压垮冰冷的、顽固而理性的欧洲风格基座，就像爪锐嘴尖的梦魔闪动着金红色的双翼，压在有着王者威严，横卧着的冰冷的白皙胸脯上。

"这真是太美了。"

菱川止住脚步，抬着头一边擦汗一边说。

本多感觉菱川的坏习惯立刻要复苏了，就像旧疾复发。看到最初的征兆后，立刻摧毁才是好意。

"无论美或是不美，又能怎么样呢？我们只是应公主召唤前来觐见的人而已。"

菱川没想到本多如此强势，他的眼中出现畏惧，再没说什么。本多暗自后悔，为什么刚来曼谷的时候没有采取如此有效的方法呢？

负责警卫的军官为两人带路，其间透露出这间封闭已久的官殿因为月光公主一时兴起而开放需要多么烦琐的准备工作，这次本多老实地回应了菱川的暗示，迅速给士官的口袋中塞进适当的金钱。

推开巨大的门扉，眼前是一间昏暗的大厅，黑白灰色的大理石马赛克地板上放着二十来把红木镶边的洛可可式椅子。陌生的女官立刻从军官身边接过两名客人，带他们走进右边的大门中。这里的天花板很高，光线也好，纯欧式的宫殿大厅中挂着枝形吊灯，几张意大利式的大理石桌子雕刻着花朵的图案，周围摆着路易十五式风格的金红色椅子。

墙上挂着朱拉隆功大帝的四位王后和母后的等身画像，菱川告诉本多，四位王后之中有三人都是姐妹。每幅画像都采用了维多利亚王朝的画法，显示出这是外国画家精心奉上的贡品，特别是面部的描写呈现出画家的良心和谄媚、真诚和恶意，为过于写实而感到畏惧的心情和厚颜无耻的欺骗呈现出水与泥沙相互侵占的河畔景象。王族特有的忧郁气质与浅黑色皮肤沉闷的肉感相结合，再加上服装和背景的热带风情，让伪装成写实的画面中混入了幻想的成分。

大帝的母妃名为喃斐蓬拉披隆，是一位身材娇小的老年贵妇，她的脸上隐藏着最阴暗野蛮的威严。本多边走边仔细观看每一张画像，他从菱川的解说中得知，大帝的四名王后中，第一位夫人昭娃帕彭喜王后[①]是三姐妹中最小的一个。与二姐沙旺瓦她娜王后[②]和大姐苏喃她王后相比，谁都能看出苏喃她王后是三人之中最美丽的一个。

苏喃她王后的画像在房间的角落，有一半被埋在了阴影中。照片上的她一只手撑着桌子站在窗边，窗外能看见模糊的蓝天上飘着晚霞，还有枝条上挂着累累果实的橘子树。桌子上放着能插一两只花的景泰蓝花瓶，还有金酒瓶、金酒杯等，花瓶中插着一枝小小的莲花。王后的金色裙摆下露出美丽的裸足，她单手拿着一把象牙扇子，上衣的肩膀处绣着桃红色的刺绣，斜挂着一条宽宽的绶带，大大的勋章在胸前闪闪发光。扇子和地毯都是如同夕阳一般的绯红色。

最让本多心动的是，这张在五张画像中最可爱最美丽的小巧面孔的每一处，从饱满的嘴唇到有些严厉的目光，甚至连短发的发型都能让他想起月光公主。细看之下，这份相似逐渐消散，又如逐渐侵占画像的黑暗从房间的四角涌起，渐渐的，就连紧握扇子的黑色小手上灵

[①] 封号"丽仁王后"，泰国国王拉玛六世、拉玛七世生母。
[②] 玛希敦·阿杜德王子（宋卡亲王）生母，泰国国王拉玛八世、拉玛九世祖母。

活的手指，或者撑在桌子上的手指弯曲的弧度都浸染了相似的气息，最终，严厉的眼睛和嘴唇都变得与月光公主别无二致。但是这份达到顶点的相似再次像沙漏中的沙子一样不停地崩塌着。

就在这时，通向内部房间的门打开了，之前那三名老女官簇拥着公主出现。本多和菱川站在原地深鞠一躬。

大概是邦派因之行让女官们消除了对本多的戒心，没有人阻止欣喜地叫出声的公主跑向本多。公主说了一堆乱七八糟的话，菱川像鸽子啄食撒下的豆子一样匆匆忙忙地拾起公主的话，在本多耳边低声私语。

"真是一场漫长的旅行啊……我好寂寞……为什么不再多给我写几封信……泰国和印度哪里的大象更多……我不想去印度，只想尽快回日本……"

然后，公主牵着本多的手将他带到苏喃她王后的画像前骄傲地说："这是我的祖母。"

第一女官在旁边加了一句："公主将本多先生招到却克里宫就是为了让你看看这幅美丽的画像。"

"不过啊，我只有这具身体是苏喃她王后给的，这颗心是从日本来的。所以我本想将这具身体留在这里，只让心灵回到日本。但是这样一来就非死不可了，所以我不得不带着这具身体一起回日本，就像小孩子无论去哪里都要抱着珍爱的玩偶那样……你明白吗？本多先生。你眼中可爱的我不过是我带着的玩偶罢了。"

当然，公主用天真无邪的语气说出的话语一定不像菱川翻译的那样井井有条。但是公主努力解释时澄澈的目光让本多在听到翻译的内容后心中一颤。

"还有一个玩偶呢。"公主一如既往地不在意大人们的想法,飞奔到阳光穿过格子窗照耀下的大厅中央,在齐腰高的桌子旁边伸手努力够着复杂的花纹图案——图案镶嵌得有些不协调——公主从蔓草到花朵一一摸过,嘴里唱着:"和我很像的玩偶在洛桑,她是我姐姐,是我姐姐,但她不是玩偶。姐姐的身心都是泰国人,而我实际上是日本人,她与我不同。"

公主开心地接受了本多奉上的纱丽和诗集,只是翻了翻诗集就放下了。一名女官有些过意不去,解释说公主现在还看不懂英语。本多的尝试成了一场空。

在这间完全不像住处的房间中,本多在公主的央求下讲了些在印度的经历,公主听得入了神,眼眶湿润。看到公主眼中难以言喻的悲伤,本多为隐瞒自己明天回国的事而心痛。

什么时候才能再见到这位公主呢?公主长大后一定会出落得亭亭玉立,但是本多不知道那时还有没有机会再见,说不定今天就是最后一面了。转生的神秘或许只是蝴蝶飞过热带午后的一抹倩影,会渐渐从公主的记忆中消失。只是勋因为没有和本多打招呼就自杀而感到遗憾,于是借精神错乱的年幼公主的嘴对现世的本多道歉而已。只有这样想,本多才能安心离开曼谷。

但是,公主一边听本多的故事一边流下眼泪,她一定预感到了即将来临的离别。尽管她插话时说的都是孩子气的可笑话语,但是大眼睛中的悲伤却越来越深。

本多每说一段就会停下,让菱川比画着翻译。突然,公主拼命睁大了眼睛,女官们一齐对本多怒目而视。本多不明白发生了什么。

公主尖声大叫，紧紧抱住了本多，女官们一跃而起想要拉开公主。公主的脸贴着本多的裤子，一边喊一边哭泣。

一如往常的修罗场开始了。女官们总算将公主从本多身边拉开，向本多示意"快逃"。菱川翻译了女官们的意思后，公主又哭喊着扑向本多。本多在桌椅之间躲闪，公主边哭边追，女官们从三个方向追赶公主，路易十五式样式的椅子倒在地上发出巨响，宫殿大厅成了捉迷藏的庭院。

本多总算甩掉了公主，穿过休息室，离开正面玄关正要走下大理石阶梯，听着身后公主的哭泣声回荡在宫殿高高的天花板下，他犹豫了。

"女官们说快逃，后面的事她们会想办法，所以快走吧。"

菱川催促着，本多汗流浃背地穿过宽敞的前庭。

车开起来后，菱川对气还没喘匀的本多说："对不起，您一定吓到了吧。"

"倒是没吓到，毕竟每次都是这样。"

本多拿出白色的大手绢，用擦汗的动作掩饰狼狈。

"先生刚才对公主说了'本来想坐飞机从印度回来，但是军用机订不到座位'对吧？"

"我是这么说的。"

菱川若无其事地辩解："我把这句话翻译错了，不小心说了真话，翻译成'我要坐飞机回日本，因为是军用机，没办法给您订座，所以不能带您回日本'了。然后公主喊着'不要走''一定要带上我'，结果成了一场闹剧。女官们觉得您违反了约定所以瞪了您，啊呀，是我的疏忽，实在太对不起了。"

十 二

日泰定期航空线路从去年，也就是昭和十五年开通，但是为了封锁蒋介石的救援物资，日本派出了法属印度支那监视委员。于是法属印度支那彻底失望，在原有的台北—河内—曼谷航线之上又开拓了经由西贡的南方迂回航线。

这是大日本航空公司运营的民航公司。不过五井物产认为在接待重要客户时，选择暗中乘坐设施差但速度快、引擎好的军用机才是得体的做法。因为这样既能给负责接待的人留下这是紧急公务的印象，又能向军方展示五井物产的威严。

本多对告别热带风物感到不舍。茂密的绿色森林中，金色的佛塔渐渐缩小，自己在那里与转生的相遇仿佛完全是一篇童话，一场梦。明明转生的证据那么充足，但是月光公主实在太小，于是一切都散落在童谣的悲欢之中，没能触碰到像清显和勋那样完整的一生，以及人生洪流的归宿，就像一辆吸引了旅人好奇目光的疯狂花车。

就连奇迹都需要日常性，这是多么不可思议的事！本多在飞机中逐渐接近日本，一想到那里没有奇迹，只剩下日常，他不由得放下心来。他不仅逐渐丧失了理性的法则，甚至丧失了感情的桎梏。就连与月光公主告别都没有给他带来格外的悲伤,在飞机中与满嘴战争的军人接触时也不觉得厌烦,同样也没有任何感动。

见到前来迎接的妻子时,本多当然会觉得怀念,就如他心中预期的那样,他真切地感受到离开日本时的自己和归来时的自己以那张有些肿胀困倦的白皙面孔为媒介,眼看着渐渐重合。两个时间点的间隔消失了,旅行带来的深红色伤口仿佛也消失得无影无踪。

"欢迎回来。"

妻子站在前来迎接的人群身后,取下肩上披着的朴素羊毛围巾,低头向本多鞠了一躬。她不喜欢美容院整理的造型,一回家就自己解开了烫好的发型,头发仍保持着形状,本多熟悉的凌乱刘海伸到了他的鼻子前,散发着一股烫发水的轻微焦味。

"婆婆身体很健康。不过夜里天冷,感冒了可不得了,所以她在家等你。"

本多还没问,梨枝就说了婆婆的情况,语气中完全没有例行汇报的敷衍,这让本多的心变得柔软。生活本该如此。

本多在回家的车上说:"明天必须早点儿起床,去商场买个玩偶回来。"

"好。"

"我答应了在泰国见到的小公主,要送她一个日本的玩偶。"

"普通的日本河童[①]玩偶就可以吧。"

"是啊。太大也不方便,这个大小就差不多了。"

[①] 也称水虎,是中国民间传说中的鬼怪。最早起源自中国黄河流域的上游。据说目前日本存有河童的木乃伊。很多日本人相信有河童,虽然鲜有人见过。

本多的双手分别放在胸前和肚子附近，比画着玩偶的大小。他想过要不要送象征变成男人的变身玩偶，又觉得不自然所以没说出口。

在自家门口，佝偻着背的老母亲穿着细条纹的竖纹和服迎接儿子。短发细致地染成黑色，细金边眼镜腿穿过头发上方挂在耳朵上——本多总想找机会阻止母亲戴眼镜，但总是没有机会。

在母亲和妻子的陪伴下，本多和往常一样穿过铺着榻榻米的走廊来到宽敞、昏暗而寒冷的里间，他发现自己的步伐在不知不觉间已经与父亲回家时的步伐相似了。

母亲以前是爱国妇女会的积极干事，此时走在寒冷的夜风吹过的走廊上气喘吁吁地说："太好了，你在打仗之前赶回来，我真是捏了一把汗。"年迈的母亲害怕战争。

休息了两三天，本多开始去丸大楼里的事务所上班，开始了忙碌而平稳的生活。日本的冬天迅速唤醒了他的理性，仿佛理性是东南亚之旅中不会见到的冬季候鸟，是回到日本后又停留在他心中冻结的港湾的仙鹤。

12月8日早上，妻子叫醒了还在卧室里睡觉的本多，安静地说："对不起，提前叫醒你。"

"怎么了？"

本多起身，以为是母亲的身体有恙。

"日本和美国开战了，刚才广播里说的……"

梨枝的语气中还带着提前叫醒他的歉意。

这天早晨，尽管本多依然去了办公室，但袭击珍珠港的新闻铺天盖地，根本没办法工作。年轻的女业务员都抑制不住笑意，这让本多感到惊讶，女人这种生物只会将爱国的欢喜和肉体的欢喜混在一起表现吗？

午休时间到了。办公室的同事们在商量一起去官城前。本多将众人送走后锁好门，吃完饭后一个人出门散步，自然而然地走到了二重桥①前的广场。

大概身处丸之内一带的人都想着同一件事，宽敞的人行道人满为患。

本多想，我已经四十七岁了。年轻、活力、纯洁的热情，这些东西无论在肉体还是精神中都已经荡然无存。再过十年就必须为死亡做准备了吧。不过，他完全没想过自己会死在战争中，他没有军籍，就算有，以他的年龄也不用担心会被派上战场了。

到了他这个岁数，已经可以仅仅站在远处看着年轻人勇敢的爱国行为拍手叫好了。竟然去夏威夷轰炸！这份惊人的壮举和他的年龄之间有决定性的阻隔。

阻隔两者的只是年龄而已吗？绝非如此。本多生来就不是为了行动。

他的人生和任何人一样，一步一步走向死亡，且他只知道走，不知道跑。虽然曾经想过救助他人，但没有经历过被人救助的危急时刻，也缺乏被救助的资格。人们会不由自主伸手搭救他们想要珍视的价值或者散发着光彩的价值，而本多从来没有让别人感受到危机感，

---

① 坐落在日本东京皇居，是日本天皇居住的皇宫，是江户幕府在1657年所建的城堡，1888年才成为日本天皇的居所。城郭外面有广阔的护城河围绕。

仿佛失去他就是失去价值。这是不是应该称为魅力呢？很遗憾，本多是缺乏魅力的独立人类。

要说本多嫉妒人们对突袭珍珠港的热情未免太夸张。他只是坚信自己此后的人生将毫无光彩地结束，由此产生了利己主义的忧郁情感。他明明应该从来没有真心期待过那样的辉煌！

但是另一方面，印度贝拿勒斯的幻影浮现在眼前后，无论多么壮烈的荣光也会黯然失色，转生的神秘令他萎靡不振，夺走了他的勇气，告诉他一切行动都没有效果……就这样，一切哲学都只能用来自怜自爱吗？就像躲避在身边爆炸的烟花一样，本多感到自己的心灵正在被人们的狂热无限压缩。

聚集在二重桥前的人们手持太阳旗高呼万岁，本多远远地看着，听着。本多远远眺望着隔开自己和人群的宽阔石子路，眺望着河堤上的枯草颜色和冬日松树的色彩。他双手插在外套口袋中，身边两个穿着深蓝色工作服的姑娘一边笑，一边手拉手奔向二重桥。一闪而过的白色牙齿在冬日里闪着温润的光泽。

冬日中，女人像弓一样美丽的嘴唇从他身边经过时，清冷的空气瞬间撕开了一道艳丽温暖的裂痕……轰炸机上的勇士一定会不时梦到这样的嘴唇。年轻人一向如此，追求最残酷的东西，同时被最柔媚的东西吸引。这份柔媚或许就是死亡吧……本多也曾经年轻，但他是绝不会被死亡吸引的"有为青年"。

那时，在本多的眼中，冬日阳光照射下的宽敞石子路空间突然变成了广阔的荒野。三十年前，清显给他看过的日俄战役影集中有一张《凭吊得利寺附近战死者》的照片，照片中的景象清晰地浮现在记忆中,与眼前的风景重合,最终占据了现实的风景。那是战争的终结,这是战争的开始,尽管如此,这幻影依然不祥。

远处平缓的山峦若隐若现,左侧不断展开的原野渐渐升高,右侧远方的稀疏树影渐渐消失在尘土飞扬的地平线上,近处,行道树代替山峦渐渐升高,透过树叶能看见黄色的天空。

这就是那张照片的背景。画面正中间是小小的白木墓碑和盖着白布的祭坛,上面放满了鲜花,数千名士兵围在祭坛周围垂首默哀。

幻象在本多眼中栩栩如生。山呼万岁的声音和鲜艳的太阳旗此起彼伏,将他从幻象中叫醒。但是那个幻象在本多心中留下了难以言喻的悲伤。

十三

战争中，本多将一切闲暇时间投入了对轮回转生的研究中，在寻找过时书本的路上感受喜悦。随着新书越来越无聊，在战争中被旧书店的尘埃包围就成了一种奢侈。只有那里才会公然出售超越时代的知识和趣味。而且与市场不断上升的物价相比，二手洋书和日本书都一如既往的廉价。

本多在这些旧书中学到了不少西方关于轮回转生的传说。

公元前5世纪，伊奥尼亚哲学家毕达哥拉斯的学说很著名。他的轮回学说受到了公元前7世纪到6世纪时风靡希腊全境的俄耳浦斯教团密教的影响。俄耳浦斯教是狄俄尼索斯信仰的后裔，狄俄尼索斯信仰贯穿了充满动乱与不安的二百年，四处点燃疯狂的战火。

狄俄尼索斯来自亚洲，与希腊各地的大地母神崇拜与农耕仪式相结合，这一情况暗示两者本同源。本多在加尔各答的杜尔伽神庙已亲眼看到了大地母神信仰依然生机勃勃的姿态。狄俄尼索斯很快来到北方的色雷斯①，在冬天死去，在春日复苏，体现了自然循环的生命。尽

---

① 巴尔干半岛的一地区，为保加利亚最大的地区。位置在巴尔干山以南、爱琴海以北，西邻马其顿，东濒黑海，东南是土耳其海峡。

管狄俄尼索斯看上去开朗放纵,但他实际上是那些夭折的美丽青年,以阿多尼斯为代表的年轻谷物灵的先祖。就像阿多尼斯必将与阿弗洛狄忒①相遇,狄俄尼索斯在此后各地的秘密仪式中必将与大地母神结合。在德尔斐②,狄俄尼索斯与大地母神被共同祭祀,另外雷尔纳秘密仪式的主神同样是这对男女神的组合。

狄俄尼索斯来自亚洲,那种宗教带来狂乱、淫荡、吃生肉、杀人,从"灵魂"的必然性来看自当来自亚洲。不允许理性的澄明,不允许人类与神明保持坚定的美丽形态的狂热,像暗无天日的蝗虫大军一样侵袭了希腊阿波罗式丰饶的田野,田野顷刻间枯萎,庄稼被一扫而空。本多无法控制自己不去想在印度的经历。

可怖的东西、酩酊、死亡、疯狂、热病、破坏……为什么这些东西能够如此吸引人类,将人类的灵魂带出世界之外呢?为什么人类的灵魂能做到那一步,必须舍弃昏暗中安乐宁静的家园飞到世界之外呢?心灵为何如此忌惮平静的停滞呢?

历史上发生的事件同样如此,个人的经历也不例外。人类一定是感觉到如果不这样做,就无法触及那个浑圆的宇宙,那个整体,那个全一。酩酊大醉,披头散发,主动撕裂衣服,让生殖器彻底暴露,生啖血肉……人类不惜做到这一步也想触及"全体",哪怕只是用指尖。

这就是经过俄耳浦斯教团提炼后变成秘密仪式的心灵体验,称为

---

① 古希腊神话中爱情与美丽的女神,也是性欲女神,奥林匹斯十二主神之一。由于诞生于海洋,所以有时还被奉为航海的庇护神。
② 一处重要的"泛希腊圣地",即所有古希腊城邦共同的圣地。

"附身"(神灵附体)和"出神"(灵魂出窍)。

正是灵魂出窍的体验将希腊式思想第一次导向轮回转生。转生最深层的心理源泉正是"恍惚"。

在俄耳浦斯教团信奉的神话中,狄俄尼索斯的全名叫作狄俄尼索斯·扎格柔斯,扎格柔斯是大地母神珀耳塞福涅和主神宙斯的孩子。他深受父神宠爱,甚至要在未来统治世界。据说当代表天的宙斯和代表地的珀耳塞福涅相爱时化作了大地精灵,以一条大蛇的姿态与她交合。

宙斯的妻子赫拉对此萌生妒意,唤醒了地下巨人泰坦,让他们用玩具引诱年幼的扎格柔斯并将他虐杀,切断了他的手脚煮熟吃掉。赫拉捧着仅剩的心脏献给宙斯,宙斯将心脏交给塞墨勒①,于是新的狄俄尼索斯诞生了。

另一方面,宙斯因为泰坦们的行为勃然大怒,用雷电攻击他们,此后,人类从泰坦的灰烬中诞生。

于是,人类继承了泰坦邪恶的本性,又因为他们肚子中狄俄尼索斯的余香保留了神明的因素,所以俄耳浦斯教团主张必须通过"出神"皈依狄俄尼索斯,通过自我神化达到人类神圣的本源。教团的圣餐仪式甚至延续到后来基督教的圣饼和葡萄酒。

接下来,被色雷斯的女人们五马分尸而死的乐手俄耳浦斯仿佛重现了狄俄尼索斯的死,他的死亡与重生,以及冥府的秘密正是俄耳浦斯教团的重要教义。

---

① 众神之神宙斯爱上的凡人情妇之一。

那么，如果通过灵魂出窍离开身体的游魂能够在瞬息之间与狄俄尼索斯的神秘灵魂相接触，那么人类应该已经知晓灵肉分离之事。肉身在泰坦的邪恶灰烬中苟延残喘，灵魂中留有狄俄尼索斯清澈的余韵。而且俄耳浦斯教团的教义告诉信徒，地上的苦难并不会随着肉体的死亡而终结，脱离死亡肉体的灵魂在黄泉中度过一段时间后必须再次出现在地上，寄宿在另一个人类或者动物的肉体中，在永恒的"生成之环"中不断轮回。

原本携带着神圣性的不灭灵魂必须在黯淡的回路中徘徊，说到底都是肉体犯下的原罪，是泰坦们杀害扎格柔斯造成的。地上生活进一步增加了新的罪孽，人类永远无法脱离轮回之苦。有些罪一旦犯下，来生将不见得必定转世为人，也许会成为马、羊、鸟，或者是犬，或者是蛇，匍匐在地度过一生。

人们普遍认为毕达哥拉斯教团传承自俄耳浦斯教，并且加以深化，"轮回转生说"和"宇宙呼吸说"是毕达哥拉斯教义的特点。

后来，本多在弥兰陀王[①]的生命观、灵魂观中找到了"宇宙在呼吸"这一思想的源头，弥兰陀王与印度思想有过长久的交流。另外，毕达哥拉斯教义同样与日本的古神道秘义有相似之处。

与小乘佛教童话般明朗的《本生经》相比，尽管教义相通，但带上伊奥尼亚式忧愁的"轮回说"让本多心力交瘁，甚至想要相信主张

[①] 希腊籍，以舍竭城为首府，建立了希腊人在西北印度的王国。鼎盛时期，其疆域至西北印度五河一带，包括迦湿弥罗及阿富汗的喀布尔，使西北印度深受希腊文化的影响。

万物流转的哲学家赫拉克利特①的学说了。

只有在流动统一的哲学中,"附身"和"出神"才能合二为一,一即是全,一来自全,全来自一。在超越了时间和空间的领域中,自我消失,轻松达成与宇宙的融合,或者说在神圣体验之中,我们成为了万物。在那里,人类、自然、鸟兽、在风中沙沙作响的森林、有鱼鳞闪烁金光的小河、云雾缭绕的群山、布满蓝色小岛的大海,都冲破存在的框架达成融合。赫拉克利特口中的世界如此。

"无论是生是死,

无论是梦是醒,

无论年轻衰老,

均合而为一。

转变时,你成为我,

转变时,我再次成为你。"

"神明只是将万物转换,

转换昼夜,

转换冬夏,

转换战争与和平,

转换丰饶与饥饿。"

"昼夜合而为一。"

"善恶合而为一。"

---

① 一位富有传奇色彩的哲学家,是爱菲斯学派的代表人物。他出生在伊奥尼亚地区的爱菲斯城邦的王族家庭里。

"圆周的终点与起点合而为一。"

这就是赫拉克利特雄浑的思想,接触这样的思想时,本多觉得仿佛要被光芒刺瞎双眼,尽管确实有解放之感,但同时又无法立刻移开遮挡眼睛的双手——既害怕被刺瞎双眼,又觉得自己的感性和思想都不够成熟,无法沐浴在这种无边无际的光明中。

十 四

在此，本多暂时转移了视线，开始专心研究17、18世纪于意大利复活的"轮回转生学说"。

生于17、18世纪的修道士唐玛佐·康帕内拉相信"转生轮回说"，这位异端叛逆的哲学家在狱中生活了二十七年后被送到法国，度过了幸福而光荣的晚年，在路易十四生日当天，献上了证明他"轮回说"的赞歌。

康帕内拉从博特罗那里学到了婆罗门教的"轮回转生说"，得知只有猿、象、牛才是死者灵魂的转生。另外，他以毕达哥拉斯教团相信灵魂不灭和轮回转生为借口，在主要作品《太阳之都》中规定那里的居民"来自印度，是从莫卧儿人的掠夺和暴虐中逃离的贤者"，将他们称为"毕达哥拉斯那样的婆罗门教徒"，模糊了他们的轮回信仰。但是康帕内拉本人认为"死后的灵魂并不会去地狱、炼狱及天堂"。

在他的《高加索十四行诗》中，他的轮回说隐约可见，康帕内拉在诗中表露出充满悲伤的感情，诗中经常提到他认为自己的死并不能让人类变得更好，反而会成为祸患让邪恶更加猖狂。死亡仅仅是忘记了现世的苦恼，而感觉依然会永久存在，人类明明不知道前世是痛苦还是和平，又怎么能得知死后的感受呢？

与贝拿勒斯的欣求相比，主张轮回说的西欧人都被当世的悲愁打垮了。而且他们并不奢求来世欢喜，只求忘却。

提到这个，18世纪的哲学家詹巴蒂斯塔·维柯①强烈反对著名的笛卡尔，他同样主张轮回说，他的英气和斗志让他成为尼采"永劫回归论"的先驱者。维柯的理论基于模糊的知识，称颂日本人是尚武的民族，本多愉快地读到他描述"日本人就像加尔各答战役时的罗马人那样，称赞英雄的人类属性，英勇善战，语言与拉丁语相似"。

维柯用他的回归思想解读历史，即各个文明都终将走向远比最初"感性的野蛮"恶劣的"反省的野蛮"这一结局。前者意味着高洁的原始性，而后者意味着卑劣狡猾，奸诈诡谲。于是，有毒的"反省的野蛮""文明的野蛮"在几个世纪之后必将再次遭受新的"感性的野蛮"入侵。本多认为自己在日本短暂的近代史上清晰地看到了这一点。

维柯相信天主教中的天意，当他说出下列不可知论者的言论时，仿佛与"业感缘起论"只有一线之隔。

"神与他的造物是分离的实体，而且存在理由和本质是实体的固有性质，在涉及本质的范围内，被创造的实体与神这一实体是完全不同的存在。"

在他的理论中，如果将实体的被创造物看作"法"与"我"，将

---

① 意大利政治哲学家、修辞学家、历史学家和法理学家。

存在理由看作"业"的话，到达另一次元的神的实体这一过程就必然是"解脱"。

维柯的这一神学理论将神的创造转换成"内在"的造物和"外在"的事实，由此宣称世界在时间之中被创造，而人类的精神是神的映射，渴望无限及永远，精神不会被肉体限制，也不会被时间限制，因此精神不死。不过对于无限者为什么会坠入有限的事物中一事，维柯只是推给了"不可知论"而不予置评。但是，这个问题才应该是"轮回转生说"睿智的开端。

细细一想，印度哲学凭借不屈的理解力，不惜依靠幻想和梦境，终于与"不可知论"划清了界限，实在是令人震惊。

十 五

本多了解了西洋的轮回思想通过孤独的思考者们从古代一点点传到现在的困难经过。他想，也难怪公元前2世纪，统治西北印度的弥兰陀王仿佛忘记了希腊自古以来的毕达哥拉斯派哲学，在会见那迦西那长老时提出了种种问题，显示出对佛教的"轮回转生说"的强烈怀疑和好奇。

收录在日译《大藏经》中的《弥兰陀王问经》卷之一开头这样描写王都：

"如是所闻。希腊人的国家（殖民地），名为奢羯罗的都城是通商贸易的中心之一。这里山清水秀，有花园公园，有森林、池塘和湖泊，有山川林野，是一片(天然的)极乐净土。住在这里的人民信仰虔诚，不仅如此，因敌人已荡然无存，他们丝毫感受不到不安和压迫。皇城周围戒备森严，有众多要塞堡垒，有宏伟的城门、庄严的拱门，白色高墙和深不见底的护城河。宽阔的街道、十字路口和市场等设计巧妙，高楼大厦里的店铺装饰华丽，充满了无数昂贵的商品。数百座慈惠院让城市显得庄严，成千上万栋高楼大厦如同喜马拉雅的山峰般，巍峨而直插云霄。另外，街上满是如松的男子和如花的女子，婆罗门、刹帝利、毗舍、首陀等上、中、下各个阶级的人们成群结队,川流不息。

"因为这里的市民欢迎各个教派的学者教师,所以奢羯罗呈现出各宗长老百家争鸣的景象。街头大大小小的商铺里能看到贝拿勒斯特产的丝绸,还有其他各种绸缎。花香市场散发出的芬芳净化着整个城市,还有很多卖如意宝珠和其他各种宝石的商店,卖金银铜石的商店,仿佛走进了宝石的矿山,令人眼花缭乱。另外,有出售谷物的大型商店,有堆积着昂贵商品的仓库,有售卖各种食水点心的商店,生活便利,应有尽有。简而言之,奢羯罗的富庶程度与北俱芦洲①不相上下,繁华程度可与天上城市分庭抗礼。"

自视甚高、巧言善辩的弥兰陀王看不起如今的印度,认为那里不过是智慧的谷壳,他就是在这座光怪陆离的城市中第一次见到了真正拥有真知灼见的那迦西那长老。

弥兰陀王问那迦西那长老的问题如下。

"尊者,当我称呼那迦西那时,那迦西那究竟为何人?"

"你认为那迦西那为何人?"

"尊者,我认为存在于身体内部,化为风(呼吸)出入的生命(灵魂)即为那迦西那。"

读到这里,本多不禁在王的回答中看到了毕达哥拉斯的"宇宙呼吸说"。灵魂在希腊语中是气息的意思,如果人的灵魂是气息,那么人就是由空气所支撑的,宇宙中的一切都在气息和空气的怀抱中,这

---

① 音译为郁单越、郁怛罗、郁多罗鸠留、嗢怛罗矩噜等,为佛教传说中四大部洲之一。

就是伊奥尼亚的自然哲学。

长老继续反问，吹海螺的人、吹笛子的人和吹角笛的人一旦吐出气息就不再收回，他们为什么没有死去呢？王无法回答。这时那迦西那的一句话暗示出希腊哲学和佛教的根本性差异。

"灵魂并非存在于呼吸之中，呼出吸入的气息只是身体中潜藏的势力（蕴）。"

看到这里，本多马上预感到他已经猜到了下一页的问答内容：

"王问：'尊者啊，所有人都能死而复生吗？'

"'有人可以，有人不能。'

"'何人可以？'

"'有业障的人死而复生，没有业障的清净之人不能。'

"'尊者会死而复生吗？'

"'如果我怀着对生的执念而死，我就会复生，反之则不会。'

"'善哉，尊者。'"

从此，弥兰陀王的心中产生了炽热的探究欲，执着地抛出一个接一个关于轮回转生的问题。佛教论证"无我"，既然无我为何会有轮回。当弥兰陀王追问长老轮回的主体时，用希腊式对话的螺旋状推究步步相逼。既然轮回讲究善因乐果、恶因苦果，是由"业"的持续带来的报应，就必须要有为行为负责的永恒主体。但是，既然长老所属的佛教派系阿毗达摩教明确否定《奥义书》时代承认的"我"，而且他此时还不了解后世精妙的唯识论体系，因此只能回答"轮回的主体没有实体"。

但是本多从那迦西那的解释中体会到了难以言喻的美感。他将轮回转生比作一盏明灯,黄昏时分、深更半夜、黎明之前的火焰各有不同,但它们并非另外的火焰,而是依存于同一盏灯,昼夜不停地燃烧着。个人的存在作为缘起并非实体,只是像火焰一般的"事象连续"而已。

接下来,那迦西那又说出一句与很久以后的意大利哲学家几乎相同的话:"时间即轮回的生存本身。"

十六

尽管弥兰陀王与佛教徒对话,但是他作为外国人,从一开始就被印度教拒之门外。虽然他是统治者,但活在印度种姓制度之外的人无论如何接近,依然会被印度教排除在外。

但是本多第一次接触轮回转生思想是在距今三十年前,他在松枝清显家听到月修寺主持说法后自己翻阅了L·德隆尚的法译《摩奴法典》。这部法典写于公元前2世纪到公元2世纪之间,继承了公元前8世纪信奉"梵我一体"的《奥义书》时代定下的轮回思想。《奥义书》上写着:

"诚然,为善业者成善,为恶业者成恶,净行得净,恶业成黑。因此,人由欲望组成,欲中产生意向,意向带来业,业造成轮回。"

现在想来,本多在贝拿勒斯的体验或许在很久以前,在他十九岁接触这部法典时就已经注定了。《摩奴法典》包含了一切宗教、道德、习惯和法律,以天地创造为始,以轮回为终,而且在贤明的英国人的关照下,这部法典在英国统治印度时期同样在印度的印度教徒中发挥着实际的法律效用。

本多重读法典时再次触到贝拿勒斯欢喜与渴望的源泉,《摩奴法典》庄严的第一章中写道，自存神拨开黑暗混沌亲自散发光辉，他首先造水，在水中播种。种子成长为太阳般光彩夺目的黄金卵，一年后，世界之祖梵天破壳而出。孕育了梵天的水正是贝拿勒斯的水。

《摩奴法典》中的轮回之法大致将人类的转生分为三类，统治一切众生肉体的三德之中，充满喜悦、寂静和清明之情的有识之德（喜德）转生为神，喜欢经营、优柔寡断、从事不当职业、耽于感官享乐的无识之德（忧德）转生为人，生活放荡懒惰、缺乏精力、残忍、无信仰而邪恶的暗德转生为畜生。

对转生为畜生的罪孽有细致的规定，杀害婆罗门的人投胎成狗、猪、驴、骆驼、牛、山羊、绵羊、鹿、鸟，偷盗婆罗门财物的婆罗门要一千次转生为蜘蛛、蛇、蜥蜴等水生动物，侮辱尊者床榻的人要一百次转生为草、灌木、葛藤或者肉食动物。偷食粮下世变老鼠，偷蜜变牛虻，偷牛奶变乌鸦，偷植物榨汁变狗，偷肉类转生秃鹰，偷油脂转生摩陀鸠，偷盐转生为蝉，偷丝绸衣服转生为竹鸡，偷亚麻布转生为青蛙，偷牛转生为鳄鱼，偷香料转生为麝香鼠，偷蔬菜变孔雀，偷火变苍鹭，偷家用器皿变大黄蜂，偷马转生为虎，偷妇女变熊，偷饮用水变迦多迦鸟，偷果实变猴。

十 七

另外,泰国小乘佛教在很好地继承巴利语原典的《南传大藏经本生经》朴素教义的支撑下,即使是佛陀,在前世行善时也难免会在无罪时轻易转生为老鼠或金色天鹅。

在明治时期之前,日本都不了解泰国的南传佛教。佛陀圆寂后,大约又过了一百年甚至二百年,小乘佛教分裂成众多教派,被称为"小乘二十部"。其中,"分别上座部"在公元前3世纪传到了阿育王治下的摩泗陀,如今依然出现在锡兰、缅甸、泰国、柬埔寨等国。

巴利语写成的分别上座部三藏中,事无巨细的律藏规定如今成为泰国修行僧人的戒律,细致规定了他们的日常生活,规定比丘[1]要遵守二百五十戒,比丘尼[2]要遵守三百五十戒。

本多无论如何都想弄清楚"分别上座部"的"轮回转生说"是什么样的,与唯识论有什么不同,有什么特殊之处,年幼公主的信仰暂且不论,曼谷各处每一名身披袈裟的僧人心中隐藏的轮回思想是什

---

[1] 佛教指出家受具足戒的出家人。
[2] 佛教用语,俗称尼姑,又作苾雏尼、比呼尼、尼、除女、熏女、沙门尼,满二十岁出家,受了具足戒的女子,称为比丘尼。

么?于是他遍读了佛经。

结果,他明白了这些南传上座部教义的起源是与弥兰陀王交谈的那迦西那长老所属的阿毗达摩教。关于《弥兰陀王问经》的流传路线,有学者认为最初恐怕是在希腊殖民地西北印度写成的,它在传到东部马加达地区时被改写成巴利文,经过增补后传到了锡兰,然后从锡兰传到了缅甸、泰国等地。传到泰国后就成为暹罗版大藏经《弥兰陀王问经》。

因此,可以认为泰国人所信仰的轮回观几乎和那迦西那长老所说的一样。这一派的想法是"引发轮回转生的业,本体是'思',即意志"。这一点和《阿含经》①中的论述一致,与佛教最初的思想相悖。站在动机论的立场来看,正如这一派所说,人们的肉体与外界事物本无善恶之分,善恶皆由人心而起,由"思"所起,由意志所起。

到此为止都没有问题,但阿毗达摩教为了宣称"无我",从整个物质界的无善恶开始推论。也就是说,如果有一辆车,那么尽管组成车的各种要素都不过是物质性的,但是如果开车的人肇事逃逸,车就会成为罪恶的容器,心和意志才是业的因,所以人类本来无我。然而"思"坐在车上,贪、嗔、错误想法、无贪、无嗔、正确想法的六业引发了轮回转生。虽然"思"是轮回转生的原因,但并非主体。主体终究是不可知的。来世不过是今生的延续,生就是与这一世相连并延续的长明灯火。

一想到发生在泰国年幼的公主身上的事,本多就觉得很好接

---

① 音译为阿晗、阿含暮、阿笈摩,意为传承的教说或集结教说的经典。

受了。

每到雨季，曼谷所有河川都会泛滥，道路与河流、河流与田地的边界瞬间消失，道路变成河流，河流变成道路。在那里的一颗幼小的心灵中，梦境的洪水淹没了现实，来世与前世冲破堤坝混入现世之水中，这种事情一定并不罕见。而且被泛滥的河水淹没的田地中露出青青草叶，河水与田地中的水沐浴着同一片阳光，倒映出同一片积雨云。

就这样，月光公主的心中发起了她自己都没有意识到的来世与前世的洪水，一眼望去，水中清楚地倒映出雨后的月亮，也许像小岛一样零零散散的现实痕迹反而让人难以相信了。堤坝已经坍塌，边境已被破坏。之后只剩下前世在自由倾诉。

十八

年轻时，唯识论曾让本多格外烦恼，而如今，凭借着曼谷残留的那一缕美丽而可爱的谜，他反而有了可以轻松回归大乘佛教体系的感觉，回归那如同一座宏伟寺庙般的大乘佛教。

然而唯识论是一座充满智慧的宗教建筑，它的高度令人目眩，佛教曾一度否定"我"与"灵魂"的概念，而唯识论用最周到精密的理论突破了围绕轮回转生"主体"的理论困境。这个无比复杂的哲学成就如同曼谷的晓寺，在黎明充满凉风与微光的幽玄时间里贯穿了广阔的淡蓝色的清晨的天空。

正是唯识论最终解决了轮回与无我的矛盾，解决了这个几个世纪都没能解决的矛盾。是什么在生死间轮回或者在净土往生？究竟是什么？

…………

说到底，最开始使用"唯识"这个词的是印度的无着。从6世纪初，无着的名字通过"金刚仙论"传到中国的时候开始，无着的一生已经带上了传奇色彩。唯识说原本起源于大乘《阿毗达摩经》，正如下文的记载，《阿毗达摩经》的一个偈成了唯识论最重要的核心，无着将这些内容在他的主要著作《摄大乘论》中总结成体系。另外，阿毗达摩是梵语，在经、律、论三藏中表示"论"，因此大乘《阿毗达摩经》相当于《大乘论经》。

我们一般依靠名为"六感"的精神作用生活，即眼、耳、口、鼻、舌、身六识。唯识论在此之上设立了第七识末那识，其中包含了自我、个人自我意识的全部。而且唯识论并未止步于此，还在此基础上设想出更深远的"阿赖耶识"这一终极之识。就像其汉译"藏"表示的那样，阿赖耶识中包含存在世界的一切种子。

生在活动，阿赖耶识在活动。阿赖耶识是有情总报之果体，包含一切活动的结果——种子，因此究其根本，我们活着的原因正是阿赖耶识在活动。

阿赖耶识像瀑布一样不停流淌，白色的水沫飞溅。虽然这条瀑布一直在眼前，但每个瞬间流过的水并不相同。水连续不断地翻腾、流动、飞溅。

世亲继续完善无着的理论，在《唯识三十颂》中写出"恒转如瀑流"，这句话是二十岁的本多为了去见清显拜访月修寺时听老主持说的，当时他听得漫不经心，这句话却留在了脑海中。

另外，他想到了在此前的印度之旅中他奔赴阿旃陀，离开仿佛刚刚还有人在的僧院时，猛然跃入眼帘的一双瀑布直直落入果拉瓦河中。

恐怕这两条终极瀑布正是本多第一次遇见勋时看到的三轮山三光瀑布，以及很久以前在松枝家见到老主持时看到的瀑布在镜中的倒影。

阿赖耶识中种着一切结果的种子。前面提到的七识只要活着就会活动，以七识活动的结果为基础，不仅仅是心法的活动，就连心法的对象色法的种子也一起种在这里。人们将这种现象比作香薰衣物时的熏习，称其为"种子熏习"。

可是，关于阿赖耶识本身是不是没有任何污染的中性之识这一点，人们的观点有所不同。如果阿赖耶识是中性之识，那么引起轮回转生的力量就必须是外力，即业力。存在于外界的一切事物、一切诱惑，不，同样存在于心中的从第一识到第七识的一切迷茫之，都不得不受到业力的影响。

然而唯识论将业力及业力带来的种子——业种子看作间接原因（助缘），认为阿赖耶识自身即是引发轮回转生的本体，同时包含着动力。这就导向了无着所主张的概念，阿赖耶识本身自然不是没有任何污染的中性之识，而是水乳交融的和合识，在半污染状态下成为通往迷界的动力，同时在半纯洁的状态下成为通往悟达的动力。然后，阿赖耶识内部的种子受到善恶业种子的协助在来世实行苦乐果报。重视业力活动的具舍论与唯识论的区别就在于此，唯识论形成了从阿赖耶识的种子到阿赖耶识现行的自然法则（同类因等流果），阿赖耶识的种子通过业种子助缘产生道德法则（异熟因异熟果），从而展开了独特的世界构造。

阿赖耶识即有情总报的果体存在的根本原因。如果作为人类的阿赖耶识现形，那么人类就会真实存在。

阿赖耶识就这样让这个世界，让我们所居住的迷界显现。一切认识的根源包含一切认识对象，并使其显现。这个世界由肉体（五根)、自然界(器世界)和种子(让一切物质、精神现行的潜在势力)组成。无论是我们被我执所掌控、作为实体的自我,还是我们认为会在死后继续存在的灵魂,一切皆生于诞生诸法的阿赖耶识,并终将归于阿赖耶识,一切归于识。

然而,如果将唯识这个词理解成唯心论,即我们是作为一个实体的主观,我们看到的世界都是主观的产物,这只能说是将我和阿赖耶识混淆的想法。因为"我"作为常数是一成不变的实在,而阿赖耶识则是从不停留的"无我之流"。

无着的《摄大乘论》中讲到三种熏习,用来形容受阿赖耶识熏陶而显现迷界的种子。

第一为名言种子。

比如,玫瑰被称为美丽的花朵,以玫瑰之名区别于其他花名,为亲眼证实它是何等美丽,我们来到玫瑰面前,确认它与其他花朵有什么不同。玫瑰首先以名称出现,概念引发幻想,被引发的幻想接触到实体,实体的气味、颜色和形状贮存在记忆中。或者在看到尚不知名字的花朵后深受感动,继而引发认知欲,在得知它叫玫瑰后,将它放进自己的概念世界中。我们就这样学习意义、名字、语言和对象,并且学习它们的关联。学习的不一定仅仅是名字,不一定仅仅是正确的意义,由知觉和思考得到的一切都贮存在原本空无一物的记忆中,然后孕育出世界环境。

第二为我执种子。

当八识中的第七识末那识与阿赖耶识产生自他差别的我执时,我执会主张绝对的自我,然后一齐发动其他六识不断重复我执熏习。本多不由想到，近代式的自我形成和自我哲学的迷蒙都源自于此。

第三为有支种子。

有即三有（三界），指的是欲有、色有、无色有俱全的迷界，支即因。这个种子是创造出一切迷苦世界的因，自然就是所谓的业种子。命运的差别、幸运与否的不公平都是依据此业力的功能。

于是，何为轮回转生的主体，是什么在生死之中轮回就此明了，正是滔滔不绝的"无我之流"阿赖耶识。

十 九

但是，本多越是研究唯识论，对阿赖耶识显现的样态兴趣越浓。这是因为唯识论主张阿赖耶识引发的因果会"同时"即在一刹那间交替发生。既然本多只能接受因果是按照时间顺序相继产生，那么对他来说，阿赖耶识和染污法的同时更互因果观点自然是最难理解的。而且这一点明显体现了唯识论及大乘整体与小乘对世界解释的根本区别。

小乘佛教的世界就像曼谷的雨季，河水、田里的水与田野不分彼此，绵延不绝。现在泛滥着的雨季洪水过去同样存在，未来恐怕也将同样泛滥。庭院中开着鲜红花朵的凤凰木昨天也站在那里，所以明天也会站在那里。因为在本多死后，这些存在依然会切实地持续下去。所以同样的，本多的前世也会平缓地与来世相连，会毫无悬念地不断转生。世界这样的真实认可，像接纳水的土地那样具有热带风格的自然认可正是南传上座部小乘佛教的教义，因为人类的生存跨越过去、现在和未来，所以过去、现在和未来是同一条川流不息的褐色河流，就像那条由红树树根镶边的河流一样缓慢流淌，这种说法即"三世实有、法体恒有说"。

与之相反,大乘佛教,特别是唯识论认为这个世界是一刻不停的激流,是飞溅起白色水沫不断落下的瀑布。既然世界呈现出瀑布的姿态,那么这个世界的根本原因和认识的依据同样是瀑布。这是一个瞬间诞生、瞬间毁灭的世界。过去的存在、未来的存在都无法证实,只有我们能亲手触碰、亲眼见到的现在这一刹那才是实有的。这种大乘佛教特有的世界观被称为"现在实有、过未无体说"。

可是,为什么实有呢?

如果亲眼所见,或者亲手触碰到一枝水仙花,那么至少在此刻一刹那间,水仙花或者围绕着她的世界是实有的。

这一点可以确定。

那么在睡梦中,就算将水仙花插在枕边的花瓶中,我们是否能够在漫漫长夜的每一个刹那不断确认水仙花的存在呢?

于是,当挖去双眼、割掉双耳、割掉鼻子、切下舌头、身体不在、意识寂灭时,一枝水仙花和它周围的世界是否依然存在呢?

但世界必须存在!

第七识末那识凭借我识,或肯定世界,或否定世界。只要存在自我并且能认识到自我,就算五感尽失,本多周围的一切,钢笔、花瓶、墨水瓶、红色玻璃水壶(朝阳的光打在水壶上,窗框的白色十字倒映出柔和的曲线)、《六法全书》、镇纸、桌子、壁板、画框及其他细致排列在延长线上的世界也是存在的。或者说只要存在自我并且能认识到自我,世界就全都是作为现象的影子,是认识的投影,所以世界是无,世界并不存在……我执的这种习气自大倨傲,是在将世界当作一个美丽的蹴鞠随意对待。

但世界必须存在！

因此，必须有一个识让世界诞生、存在，让一枝水仙花存在，并且在每个瞬间不断保证它的存在。这就是阿赖耶识，让无明长夜存在，并且在无明长夜中独自保持清醒，在每一刹那保证存在和实有，是像北极星一样的终极之识。

要问为什么，因为世界必须存在！

到第七识为止，世界皆无，哪怕五感俱灭死亡来临，只要阿赖耶识还在，世界就存在。一切都因阿赖耶识而存在，只要有阿赖耶识，一切都会存在。但是，如果阿赖耶识灭亡了呢？

但世界必须存在！

所以阿赖耶识不灭。就像瀑布一样，每一个瞬间的水都不相同，不断奔腾激荡。

为了让世界存在，于是阿赖耶识永远流淌。

因为世界无论如何必须存在！

但是，为何？

要问为什么，只有作为迷界的世界存在，通往开悟的机缘才能存在。

世界必须存在，这是终极道德的要求。这就是面对"世界为何必须存在"这个问题时，阿赖耶识给出的最终答案。

如果作为迷界的世界真实存在是终极道德的要求，那么孕育一切诸法的阿赖耶识才是道德要求的源头，此时，阿赖耶识和世界，也就是阿赖耶识与染污法形成的迷界必须互相依存，因为没有阿赖耶识世界就不存在，而如果世界不存在，那么阿赖耶识以自身为主体的轮回转生就失去了存在的场所,通往开悟的道路将永远封闭。

由于终极道德的要求,阿赖耶识与世界相互依存,阿赖耶识的存在同样依赖于世界存在的必要性。

而且既然现在这一刹那是实有的,而保证这一刹那实有性的最终依据是阿赖耶识,那么同时,让世界的一切事物显现的阿赖耶识就存在于时间之轴与空间之轴的交点之上。

本多勉强理解了,唯识论独特的同时更互因果理论由此诞生。

归根结底,佛说之所以是佛说,必须以释迦佛陀的直接教诲为典据,即必须是圣教量[①]。唯识在大乘《阿毗达摩经》里最难懂的一偈中找到了。

> 诸法藏于识,
>
> 识亦藏于法,
>
> 二者互为因,
>
> 二者互为果。

本多是这样理解的。

根据阿赖耶识的因缘继承说,如果将世界看作现在这一刹那的截面,就应该这样理解。

就像给黄瓜切片一样,让我们试着在现在这一刹那切开世界,审视其截面。

[①] 佛教用语,诸佛如来及菩萨摩诃萨所开示的言教。

世界在瞬间生生灭灭,这个截面上显示出世界生生灭灭的三种形态。一种是"种子生现行",一种是"现行熏种子",一种是"种子生种子"。第一种"种子生现行"即种子孕育出现在这个世界的形态,其中自然包含着过去的习气,留着过去的影响。第二种"现行熏种子"描绘了当下的世界被阿赖耶识的种子熏习,对未来产生污染的形态。其中自然投射了未来不安的倒影。但是,并非一切种子都会被现行污染而产生现行,应该有一部分种子仅仅继承了种子本身,这就是第三种"种子生种子"。只有这第三种因果不会在同一刹那发生,而一定会随着时间继起在"异时"继承。

世界以这样的三种形态同时出现在当下的一刹那。

而且,第一种形态"种子生现行"和第二种形态"现行熏种子"在同一刹那新生,在同一刹那相互影响,在同一刹那寂灭。一个瞬间的横截面只有种子本身被继承、被舍弃,移动到下一个瞬间的横截面中。我们的世界构造就是一串阿赖耶识种子,它无休止地穿透无数个刹那的横断面,即无数个薄薄的黄瓜片,不停地匆匆穿透并舍弃,穿透并舍弃。

轮回转生在人类漫长的一生中做好准备,并非由死亡开启,而是在每个瞬间更新世界,并且在每个瞬间废弃世界。

于是,种子在每个瞬间开出巨大的迷茫之花,这就是世界,然后不断舍弃花朵并继承下去,就像前面提到过的,"种子生种子"的继承需要业种子助缘。至于从什么地方得到这份助缘就要看瞬间的现行之熏了。

唯识真正的意义正是在我们所处的当下这一刹那,构成世界的一切全部出现。而且一刹那的世界在下一刹那会暂时寂灭,然后出现崭新的世界。当下出现在这里的世界会在下一个瞬间不断变化,并且变化会一直持续下去。于是,这个世界的一切就是阿赖耶识……

二 十

想到这里，周围的事物在本多眼中呈现出前所未有的姿态。

正巧，本多今天被邀请到涉谷松涛的一处宅邸处理一件拖延良久的诉讼，此时正在二楼接待室等待。诉讼当事人来到东京后没有栖身之所，同乡的一位富豪已经移居轻井泽，他便常住在这位富豪空置的家中。

没有比这项行政诉讼更漫长而超越时代的诉讼了。这个官司实际依据的是明治三十二年制定的法律，争端的源头要追溯到明治维新刚刚结束的遥远过去。被告是曾经的农商务大臣，随着内阁的变动，如今已经成为农林大臣，律师也换了好几茬儿，如今由本多接手。因为如果胜诉，根据历代的合同，他将获得原告拿回的山林的三分之一作为报酬，不过本多觉得这个官司在他有生之年是不可能得出结果的了。

于是本多应邀来到这所涉谷的宅邸，以工作为借口前来游玩，更何况还能收到委托人从乡下带来的白米和鸡肉。

应该早已到达的委托人还没到，一定是因为火车不顺利。

本多穿着国民服，扎着绑腿，在炎热的六月午后为了尽量吹到风,他站在窗边打开了英式长窗户。他没有当过兵,直到现在都扎不好绑腿,所以绑腿在小腿处堆成一团,走起来就像拖着大袋子一样不自在。妻子梨枝总是说,要是被拥挤的电车刮到就危险了。

今天,汗水从堆成一团的绑腿里不停渗出。本多知道,这身夏季的化纤国民服泛着廉价的光泽,背后的衣摆处全是褶皱,正松松垮垮地在背后翘着。可是不管他怎么整理都压不下去。

透过窗户视野开阔,能清楚地看到6月阳光下涉谷站附近的景象。空袭刚刚过去一周,虽然旁边的小镇没有被烧毁,不过从小丘脚下直到车站,到处是刚被烧过的大楼残骸。昭和二十五年5月24日和25日,总计五百架B29连续两晚在山手线①各处轰炸。周围还能闻到烧焦的味道,正午的阳光下仿佛还能听到凄惨的尖叫。

被烧毁的废墟中飘浮着类似于火葬场的气味,其中夹杂着更加日常的气味,比如厨房的烟火气,还有格外机械化的化学药品工厂的气味。本多已经习惯了这种气味,不过幸运的是本多的家尚未罹难。

头顶上的夜空中不断响起炸弹落下时发出的金属声,仿佛有铁锥在扎地面。伴随着爆炸声,燃烧弹迸发出火焰,夜里一定会有仿佛不是人声的尖锐叫声从空中的某个角落响起,后来本多意识到,那就是凄惨的哀叫。

如今,红色的瓦砾和坍塌的屋顶依然保持着原样,高低不同的柱子相连,就像烧黑的栅栏,柱子上剥落的灰尘在微风中飞舞。

到处都是刺目的绚烂光亮,那只是破碎的窗户玻璃和被烧弯的玻

---

① 东京的通勤铁路路线之一,由东日本旅客铁道(JR东日本)运营。

璃曲面，还有破裂的罐子反射出的阳光而已。但它们都奋力收集着六月的阳光，本多第一次见识到了所谓瓦砾的光辉。

家家户户的水泥基石被埋在崩塌的土墙中清晰可见。高低不同的基石被午后的阳光照得轮廓分明，因此，整个废墟宛如报纸的纸型。凹凸处却并非报纸纸型那样阴暗的灰色，而是大体呈现出素烧花盆般的红褐色。

因为这一带是商业街，所以树木稀少，烧掉了一半的行道树伫立在路旁。

几栋烧毁的大楼上，一侧窗户已经没有玻璃，能够清楚地看到照进对面窗户的光线，窗户周围被火焰熏黑，像一圈黑眼圈。

只有坡道和高低交错的小路的多处土地上还留着水泥石阶，似乎是特意为之，通向空无一物的地方。石阶上下均一无所有，同样是瓦砾的原野，不知来处、不知去程，只有石阶维持着固定的方向。

在一片寂静中，有什么飘忽的东西在微微浮动。定睛看去，本多仿佛产生了错觉，似乎黑色的尸体在无数蛆虫的腐蚀下开始动弹。其实是各处剥落的灰尘在随风飞扬，灰尘有黑有白，飘浮在空中的灰尘会再次附着在倒塌的墙壁上休息。稻草灰、书页的灰烬、旧书店的灰尘、被褥店的灰尘……都无法分辨地交织在一起，或独立在空中浮游，整个废墟仿佛都在踉踉跄跄地移动着。

柏油马路的一部分闪烁着黝黑的光，原来是破裂的水管中不断喷出的水。

天空异常广阔，夏天的云彩洁白如雪。

这正是此时此刻本多五感中的世界。他依靠足够的积蓄在战时得以只接自己喜欢的工作，闲暇时光全都用来研究轮回转生。此时，本多觉得那些研究正是为了让这片废墟显现，破坏者就是他自己。

目之所及都是被烧毁的末世，但是世界本身并未终结，也并非开始，这是在每个瞬间平静更新的世界。阿赖耶识不会为任何事物所动，它一定会接受这个红褐色的废墟世界，在下个瞬间又立刻抛弃，日复一日地接受与此相同，但破灭之色愈发浓重的世界。

本多完全没有将眼前的景象与过去的城市相比。只是被废墟炫目的反光吸引，他确切地感受到当一块破碎的玻璃照进眼中时，这块玻璃又会在下一刹那寂灭，整个废墟也会寂灭，随即迎来新的废墟。以悲惨的结局对抗悲惨的结局，以每个瞬间更加巨大、更加全面的灭亡对抗无限的颓败和破灭……没错，每个刹那的切实存在可以将法则性的全面灭绝牢记于心，并且为不确定的未来的毁灭做好准备……本多陶醉在从唯识中学到的概念中，冰凉刺骨以至于浑身颤栗。

二十一

谈话结束后，本多带着礼物来到涉谷站准备回家。B29空袭大阪的消息传来，很多人都在说最近关西将成为轰炸的中心，人们认为东京能喘一口气了。

于是本多一时兴起，想趁着天还没黑多走一走，爬上道玄坡就是松枝侯爵府邸的遗址。

就本多所知，松枝家在大正中期将这块十四万坪土地中的十万坪卖给了箱根土地有限公司，好不容易得到的钱有一半在后来十五银行倒闭时没了。之后，松枝家的养子吃喝嫖赌，剩下的四万坪土地也逐渐出手，所以现在的松枝宅邸只是千坪左右的普通宅邸。本多曾坐车从门前经过，但是现在他和松枝家没有交情，所以并没有进去过。本多不觉起了好奇心，想看看那里有没有在上周的空袭中被烧毁。

道玄坡上烧毁的大楼旁和人行道已经清理过，走上去并不难。各处的防空壕上都盖着烧焦的木材和白铁皮，能看到把防空壕当成住处的人们。快到晚饭时间了，壕沟中生起炊烟，还能看到用锅从裸露的水管中接水的人。天空布满晚霞。

以前，从坡上到中央城区的南平台一带都包含在十四万坪的松枝府邸内。如今，被细分的区域被烧毁后再次成为一望无际的废墟，沐浴着广阔的晚霞，回到了曾经的规模。

唯一剩下的建筑是宪兵分队的房子，有带着袖章的士兵进进出出。这里应该就在松枝家旁边，果然，松枝家的石头门柱出现在前方。

本多站在门口，一千坪的广阔面积显得格外狭小，因为很多房子将这块地分隔开了。宅邸中的泉水和假山仿佛是过去巨大的水池和红叶假山寒酸的模型。后院没有石头围墙，木头围墙已经被烧毁，所以能看见旁边向南平台方向延伸的广阔遗址。本多想起，那里正是以前宽阔的水池填平后的遗址。

那片水池中曾经有小岛，红叶假山上的瀑布也会流入池中。本多曾和清显一起划船去岛上，在那里看到了穿着浅蓝色和服的聪子。当时的清显是风华正茂的年轻人，本多也是比他自己想象中更有活力的年轻人。有什么从那里开始，有什么在那里结束，而且没有留下任何痕迹。

松枝家的领地在毫不留情、一视同仁的空袭中重现。土地的起伏变回了从前的样子，在轰炸后一望无际的废墟上，本多几乎能指出所有地方：池水在这里，侯爵住在那里，那里是正房，那里是洋馆，那里是玄关处停放马车的地方。他来过松枝宅邸那么多次，已经准确地刻在了记忆中。

但是，在翻卷的火烧云下，裂开的马口铁、破碎的瓦片、被劈开的树木、熔化的玻璃、烧焦的护墙板、暖炉中孤独站立的白骨般的惨白烟囱、菱形的门板碎片等无数碎片都染上了红锈色。它们匍匐在地,那么奔放,将规矩踩在脚下的样子宛如刚刚从地里萌芽的古怪荨麻。夕阳给每一个碎片添上影子,让景色愈发古怪。

散乱的云布满天空,像一整片红色布景。云彩的红深入骨髓,拖在最后的散乱的丝丝缕缕乱云散发出闪闪金光。本多第一次见到天空呈现出如此不祥的姿态。

突然,本多看到一个人坐在对面广漠废墟中的一块石头上,背对着他。有光泽的紫藤色劳动裤在夕阳中发出葡萄色的光,黑亮的湿头发扎在脑后。那人头垂得很低,似乎很痛苦。那人好像在哭泣,但是肩膀完全没有随着抽泣颤动;好像很痛苦,但是从背后看不出痛苦的波澜,她只是像枯死了一样低垂着头。如果说她陷入了沉思,时间未免太长。从头发的光泽可以看出她是个中年妇人,大概是宅子的主人或者与宅子关系紧密的人。

本多想,如果她是发病了,那自己必须去帮帮她。他走上前,看到了妇人放在石头旁边的黑色手提袋和拐杖。

本多将手搭在她肩上,小心翼翼地轻轻晃了晃她的身子,因为他觉得如果太用力,她就会立刻化成灰烬。

女人向斜上方抬起头。看到她的脸,本多心中一悸。从不自然的发际线能立刻看出那头黑发是假发,女人脸上涂着厚厚一层白粉,盖住了凹陷的双眼和皱纹,鲜艳的口红涂成了宫廷式样,上唇是山形,下唇晕染。在令人瞠目结舌的衰老之下,是蓼科的容颜。

"这不是蓼科吗?"

本多不由自主地将她的名字说出口。

"您是哪位?"蓼科说,"请稍等。"

她急忙从怀中掏出眼镜。从掰开眼镜腿到挂在耳朵上的这一连串掩饰动作中能看出蓼科以前的影子。她借口说要带上老花镜看清对方，其实脑子里正在迅速思考，想要确定对方是谁。

但是她的计划没有成功，就算戴上眼镜，站在她面前的依然是个陌生的男子。蓼科的脸上第一次浮现出不安，以及某种极其古老的公卿式偏见——她通过长久的巧妙模仿学会的温和的冷淡。这一次，她一字一句地郑重说道："十分抱歉，我记性不好，完全想不起来您是哪位……"

"我是本多。三十多年前，在学习院和松枝清显同级，经常来这里玩儿。"

"啊，您就是那位本多先生吗？真是让人怀念。实在对不起，我没能认出您来。本多先生……对对对，确实是本多先生。和年轻时候的样子相比完全没变，这真是……"

蓼科急忙用袖子沾了沾眼镜下方。以前蓼科的眼泪总是分不出真假，而现在，眼睛下方的白粉像被雨打湿的白墙一样眼看着湿润了，眼泪从浑浊的眼睛里滚滚流出，几乎是机械式的。这种与悲喜无缘，像打翻了雨水桶①一样的眼泪远比过去的泪水可信。

不过，蓼科老得太厉害了！隐藏在厚厚一层白粉下的皮肤上，衰老的青苔蔓延到全身，但是能够感受到非人类的细腻理智还在认真运作，就像在死者怀中不停记录时间的怀表一样。

"您看起来身体健康，真是太好了，今年贵庚？"本多问。

---

① 积攒雨水的桶，用于灭火。

"今年就满九十五岁了。托您的福,虽然耳朵有些背,不过没什么大毛病,腿脚都还利索。您看,只要有拐杖,一个人哪儿都能去。现在是侄子一家照顾我,他们不想让我一个人出门,不过我什么时候死、死在哪里都无所谓了,所以想趁着能自己出门的时候出来走走。空袭什么的一点儿都不可怕。不管是炸弹还是燃烧弹,如果被砸中了,就能轻松地死掉,不会给别人添麻烦。如今在路边看到尸体,说起来奇怪,我竟会觉得羡慕。前几天听说涉谷一带被烧了,我无论如何都想看看松枝大人的宅邸,就瞒着侄子夫妇偷偷跑到这里来了。如果侯爵大人和夫人还活着,看到如今这副样子不知道会怎么想。也许没有遭遇痛苦就死去反倒是种幸福。"

"我母亲也是这样想的,虽然我家的房子还没烧毁,不过母亲觉得在日本胜利的过程中死去反而是一种幸福。"

"啊呀呀,这真是失礼,令堂也过世了……我不知道……"

蓼科还和以前一样,不会忽略不包含任何感情的恭谨寒暄。

"绫仓小姐后来怎么样了?"

本多问完之后,觉得问了个不该问的事。老人果然明显犹豫了一下,虽然蓼科露出明显的情绪时通常是在表演,与真诚的感情相去甚远。

"啊,小姐剃发后我就离开了绫仓家,后来只回去参加了老爷的葬礼。听说夫人依然健在,但是老爷去世后,她就卖掉了东京的房子,寄住在京都鹿谷的亲戚那里。而小姐……"

"你见过聪子吗?"本多情不自禁地心跳加速。

"是的,后来见过两三次。我去拜访小姐时她对我格外亲切,会让像我这样的下人住在寺庙中,真是太体贴了……"

这次,蓼科摘掉了被泪水沾湿的眼镜,急忙从袖子中取出粗糙的手纸,在眼睛上按了良久。当她拿开手纸时,眼睛周围的白粉已经剥落,露出了一层黑眼圈。

"聪子身体还好吗?"本多又问。

"小姐身体健康。该怎么说呢,小姐美得越来越清澈了,就像抹去了世上的一切污秽,随着年龄的增长反而愈发夺目。您一定要去看看他,您一定很想念她吧。"

本多突然想起从镰仓回东京时,她和聪子单独乘车兜风的那个深夜。

……她是"别人的女人",而且那时的聪子是个近乎无礼的女人。

聪子已经预感到结局,她讲述着自己的觉悟,黎明前,以车窗外呼啸而过的茂盛树林为背景,聪子突然闭上眼睛,长长的睫毛落下,那张侧脸让本多颤栗。那个瞬间仿佛就发生在昨天,此时想起依旧历历在目。

等他回过神来,蓼科装出的那副恭谨已经消失,她正在窥视着他。皱纹像搅在一起的纯白纺绸般围在山形的口红周围,两颊的皱纹在微微颤动,仿佛正要刻上微笑的表情。突然,稀疏的残雪中那双古井一样的眼睛目光流转,迅速闪过一丝妩媚。

"本多先生也曾经喜欢过小姐吧,我都知道。"

时间已经过去很久了,本多并不觉得这句意味深长的话令他不快,倒是蓼科妩媚的余韵令他畏惧,于是他想要转移话题,想起了刚才从委托人那里收到的礼物。他打算分给蓼科两个鸡蛋和一些鸡肉。

果然,蓼科拿到鸡蛋后表现出单纯的喜悦,向他表示感谢。

"啊,是鸡蛋。现在这种时候鸡蛋多稀罕啊!我好多年都没见过了。您竟然有鸡蛋!"

这个老婆婆在之后不厌其烦地说着感谢的话,本多明白了她几乎没有可以充饥的食物。更让本多惊讶的是蓼科再次取出已经收进手提袋中的鸡蛋时,她将鸡蛋举到晚霞退去暮色初升的天空中说:"请原谅我的冒失,比起带回家,不如就在这里……"

老婆婆说着,依然恋恋不舍地对着淡青色的天空举着一颗鸡蛋。鸡蛋夹在老人颤颤巍巍的指尖,散发出细腻冰冷的光芒。

说完,蓼科用掌心爱抚了鸡蛋好久。周围万籁俱寂,所以甚至能听到老婆婆干燥的手指摩挲鸡蛋的轻微声音。

本多没有帮她寻找打鸡蛋的地方,因为他觉得这是一件可恨的事,不太敢帮忙。蓼科意外的能干,就在她坐着的石头上磕碎了鸡蛋。她小心地把鸡蛋捧到嘴边,不让它滴到地上,然后缓缓仰头,让鸡蛋流进了张开的嘴里,一口假牙在夕阳下发出洁白的光。鸡蛋流入口中的一瞬间,本多看到了圆润富有光泽的蛋黄,蓼科的喉咙发出一声格外响亮的吞咽声。

"啊,好久没吃到这么有营养的东西了,我又活过来了,仿佛过去的姿色又回来了一样。您别看我这副样子,年轻时也被当成我家那一片儿的美人呢,不过我知道您难以相信。"

蓼科的语气突然变得直爽起来。

事物的模样即将被暮色包裹前反而愈发清晰而精致,现在正是这样的时刻。燃烧后废墟中木材的毛刺，断裂的树木的崭新裂痕的颜色和积着雨水的卷翘白铁板一起清晰地映入眼帘，甚至清晰到令人不快的地步。西方尽头，突兀地竖起的两三栋烧得漆黑的大楼只留下一道朱红色的天空。那块朱红色的碎片照进了大楼的窗户，仿佛在无人的废屋中点燃了一盏鲜红的灯。

"我该如何感谢您才好？您从以前开始就是个温柔的少爷，如今依然这么体贴，我没什么能作为回礼的东西，至少……"

蓼科几乎在手提袋中摸了个遍。在本多压住她的手之前，蓼科取出一本日式线装书，交到了本多手里。

"……至少，请收下这本我一直仔细带在身边的经书。这是一位和尚给我的，能消灾解难，没想到这次遇到了本多先生，能聊些过去的事，我已经没有遗憾了，这本经书就送给您吧。这些日子出门说不定就会遇到空袭，严重的热病又正在流行，只要把这本经书放在身边，一定能保您平安。请您收下，就当作我的一点儿心意。"

本多接过书，看了一眼封面的标题。

在昏暗的暮色中勉强看清了"大金色孔雀明王经"几个字。

二十二

从这一天开始,本多就忍不住想要见见聪子。从蓼科口中得到了聪子如今更加美丽的证言也是原因之一,因为他觉得没有比见到烧过的美丽废墟更可怕的事了。

但是战争日益激烈,甚至到了没有军方的门路就难以弄到车票的程度,随心所欲的旅行根本不可能。

日子一天天过去,本多翻了翻蓼科给他的《孔雀明王经》。本多以前从来没有接触过密教的经典。

开头用密密麻麻难以认清的小字记载了规则和说明。

孔雀明王住在胎藏界曼陀罗的苏悉地院从南端数起第六位,因为有诸佛能生之德,故又称"孔雀佛母"。

本多将这位女性神明与此前看过的佛书对照后发现,孔雀明王明显源于印度教的精力信仰。因为夏克提信仰的对象是湿婆的妻子迦梨或者杜尔迦,所以本多在加尔各答参拜迦梨神庙时见到的那尊血腥的迦梨女神像正是孔雀明王的原型。

知道这件事之后,本多突然对这本偶然得来的经典产生了兴趣。就像密教的秘密仪式会使用咒文(陀罗尼)和真言一样,印度教的古老神明们在改变形态后不断涌入佛教世界。

《孔雀明王经》原本是佛陀念出的防蛇毒，或者被蛇咬后能立刻治愈的咒文。

《孔雀明王经》中说：

"时有比丘名曰吉祥，年少出家未久，新受圆具学毗奈耶教，为众破樵营澡浴事。有大黑蛇从朽木孔忽然而出，螫彼苾刍右足拇指。毒气遍身，闷绝于地。口中煦沫，两目翻上。尔时具寿阿难陀，见彼苾刍形状，如是极受苦痛，即便疾往诣佛所。礼双足已，在一面立。而白佛言，世尊，莎底苾刍受大苦恼如上具说。如来大悲，云何救疗。作是语已，佛告阿难陀：'汝宜持我所说大孔雀咒王，为莎底苾刍而作拥护，摄受覆育。为其结界结地，令得安隐，所有痛苦悉得消除。'"

不仅仅是蛇毒，这部经典能消除一切热病、一切外伤、一切痛苦。读出经文自能生效，据说就算仅在心中想起孔雀明王，恐怖、仇敌和一切灾厄皆会消失。因为这本经书难能可贵，所以在平安时代，只有东寺长老和仁和寺宫能举行孔雀明王经法的秘密仪式，从天地灾变到瘟疫、分娩，祈祷消除一切灾祸。

孔雀明王的原型迦梨女神垂着长舌，带着人头穿成的项链，姿态血腥。而画像中的孔雀明王与此不同，完全是一只神化的孔雀形象，展现出华丽而奢侈的姿态。

无论是模仿孔雀啼鸣的咒文"诃诃诃诃诃诃诃诃诃诃诃"，还是意味着孔雀成就的真言"摩谕吉罗帝莎诃"，以及规则中被庄严地称为"佛母大孔雀明王印"——反绑双手，将两个大拇指和两个小拇指相抵的特殊结印方式，都庄严地直接模仿着孔雀。这个法印本身就是孔雀的形态，小拇指为尾，大拇指为头，其他手指象征着羽毛，一边吟唱真言一边摇晃手指的动作正象征着孔雀的舞动姿势。

坐在金色孔雀上的明王身后正是印度的苍穹。为了在人心中种下绚烂的幻影，热带的天空、伟岸的云彩，以及午后的倦怠和黄昏的微风必不可少。

金色孔雀正面朝外，结实的脚立于地面之上。孔雀张开双翼，背上载着明王，以绚烂的尾羽代替背光守护在明王身后。明王在孔雀背上的白莲花上结跏趺坐。他长着四条胳膊，右边第一手持开敷莲花，第二手持俱缘果，左边第一手当心掌持吉祥果，第二手执三五茎孔雀尾。

明王呈慈悲相，正脸的皮肤格外白皙，裸露的肌肤上只缠着白缯轻衣，头冠、璎珞、耳珰、臂钏，种种光辉的饰品庄严肃穆，只是半睁的双眼中飘浮着午睡初醒的倦怠。它洒下无限慈悲，无休止地救人于灾厄之中，也许这会带来宛如本多在印度明亮的旷野上看到的那种无为的困倦感。

与通体洁白庄严的佛像相比，孔雀充当背光的尾羽五彩斑斓，灿烂地展开。这种色彩在鸟类中最接近于火烧云，就像将混沌的世界排列整齐的密教曼陀罗，尾羽将火烧云丧失一切秩序的泛滥色彩、不羁的形态、混乱的光芒排列有序，组成了几何学图案的浓淡渐变。而金色、绿色、深蓝、紫色、茶色，种种黯淡的光彩展现的是晚霞即将消失，沉入地平线的太阳几乎消失不见的时刻。

孔雀尾羽上唯独缺少了绯色。如果世界上存在绯色的孔雀，它肆意展开的尾羽上如果坐着绯色的孔雀明王，那一定只能是迦梨女神吧。

本多觉得当他与蓼科相遇时，蔓延在废墟天空上的火烧云中一定出现了绯色的孔雀。

第二部 ——
XIAO SI

二十三

"变成一片茂盛的柏树林了啊,以前这里明明还是一片寸草不生的荒地。"

本多的新邻居说。

久松庆子是一位仪表堂堂的妇人。

虽然已经年过五十,但是她那张脸据说做过整形,保持着过分紧致的年轻光泽。她就算面对吉田茂或者麦克阿瑟元帅时也言语粗鲁,是个与众不同的日本人,特别是以前还离过婚。她这段时间的情人是驻扎在富士山脚下的美国占领军年轻将校,所以她将弃置已久的御殿场二之冈的别墅整理了一番,两人不时会在这里幽会。另外,她自称是为了"找个地方安静地回复积压的信件"而来到这里,成为了本多的邻居。

昭和二十七年春天,本多五十八岁。这是他有生以来第一次拥有别墅,明天会邀请东京的客人为这栋别墅暖房。为了招待客人,他从今天开始住在这里准备,和邻居庆子一起事先检查了一下这栋房子和五千坪的庭院。

"我一直很期待这栋房子建好,就像这是自己家一样。"庆子的细高跟踩在结霜的枯草坪上,她像水禽一样走着,每走一步仿佛都要用力才能拔出纤细的鞋跟。"这片草坪是去年种下的吧,根扎得真结实。先修好庭院再慢慢建房子,要不是特别喜欢庭院的人可做不到呢。"

"因为我没有地方住,所以只好住在御殿场,不时来这里看看庭院的情况。"

本多回答。为了抵御彻骨的严寒,他穿着巴黎公寓管理员那样的厚实开襟毛衣,在外面围上了一条丝质围巾。

面对一生享受生活的庆子,本多觉得工作学习了一辈子,到了五十岁才突然学会懒散的自己肤浅得无处遁形。

自己能成为这栋别墅的主人,都是托明治三十二年4月18日由天皇下旨公布的《国有土地森林原野退还法》的福,这则过时的法律如今已经无人知晓。

明治六年七月,修改地租的诏书出台时,政府官员走村访户,明确各地的土地所有人。地主怕被索取地租,面对自己的土地也佯装不知,于是大量私有地和入会地①成为无主的土地,交由国家保管。

很久之后,因为后悔和抱怨的声音越来越大,国家于明治三十二年出台了《国有土地森林原野退还法》,第二条要求提出归还申请的人证明自己过去拥有土地的事实,并且至少提供公文中提到的六种证据文件中的一种,第六条还规定此类诉讼归行政法院管辖。

明治三十年代出现了众多此类诉讼,由于行政法院一审即终审,

---

① 只有固定人群才能使用的山林或原野。

不能上诉,而且没有监督审判的机构,所以各种事都迟迟没有结果。

由于一时的谎言,村落共同体拥有的山林被国家征收,于是大字①成为诉讼权者,成为行政诉讼的原告。就算是合并乡镇,大字同样可以作为"财产区"担当权利主体。

福岛县三春地区的一个村子在明治三十三年提起诉讼,之后国家处理得慢慢悠悠,原告也不慌不忙。半个世纪过去,被告从农商务大臣变成了农林大臣,诉讼代理律师相继去世,不停更新换代。到了昭和十五年,大字的代表来到东京拜访了已经名声在外的本多律师,拜托他接下这个没有希望的诉讼。

日本战败打破了持续半个世纪的胶着状态。

根据昭和二十二年开始实施的新宪法,特别法院和行政法院被废除,争执中的行政诉讼事件作为民事案件交给东京高等法院审理。于是本多轻松胜诉,只能说这次胜利是侥幸赶上了好时候。

根据从明治延续到现在的合同,本多收到了成功的报酬,也就是归还给大字的所有山林中的三分之一。他可以选择是直接拿山林还是按照时价兑换成现金,于是本多选择了后者,获得了三亿六千万日元。

这件事让本多的生活发生了本质的变化。从战时开始,本多就逐渐厌倦了律师的生活,本多律师事务所只保留了名声在外的牌子,实际工作都交给后辈处理,本多只是偶尔去事务所露个脸而已。他的交往圈子和心情都发生了改变。面对以这样的方式得到一笔近四亿日元

---

① 日本"町""村"内较大的行政区划。

的意外之财，以及让此事成为可能的新时代，本多无法认真对待，于是决定放纵自己。

本多的老家已经旧到可以直接烧掉了，他不是没有考虑过翻新，但最终还是在东京新建了一栋房子，他已经厌倦了对恒久不变的幻想。反正总有一天，下一场战争会将这里烧成一片荒野。

虽然妻子梨枝觉得与其夫妻两个人住那么大的老房子，不如卖掉土地住进公寓，而本多想在人烟稀少的地方建一栋别墅，理由是有助于体弱多病的梨枝休养。

夫妇二人经人介绍，去看了位于箱根仙石原的一块土地，但是听说那里湿气太重而退缩了。两人在司机的带领下穿过箱根，参观了御殿场二之冈四十多年前开发的别墅区。这里有曾经显贵的人家的别墅，战后，因为忌惮富士演习区周边的美国占领军和接待他们的女人，别墅都紧闭大门无人居住。别墅区的西边原本是国有土地，农地改革时，这片荒地免费分给了当地百姓，简直是天上掉下的馅饼。

箱根外轮山麓一带虽然不是富士山脚下那样的火山灰地，不过贫瘠的土地只适合柏树生长，百姓实在无能为力。长满芒草、艾蒿的平缓下坡伸入溪流之中，本多很喜欢这片正对着富士山的土地。

打听后得知地价格外便宜，所以本多没有理会梨枝让他三思的劝告，迅速支付了五千坪土地的定金。

梨枝不喜欢这片荒地难以言喻的昏暗和不和谐感，她所惧怕的是一种忧愁，她的直觉告诉她不想在这里养老。然而本多梦寐以求的是快乐，这片土地带有的忧愁不可或缺。

本多说："没事的。平整荒地、种上草坪、建起房子之后，这里就会是一座分外明亮的别墅了。"

挑选当地木工建房子，植树、建园子也用了当地人，这样虽然进度缓慢，不过能节省费用。本多依然认为挥金如土是不雅的作风。

尽管如此，享受邀请客人在自己宽敞的土地中悠然散步的快感，这份欲望一定来源于本多的少年时代，从他屡次拜访松枝家开始就逐渐产生。微风吹起箱根的残雪，里面蕴含的料峭春寒都是自家庭院的寒冷。整片草地上只有两个人寂寥的影子，这份寂寥只属于自己的土地……本多觉得自己第一次亲手握住了私有财产制奢侈的实质。而且他是通过彻头彻尾的理性和时代恩惠得到了这一切，丝毫没有被狂热的私有制信仰所蒙蔽。

他瞟了一眼庆子，她过分端正的侧脸上既没有娇媚，也丝毫不见警惕。庆子有一种力量，能让自己身边的男人（哪怕是本多这样五十八岁的男人）不知不觉回到少年时代。

这是什么样的力量呢？这份平静而强大的女性魅力让五十八岁的男人都回到了少年的心境，对女人混杂着焦躁和敬意，拼命修饰外表，以清高的伪善和虚荣心将自己五花大绑，保持着表面平静的阳光开朗。

站在本多的角度来说，年龄已经成为无须考虑的东西了。在四十岁之前，本多面对年龄就像面对资产负债表的结算结果一样敏感。事到如今，他面对年龄已经变成一副大大咧咧、无所谓的态度了。就算偶尔发现这具五十八岁的肉体中还清晰地保留着孩子气，他也不会感到惊愕。因为衰老就是一种破产宣告。

面对健康愈发胆怯，面对感情愈发不敢放肆。如果理性有抑制功能，它的紧急必要性已经不被需要。另外，经验不过是盘子上的残羹剩饭。

庆子站在草坪中央，审视着东边的箱根和西北边的富士山，那副威严的神情完全称得上睥睨。她挺起的胸膛、高昂的头都带着军队司令官的气质。就算是再难完成的命令，她手下的年轻将校也一定会欣然接受。

与箱根留着点点残雪、线条分明的山脊相比，在云中若隐若现的富士山显得虚无缥缈。本多发现由于眼睛的错觉，富士山时高时低。

"今天第一次听到黄莺啼叫了。"

本多眺望着柏树的树梢。这些柏树是从附近稀疏的柏树林中买来后移植的，枝叶尚且羸弱。

庆子说："黄莺从三月中旬就来了，到了五月就能见到杜鹃。不是听到，是看到哦。杜鹃一边鸣叫一边飞过天空的样子可是这里特有的景色吧？"

本多催促道："快进家里吧，我点上火给您泡茶。"

"我带了小饼干。"

庆子说的是刚才放在玄关的包裹。银座尾张町拐角的服部钟表店在战争结束后成了PX①，庆子一直可以自由出入那里，她经常在那家店买些礼物。她在战前就经常吃的英国名牌饼干在那里可以便宜买到，饼干中夹着薄薄一层硬杏子酱，那种口感把她少女时代的茶点时

---

① 美军军营内)的军人服务社、小卖部。

间和现在直接连接在一起。

"我有一枚戒指想请您帮忙鉴定一下。"

本多边走边说。

二十四

含苞待放的瑞香花围绕在阳台四周，阳台一角的鸟舍有着与本馆一样的红瓦屋顶。那里有一群小雀，一看到本多和庆子的身影就发出尖锐的鸣叫声上下翻飞。

玄关内还有一扇中间镶嵌着彩色玻璃的门，两边的荷兰式格子窗中安着蜜柑色的玻璃，可以勉强看见室内的景象。本多站在窗户前，看着房间中自己亲手布置的每一个角落渐渐沉入夕阳沉痛的色彩中。本多很喜欢眼前的景象，粗大房梁是买来农家骨架直接安上去的，北德朴素的古董枝形吊灯，绘有大津画的镜子推拉门，步兵铠甲和弓箭等沐浴在夕阳微弱的黄色光线中，就像荷兰画派[①]的扬·特力克用日本的素材画出的忧郁静物画。

本多迎入庆子，让她坐在火炉旁的椅子上，但是烧柴时并不顺利。屋子里只有这个火炉是从东京请来专家设计的，所以不存在烟雾逆流进入室内之类的缺陷。本多每次生火时都会想到，在自己的一生中再怎么努力都找不到与这种最质朴的知识和技术接触的机会。他原

---

① 它继承了15、16世纪尼德兰民族艺术传统，以写实、纯朴为其特点，很少受到当时流行于欧洲的巴洛克风格的影响。

本就没有和"物"接触的经历。

　　这种神奇的发现是到了现在这个年纪才会有的。本多这一辈子几乎没享受过闲暇的滋味，他不了解劳动者们通过劳动了解到的自然滋味，大海的浪涛，树木的硬度，石头的重量，以及船具、渔网、猎枪等工具的手感。从另一个方面来说，这说明他与在闲暇时光接触这些工具的贵族式生活也几乎无缘。清显没有将他的闲暇用在自然上，而是用在了感情上，如果他能长大，恐怕只能成为一个懒惰的人吧。

　　"我来帮你。"

　　庆子泰然自若地弯下腰。坚硬的双唇间露出一点点舌尖，盯着本多笨拙的动作看了很久后开口说了一句。本多抬起头，她的腰在眼前无限放大。因为套装修身，紧身短裙腰部的青瓷色像巨大的李朝①瓷壶一样丰盈。

　　本多在庆子点火的这段时间里无所事事，便起身去拿刚才提到的戒指。他回来的时候，野蛮的朱红色火焰已经顺畅地爬上了柴火，在周围妖娆的烟雾中狠狠咬住柴火，未干的木柴中渗出的树汁在火中沸腾。炉子内部的砖瓦壁在火焰中摇曳。庆子平静地拍了拍手，满意地看着自己的成果。

　　"如何？"

　　"您真厉害。"本多在明亮的火光中取出戒指递给庆子，"这就是我刚才提到的戒指，怎么样？我买来是打算送人的。"

　　庆子染成红色的指甲离开炉火伸向窗户，仔细端详手中的戒指。

---

① 指朝鲜的李氏王朝。

"男式的啊。"

庆子轻声说。

戒指是方形的，环绕着深绿色的祖母绿宝石雕刻了一对细致的纯金护门神，是魁伟的半兽亚斯加的脸。庆子重新拿好戒指，夹在指间，仿佛刻意避免自己指甲上的鲜红色映在戒指的绿色中，她看了看，然后戴在食指上仔细观察。尽管是男式戒指，但原本就是按照那只纤细的浅黑色手指的尺寸做的，所以在庆子的指头上也并不显得特别大。

"这块祖母绿成色真好。不过似乎是时间长了，内部的裂纹出现风化，绿色的底座有些浑浊了，可能会变脆，这是不可避免的。不过确实是块好石头，雕刻的图案也很少见，作为古董的话很值钱。"

"你觉得我是从什么地方买到的？"

"外国？"

"不，是东京烧过的废墟中，洞院宫殿下的店铺内。"

"啊，是那个时候吧，殿下无论多困难也坚持要开一家古董店。那家店我也去过两三次，本来以为能找到有趣的宝贝，结果都是以前在亲戚家见过的东西……不过那家店已经倒闭了吧，因为最重要的洞院宫殿下完全没去过店里，据说原本是王府管家的店长花言巧语地私吞了全部销售额。战后，宫家做买卖的人里没有一个顺利的。他们身边总会有人教唆不管要交多少财产税，珍惜剩下的东西，老老实实过日子才是最好的。更何况洞院宫大人一直是军人吧，虽然这样说有些过分，但是武士做生意就是那么回事。"

之后，本多给庆子讲了戒指的来历。

昭和二十二年，本多听说失去皇籍的洞院宫以低廉的价格从因为财产税而为难的旧贵族手中买来一批美术品，开了一家面向外国人的古董店。虽然他觉得就算洞院宫见到自己也认不出来，不过仅仅因为好奇心，他决定不报上姓名，只是去店里随便逛逛。然后，他在玻璃展示柜中看到了一枚难忘的戒指，这是三十四年前暹罗王子在学习院的宿舍中丢失的戒指，是月光公主的遗物。

这样一来就能确定，那时丢失的戒指是被人偷走的。虽然店员说不清楚戒指的来历，不过既然来自旧贵族的家里，那就可以认为这名因为缺钱卖掉戒指的男人是本多的同学。本多处于传统的侠义之心买下了这枚戒指，他想设法亲手将这枚戒指物归原主。

"您要回泰国归还戒指吗？为了挽回学校的名誉。"

庆子捉弄本多。

"我以前想过还回去，但是现在没这个必要了，月光公主来日本留学了。"

"死去的人来留学？"

本多说："不，是第二代的月光公主。我邀请她参加明天的聚会，会在席间将戒指套在二代月光公主的指头上。她今年十八岁，是个有着乌黑秀发和水汪汪的大眼睛的姑娘，出国前拼命学习了一番，所以日语也说得相当不错。"

二 十 五

第二天早上,本多独自一人在别墅醒来。为了御寒,他在围巾和开襟毛衣外面套上冬天的厚实外套走进庭院中。他横穿过草坪走向最西边的凉亭,因为从那里眺望黎明时分的富士山是他最大的享受。

富士山笼罩在黎明时分的红光中。山顶闪烁着蔷薇宝石颜色的光芒,仿佛梦中才能见到的幻影,烙印在本多刚刚睡醒的眼中。那是端正的寺庙屋顶,是日本晓寺。

本多有时会产生疑惑,不知道自己追求的究竟是孤独,还是浅薄的享受。要想成为真挚的快乐追求者,他缺少某种本质性的东西。

到了这个年纪,他的内心深处第一次产生了改变的欲望。他曾经那么多次从自己的视角远观别人的转生,从来没有为自己无法转生感到烦恼。终于,岁月最后的光辉照亮了一生平淡无奇的旷野,当这一刻到来时,对不可能的确定反而引发了对可能的幻想。

自己也许同样能做出自己预想不到的事!至今为止,一切行为都在预期之中,理性就像走夜路时的手电筒一样,光芒总能提前一步照亮前方。计划、预判让他不会对自己感到惊讶,最应该恐惧的东西(包括转生的奇迹)以及一切谜题都被理性法则化了。

必须更多地对自己感到惊讶,这几乎是生活的必需品。他的理性有足够的自负,如果有轻蔑、蹂躏理性的特权,那这份特权只属于他自己。所以必须再次将这个坚固的世界卷入不确定的形状中,卷入某种他最不熟悉的东西中!

本多明白,他已经彻底丧失完成此事的肉体条件。他的头发稀疏,两鬓斑白,肚子如同后悔的心情一样膨胀起来。年轻时曾经被他当成丑陋的半老特征已经遍布全身。当然,年轻时的本多并不像清显那样认为自己很美,但也不认为自己十分丑陋,至少没必要将自己放在美的负数上来完成所有公式。如今,在丑陋理所当然存在的前提下,世界怎么能依然美丽!这难道不是比死更坏的死,是最坏的死吗?

六点二十分,富士山已经拂去了曙光的颜色,被雪包裹着三分之二的凛冽美感直插蓝天,过于明晰的景色清晰可见。轻轻起伏的雪色肌肤充满紧张感,让人联想到端正、没有一丝脂肪的细腻肌肉。除了山脚下,山顶和宝永山附近只有浅红黑色的细微斑点。天空万里无云,坚硬的蓝天仿佛扔出石头就能听见清脆的响声。

富士山影响了一切气象,支配了一切感情。这正是山顶压倒一切的澄澈白色的问题所在。

在平静的情感中,饥饿的征兆出现了。本多就着自己做的半熟鸡蛋和咖啡吃着从东京买来的面包,在婉转的鸟鸣声中享受早餐。上午十一点,妻子应该会带着月光公主来准备宴席。

吃完早餐后,本多再次来到庭院中。

已经快八点了。富士山顶另一边一点点升起如烟的稀薄云彩。云彩仿佛悄悄从山对面窥视这里,四肢伸展的稀薄形状飘到前方,又立刻被硬质的蓝天吞没了。不能对它们现在的蛰伏掉以轻心,因为到了中午,云彩会在不知不觉间聚集成群,重新发动突袭,将富士山全部覆盖。

本多一直在凉亭里茫然地坐到了十点左右。这一辈子只要有一点儿空闲就不会离手的书也抛在了一边。他幻想着生与情未经过滤的原素,然后无所事事地坐在那里。云彩先隐约出现在山顶左边,然后停在宝永山上,云尾像兽首瓦一样昂扬。

妻子一向准时,十一点,出租车的声音准时响起,但她身边并没有月光公主的身影。见妻子表情不快地搬下众多行李,本多脱口而出:"啊呀,你一个人啊。"

妻子没有回答,没过多久,抬起了房檐一样的沉重眼皮。

"一会儿再和你细说,我可是费了一番功夫。先帮我搬行李吧。"

梨枝一直等到约定的时间,月光公主依然没有现身。明明之前打过好几次电话说好的,她却没有来。梨枝给唯一的联络处——留学生会馆打了电话,对方说公主昨天晚上就没回去,似乎是一家接待泰国新留学生的日本家庭招待她吃了晚饭。

梨枝很苦恼,本想推迟与本多约好的十一点的见面,可是别墅还没有通电话,她无法通知丈夫自己会迟到。于是她匆忙赶到了留学生会馆,把用英语细心画好的路线图交给管理员。如果一切顺利,月光公主应该会在傍晚聚会开始时赶到别墅。

"这种事拜托鬼头槙子小姐就好了嘛。"

"怎么能给客人添麻烦呢，就算是槙子小姐，让她去一位素未谋面的外国大小姐的住处把她带来这里也是件麻烦事。而且她那么有名，不会对我们这么好的，她来这里已经是抬举我们了。"

本多沉默了，这件事到此为止。

画框在墙上挂得久了，取下后会在墙上留下一个白生生的轮廓。虽然干净，但那片白色无疑会与周围极不和谐，仿佛在过分宣扬着什么。如今，本多从职业的正义中引退，将一切正义让渡给了妻子。墙上的那片白色总是在说：我是正确的，我是正确的，谁能指责我。

说到底，将墙上那幅沉默顺从的梨枝肖像画取下的是本多意外得来的财富和梨枝自己意识到的衰老和丑陋。随着丈夫变得富裕，梨枝开始害怕丈夫。越害怕越倨傲，向所有人展现出无意识的敌意，炫耀常年的肾病，而且心中比以前更加渴望被爱。然后，这份渴望被爱的欲望让梨枝愈发丑陋。

到达别墅后，梨枝刚把食品搬到厨房就将水开得哗哗直响，开始洗本多吃早餐的盘子。她用疲劳来加重病情，没有人命令就突然开始工作，以此来让自己变得更加可怜，等着本多制止自己。本多知道如果不阻止，一会儿会很麻烦，所以安慰她说："一会儿再忙吧，你先休息一下，时间够用。月光公主真是会给人添麻烦，明明那么积极地说要帮忙，关键时刻还得我来帮忙。"

"如果让你帮忙，我收拾起来只会更麻烦。"

梨枝一边擦手一边回到客厅。

午后的阳光止步于窗框，房间昏暗，梨枝浮肿的眼皮下，一双眼睛就像深井井口小小的空洞。几十年都没能治愈，常年累积的石女①之痛让她的肉体像车篷似的膨胀起来。"我是正确的，但我是失败的女人。"梨枝对去世的婆婆始终未变的温柔正是源于这份自我苛责。如果有孩子，如果有很多孩子，就能用柔软甘甜的肉体将丈夫包围溶解了。然而，衰退从被繁殖拒绝的世界中开始，就像秋日午后从海中冲上岸的鱼逐渐腐烂一样。梨枝在发财的丈夫面前浑身发抖。

过去，本多总是温柔地包容妻子对不可能之事的不断渴望。如今，自己心中同样生起对不可能的渴望，妻子与自己在微妙的部分成为共犯，他无法忍耐这份不愉快。但是这股新鲜的厌恶反而加重了梨枝的存在感。

"昨天晚上，月光公主住在了哪里？为什么要留宿？明明留学生会馆中有女管理员，监管也很严格。为什么？和谁？"

本多满脑子一直在考虑这些，仅仅是因为不安，就像没有刮好胡子的清晨的不安，睡在不熟悉的枕头上的夜晚的不安。这份不安与情感完全无关，有些疏远，却关乎生活的迫切需求。他感觉自己的精神中被扔进了异物，像泰国密林中用黑檀木雕刻成的黑色小佛像。

妻子在唠叨各种细节，如何迎接客人，留宿的客人要如何分配客房，但这些都已经不是本多所关心的了。

渐渐地，梨枝发现丈夫的心思已经不在这里了，以前丈夫把自己关在书房里时（当时确有法律束缚着他），梨枝从来没有感到不安，而如今，丈夫的出神意味着看不见的火焰在燃烧，沉默意味着某种

---

① 不能生育的女性。

企图。

梨枝看向丈夫的目光所及之处,想找到那里有什么。但是本多越过窗户的视线前方只有长满枯草的庭院,两三只小鸟停在草坪上。

本多想趁着天亮让客人们欣赏院中的景色,所以邀请客人下午四点到达。下午一点,庆子来帮忙。因为她是意料之外的帮手,本多和梨枝都很开心。

不可思议的是,在本多所有新朋友中,梨枝只对庆子敞开了心扉。她凭直觉感到庆子不是敌人。这是为什么呢?庆子充满包容的亲切笑容、高耸的胸脯和大屁股、沉稳的措辞、香水的味道,也许这一切都向生性腼腆的梨枝提供了某种保证,就像政府盖在面包店奖状上漂亮的朱红色印章。

本多一边远远听着女人们在厨房中的对话,一边靠在火炉边打开了梨枝从东京带来的朝刊,心情平静。

日美安保条约生效后,整版头条都是规定留下十六处美国空军基地的《行政协定附表全文》,旁边写着史密斯参议员表明美国决心的话:

"保护日本是美国的义务,拒绝共产势力侵略。"

另外,第二版上登载了"美国经济动向""民需生产减退,西欧经济萧条逆流下的新形势"几个大字显示出不安的情绪。

但是本多的心不停地被拉回月光公主的缺席上,他想象了一切可能会出现的情况。这些想象的不可控性让他不安,从最不祥的想象到最淫猥的想象,现实向条纹玛瑙一样展现出多层横截面。记忆回溯到尽头，他意识到自己并没见过那些形态的现实。

本多叠好报纸，纸张发出的声音大得令他惊讶，因为靠近暖炉的纸页变得干燥火热。他隐约觉得报纸发热是不可能发生的事，这种感觉与存在于他松弛的肉体深处的无力巧妙结合。这时，烧到新柴上的火焰突然让本多想起了贝拿勒斯的火葬。

"餐前酒用雪莉白酒、掺水威士忌和地伯尼怎么样？鸡尾酒太麻烦，就算了吧。"

庆子穿着大大的围裙走出厨房询问。

"都交给你们决定。"

"泰国的公主殿下怎么办？她要是喝不了酒，就必须准备软饮料。"

"啊，那姑娘说不定不来了。"本多平静地说。

"是吗？"

庆子平静地回答了一句后离开了。这份周到的礼仪反而让本多看到了庆子可怕的洞察力。他觉得庆子这样的女人一定凭借这份典雅的漠不关心被不少人过度信任。

最先到达的是鬼头桢子。她的弟子椿原夫人有司机，两人一起坐夫人的车穿过箱根而来。

桢子作为歌人名头很响。本多不了解和歌，对歌坛的名声没有判断标准，不过当他从一位意想不到的人口中听到桢子的名字时，就明白了她受敬重的程度。椿原夫人出身过去的财阀家族，和五十岁上下的桢子是同龄人，不过她将桢子当成神明一样崇敬。

椿原夫人的儿子是海军少尉，七年前战死，至今她依然在为儿子服丧。本多不了解她的过去,但她现在只是一颗腌在悲伤之醋中的悲伤果实。

槙子风韵犹存,虽然皮肤已经衰老,但是如残雪般的肌肤反而更加晶莹,渐生的白发并没有染黑,给她本人这首和歌增加了"真实"的印象。她行事自由,展现出神秘感,却不忘给重要的人物送礼并积极应酬。她会提前解决所有可能说她坏话的人。尽管内心早已干涸,她依然维持着前半生悲哀与孤独的幻影。

在她身边,椿原夫人的悲哀愈发鲜活。这是多么残忍的对比,师傅千锤百炼后成为假面的艺术性悲哀不断孕育出所谓名歌,而弟子迟迟无法愈合的鲜活悲哀却止步于素材本身,无法孕育出打动人心的和歌。如果没有槙子,椿原夫人作为歌人的小小名声恐怕会立刻坍塌。

而槙子则一直从身边鲜活的悲哀中提取灵感创作自己的和歌,抽出不属于任何人的悲哀元素,在其中刻上自己的名字。就这样,悲哀的原石与宝石雕刻师共同携手,不断为世人送上名牌项链,掩盖脖颈上随着岁月不断叠加的衰老痕迹。

过早到达让槙子感到为难。

她看着身边的椿原夫人说:"是司机太着急了。"

"真的。路况也比想象中好。"

槙子对本多说:"我先逛逛庭院吧,我很期待呢。我自己慢慢逛逛,也想作首和歌,您不用招呼我。"

本多坚持做两人的向导,带着雪莉酒和下酒菜走进院子,准备在凉亭中享用。下午,天气温暖了不少,庭院远处像漏斗一样插进西边的山谷间，远景是带着春日气息的棉花云围住高耸的富士山，只能看到洁白的山顶。

"我想赶在夏天之前，在带饲养箱的阳台前面挖出一个池子。"

本多边走边说，不过女客人们反应冷淡，他体会到了给客人带路的旅馆掌柜的心情。

和艺术家这一类人接触是本多最不擅长的事。昭和二十三年，他在勋的十五周年祭上与桢子重逢，之后两人重新开始联系。两人并非通过和歌相识，以前只是律师和证人这样工作上的关系（这种关系中存在近似于共犯的感情），实际上尽管两人都没有明言，但两人的交情转为私人关系完全是出于对勋的追忆。所以当歌人桢子带着弟子光明正大地出现在早春的富士山时，本多无所适从，说了些水池之类不合时宜的话。

不过本多很清楚，她们虽然称不上看不起自己，但确实对自己没有戒心。对她们来说，本多是专业之外的人，不会与她们同场竞技。本多平淡地猜测，如果桢子遇到了无法处理官司的人，大概会这样介绍他吧："本多先生是我的朋友。不，他不做和歌，不过他通情达理，无论是民事诉讼还是刑事诉讼都很厉害，我可以帮你拜托他。"

可是在说不出口的内心深处，本多惧怕桢子，桢子恐怕也惧怕本多。说不定保护自己的名声才是桢子与本多重修旧好的最大原因。至少本多了解桢子的本质，他知道一旦到了关键时刻，这个女人可以说出任何谎言，而且会编得谨慎周全。

除此之外，本多对她们来说是不会成为障碍的、令人满意的存在。两人在梨枝面前会立刻用社交性的语言武装自己，在本多面前才会自由交谈。本多同样喜欢旁观她们的习惯。这两位绝不年轻,但过去曾经美丽的女人正在进行一如既往悲哀的对话,肉体与过去融为一体,风景与记忆互相侵犯,改变了自然的形状……就像法警不断在家具上贴封条一样,她们必须不断向前走,迅速在映入眼帘的美景贴上抒情的封印,仿佛这是在美景中保护自己的唯一方法。宛如陆地上的两只水鸟被灵感驱使,笨拙地徘徊后滑入水中,随之得到了从未想过的优雅和轻快,一会儿划水一会儿下潜。本多喜欢看她们游弋的样子和运动的姿态。当和歌做好时,她们完全不惧怕他人目光,尽情展现精神在沐浴时的姿态,就像本多曾在邦派因见过的,年幼的公主和老女官的沐浴一样。

"月光公主会来吧?她昨天晚上住在什么地方了?"

回忆像突然插进的话语一样,将不安的粗木片插进了本多心中。

"多漂亮的院子啊。东边是箱根,西边是富士山,无所事事地在这里闲逛而不做一首和歌就太浪费了。我们不断被催促,在肮脏的东京天空下创作和歌,而你却在这里读着法律的书,这世界真不公平。"

"法律的书我已经扔了。"

本多一边喝着雪莉酒一边说。两人拿起玻璃杯时,袖子和手指的动作都非常优美。准确来说,从轻轻拉住袖子的动作到戴着戒指,捏住杯子把的指尖弧度,椿原夫人全都忠实地模仿着桢子。

"如果晓雄能看到这个院子该多开心啊。那孩子喜欢富士山,在加入海军之前就总是盯着挂在书房里的富士山照片看。真是很符合那孩子性格的兴趣,又爽朗又单纯。"

椿原夫人提到了死去的儿子的名字。每次提到儿子的名字，夫人的脸上就会拂过唏嘘的涟漪。就像她心底长出了一个敏感的机关，只要说出儿子的名字，那个机关就能迅速作出反应，呈现出固定的表情，与夫人的意志无关。就像人们总是带着恭敬的表情说出皇帝的名字，她脸上瞬间出现、瞬间消失的唏嘘就是"晓雄"这个名字的花押。

桢子翻开膝盖上的本子，写下一首即兴和歌。

"我又写了一首。"

椿原夫人嫉妒地看着她垂下的脖颈，本多同样看着那里。于是，那片曾经吸引住年轻的勋的白皙芬芳的肉体像残月一样在本多眼底摇曳。

"是今西先生，一定是他。"

椿原夫人看着穿过草坪走来的人叫了一声。远远就能看到来人洁白的额头和修长的身材，再加上那种踉跄的走路姿势和映在草坪上的长影子，很快暴露出来人的身份。

椿原夫人说："真讨厌，他肯定一来就要说些粗俗的话，灵感全都糟蹋了。"

今西康研究德国文学，四十出头，在战争中介绍青春德意志派，在战后写了各种各样的文章，梦想着性的千年王国。他说过要写介绍梦中王国的书，却迟迟没有下笔，可能是因为他把细节都告诉别人了，于是失去了写作的兴致。不过实在看不出来他口中那个充满奇妙忧愁的千年王国，与他这个过着富裕单身生活的今西证券的二少爷有什么关系。

他脸色苍白,长相神经质,不过随和善谈,从财经界到左翼文学青年都觉得他很有趣。他觉得自己过了半辈子,在战后破坏权威、破坏固有道德这种苍白而知性的粗暴中第一次发现了适合自己的粗暴。他还明白了性妄想的政治意义,并将此当成看家本领。以前,他不过是诺瓦利斯①式的空想家而已。

他贵族式的举止和故意说出的脏话很受女人们欢迎,称他为"变态"的人反而会证明自己是封建遗留。另一方面同样不能忘记,今西千年王国的未来图景让认真的进步主义者失望。

他绝不会大声说话,因为大声可能会将事物从微妙的官能领域剥离,化为思想。

在等待其他客人的时候,四人在凉亭中沐浴午后的阳光。凉亭近旁悬崖下的小溪的流水声不绝于耳,打扰了他们的思绪。本多不由想起那句"恒转如瀑流"。

今西给自己的王国取名"石榴国",得名于那爆开的火红果实。因为他说无论梦境还是现实,他都常常与那里来往,于是大家纷纷向他询问石榴国的消息。

"最近,石榴国发生什么事了?"

"还是那样,人口调节得很好。

"因为乱伦的情况很多,所以同一个人既是伯母又是母亲,同时

---

① 德国诗人,早期浪漫派代表人物。

又是妹妹和表妹的情况屡见不鲜。也因为这样,这个世界上看不到的美丽孩子和丑陋的残疾人在石榴国各占一半。

"美丽的孩子无论男女,从小时候开始就会被隔离在名为'被爱者之园'中。那里的设施好得就像我们想象中的天国,人工太阳常年洒下适当的紫外线,大家都裸体生活,投入游泳之类的竞技运动中。园中百花绽放,小动物和鸟类自由放养,人们在那里吃着富含营养的食物,而且因为有每周一次的体格检查而能够避免肥胖,所以人们越来越美丽不可方物。但是,那里绝对禁止读书,因为读书是对肉体之美的最大损害,所以这项措施也是理所当然的。

"不过长到一定年龄后,这些美丽的孩子就要每周出一次园,开始成为园外丑陋人类玩弄的性对象,持续两三年后就会被杀。在美丽的人年轻时杀掉他们不就是人类之爱吗?

"石榴国艺术家在杀人方法上充分发挥了所有独创性。国家到处都是性杀人剧场,在那里,拥有美丽肉体的姑娘和青年扮成各种角色被打死。他们重现了神话及历史上所有在年轻貌美时悲惨死去的人物,当然也有很多人扮成了原创人物。穿着美丽性感的服装,在出色的照明、优秀的舞美、完美的音乐中壮丽赴死,在临死前被大量观众玩弄,尸体被唾弃都是常事。

"坟墓?墓地就在'被爱者之园'外面。那里也是美丽的地方,丑陋的残疾人会在月夜来到墓地散步,沉浸在浪漫的情绪中。因为墓地中用死者生前的雕像代替墓碑,所以没有比这里更加充斥着美丽肉体的地方了。"

"为什么必须杀了他们?"

"因为人们会很快厌倦活物。

"石榴国的人们非常聪明,所以他们很清楚,这个世界上只有两种人——留在记忆中的人和留下记忆的人。

"既然说到这里,就必须要谈谈石榴国的宗教了。因为孕育出这种习惯的正是石榴国的宗教观念。石榴国不相信复活。因为神的本质就是一次性,应该在最完美的瞬间出现,所以既然复活后绝不可能比之前更加美丽,那么复活就没有意义。洗褪了色的衬衫不可能比新衬衫更白吧。石榴国的神明都是用过一次就会扔掉的。

"所以尽管这个国家的宗教是多神教,却是时间上的多神教,无数神明赌上肉体的全部存在,在用各自最完美的瞬间代表了永远之后消散。您应该明白了吧,'被爱者之园'就是制造神明的工厂。

"为了让世界历史成为美的连续,神明的牺牲必须永远持续下去,这就是石榴国的神学。您不觉得这是合理的神学吗?另外,这个国家的人完全没有伪善,所以美就是性魅力的同义词,众所周知,只有性欲才能接近神,也就是接近美。

"拥有神就是通过性欲拥有,虽然性的拥有是性的欢喜达到顶峰时的拥有,但是因为顶峰无法持续,所以只能将拥有的非持续性和对象存在的非持续性相结合。这种可靠的手段只是在抹杀达到性爱顶峰的对象。所以在石榴国中,性的拥有最终归结于杀人和吃人肉是最明确不过的常识。

"性拥有的悖论甚至统治着石榴国的经济结构,这只能用精彩来形容了。拥有的原则就是'杀掉所爱之人',因此在完成拥有的同时会失去拥有,持续拥有违反了爱,于是私有财产制自然也从爱的角度被否定。国家只允许在塑造美丽肉体时从事肉体劳动,所以丑陋的爱人者不需要劳动,也就是说石榴国的生产完全依靠机械自动化,不需要人力。艺术?只有杀人剧场千变万化的表演艺术和美丽死者的雕像。从宗教角度来看,艺术的基调是官能的写实,抽象主义完全被排除在外,另外,严禁'生活'进入艺术。

"靠近美丽的是性欲,而将那个瞬间永远传递下去的是记忆……说到这里,您应该大致明白石榴国的基本构造了吧?石榴国真正的基本理念是记忆,也就是说记忆是这个国家的国策。

"性的欢喜顶峰这种肉体水晶一样的东西在记忆中不断结晶,能够在美神死后唤醒最完美的性欲。石榴国的人正是为了到达这里而生。与天上的宝石相比,人类的肉体性存在、爱人者和被爱者、杀人者和被杀者都不过是到达的媒介罢了。这就是石榴国的理念。

"记忆是我们精神的唯一素材。就算神明在性拥有的顶峰显现,此后,经过很长时间,神明成为'被记忆者',爱人者成为'记忆者'。此时,神才第一次被真正证明,美第一次得以到达,性欲离开拥有净化为爱。正因如此,神明和人类的存在并没有被空间隔绝,而是在时间上错开。这就是时间性多神教的本质。您明白了吗?

"虽然杀人这种方法欠妥,但杀人完全是为了提纯记忆,是将记忆蒸馏成最浓密的要素的必要手段。而且丑陋的残疾人很伟大啊,真是伟大。他们是自我放弃的高手,彻底放空自己而活。这些人忠实地完成爱人者即杀人者即记忆者的任务,完全不去记忆任何属于自己的事,只为了崇拜着被爱者美丽的死亡记忆而活。这些人一生的工作仅仅是记忆,所以石榴国又是柏树国、美丽的遗物之国、黑纱国、世界上最平静之国、回忆之国。

"我每次去那个国家都会觉得，啊，真不想回日本那地方了。那个国家充斥着人性中最甜美最温柔的东西，所以才是真正的人类主义与和平之国啊。首先，那里就没有吃牛肉、猪肉这种野蛮的习惯。"

"我想问问，吃人是要吃哪里啊？"桢子兴致勃勃地问。

"这种事还用问吗？"今西用低沉平稳的语气说。

本多心中默默打趣，自己这个前法官平静地听着这番对话，真是太滑稽了。以前，本多做梦都没想过会有这种人。如果让龙勃罗梭[1]看到了，一定会说"赶紧将他与社会隔离吧。"

本多虽然嫌弃今西的性的趣味，但是却为他的其他梦想陶醉。如果那不是今西的幻想，说不定我们全都是神的"性的千年王国"的居民。神让本多作为记忆者永生，清显和勋作为被记忆者被杀也许是神明剧场中的恶作剧。但是今西说了没有复活，轮回往往是与复活对立的思想，轮回的特点不正是保证每段生命最终的一次性吗？尤其是在今西的说法中，人类和神之间存在时间差，人类只能在记忆中与神相遇，这让本多回顾了自己的一生和旅程，将他引入广阔的思绪中。

尽管如此，这个男人究竟是什么样的人啊。

他开心地将自己心中的阴暗特意展现在光天化日之下，像在讲述别人的事情一样神情平静，赌上了纨绔主义的一切。

长期处于法律界的本多在内心深处对思想犯抱有一种隐秘的感性

---

[1] 意大利犯罪学家、精神病学家，刑事人类学派的创始人。

敬意。实际上，真正的思想犯极少，除了勋之外，本多不记得自己见过其他类似的犯人。

另一方面，他对悔悟的犯人抱有厌恶和轻蔑相混合的感情。

今西属于哪一种呢？

今西绝对没有悔悟，又绝对缺乏思想犯的高贵。他的虚荣心使他想用纨绔主义来粉饰公之于众的人类卑贱之处，想要同时得到坦白的好处和纨绔主义的好处，仿佛透明人体标本般丑陋……本多顽固地不愿意承认，尽管如此，他依然多少被今西所吸引，甚至邀请他来到别墅，是出于对今西的"勇气"的羡慕之情。他更不愿意承认，他自己隐藏阴暗面并非因为自负和克己，不愿陷入"坦白者的卑鄙"。也许是害怕今西那双X射线般的眼睛……本多擅自将自己的情绪起名为"客观性的疾病"，是绝不参与事件本身的理解者陷入的，终极并充斥着爽快颤栗的地狱。

"这个男人长着一双鱼一样的眼睛。"

本多偷偷看着在女性面前滔滔不绝的今西的侧脸想。

客人们到齐时，太阳已经落山，染红了富士山左边的云彩。

四人离开凉亭回到房间中时，庆子那位美国中尉恋人已经到了，正在厨房帮忙。老态龙钟的新河元男爵夫妻也到了，外交官樱井、建筑公司的社长村田、报纸记者中的大人物川口、流行歌手京谷晓子、日本舞蹈家藤间郁子悉数到达。以前，本多根本无法想象家里能聚集这么多著名的客人。梨枝对众多客人表示敬意，但脸上并无喜色。本多心中也有一种憋闷感。月光公主没有来。

二十六

新河元男爵被带到暖炉旁的椅子上,冷冷地看着其他客人。

新河已经七十三岁了,每次出门前一定会抱怨一番,却没有忘记收到邀请时的喜悦,一把年纪依然喜欢参加宴会。因为流放时分外无聊,所以流放结束后他依然保持着会爽快地答应各种邀请的习惯。

但是如今,新河和他啰唆的夫人一样,在任何地方都会被当成最无聊的客人。新河的讽刺不再尖刻,简洁的警句变得冗长寡淡,总是想不起别人的名字。

"那个……叫什么来着……啊……经常出现在讽刺漫画中的政治家……就是……又矮又肥的那个……叫什么来着……名字特别平常……"

这种时候,谈话的对象就会将新河与名为忘却的隐形野兽战斗的样子尽收眼底。那只相当温顺却执拗的野兽若隐若现,紧紧缠住新河,长毛来回扫过他的额头。

终于,新河放弃了,继续往下说:

"总之那个政治家的老婆是个人物。"

忘记关键的人名后,轶事就失去了风味。每当新河捶胸顿足,想要将只有自己能品尝到的风味传达给别人时,他的内心就会升起一辈子都没体会过的、有求于人的情绪。体会他潇洒的玩笑就像要体会他的苦衷,这份体会的过程太过复杂,在不知不觉间让年老的新河变得卑屈。

就这样,维持多年的高雅和矜持在自己手中变得粉碎,这种悲哀的命运一次次光顾,以前像雪茄的烟雾一样在鼻尖朦胧飘散的轻蔑如今成为新河巨大的生存意义。与此同时,他还要处处担心隐藏在其中的轻蔑被人看破,因为他害怕再也没有人邀请他。

在聚会中,他也不时拉着妻子的袖子在她耳边窃窃私语:

"真是一群讨厌的土包子。不知道如何用最高雅的措辞表达最粗鄙的事,日本人丑陋到这个地步可真不得了。不过,绝对不能让他们发现我们这种想法。"

新河突然望向炉子的火焰,想起了四十多年前松枝侯爵府邸举办的游园会,他骄傲地想,那时他同样是带着轻蔑的心情参加的。

但是只有一点不同。以前,他轻蔑的对象绝对无法伤到他,而如今只要轻蔑的对象存在,就能毫不留情地伤害到他。

新河夫人很有活力。

到了这把年纪,她从讲述自己的故事中发现了妙不可言的趣味,于是寻找听众的心情和打破阶级的精神完美融合。因为她从一开始就不在乎听众的质量。

她用面对皇族时的恭谨语气与流行歌手打招呼,希望对方能听自己说话。她用最上等的语言夸奖鬼头桢子的和歌,然后请她听自己说一位英国人曾经称赞自己是诗人的故事。她仰望轻井泽晚夏的云时说了一句"这是西斯莱①的云啊",那个英国人听到后称赞了她。

当夫人来到火炉旁的丈夫身边时,一种神奇的直觉让她提起了四十年前松枝宅邸那次游园会的事。

"现在想想,那时花了大价钱的宴会只会请艺伎来家里,真是缺乏智慧的野蛮时代。如今那股蛮风已经消失,夫妇结伴社交成为理所当然,日本真是进步了不少啊。你看,这次聚会上的女性已经不再默默无语了。以前,游园会上的对话无聊得让人受不了,如今大家不都在开着玩笑吗?"

但是,无论是四十年前还是现在,新河夫人都只会说自己的事情,实在让人怀疑她有没有听过别人说了什么,哪怕只有一瞬间。

新河夫人又匆匆忙忙地离开,走过墙上的镜子面前时,她瞥了一眼昏暗的镜子。她绝对不害怕镜子,因为所有镜子都不过是夫人的废纸篓罢了,用来扔掉映在其中的皱纹。

陆军中尉会计杰克很勤快,大家都开心地看着这位温柔而富有献身精神的"进驻军"。庆子高高在上指挥着他,管教的本事实在无人能比。

杰克不时会伸出手,从背后恶作剧似的抚摸庆子的乳房,庆子只是平静地苦笑着原谅他,男人戴着戒指汗毛浓密的手就那样放在了她的胸部。

"真是任性,真拿你没办法。"她扫过所有人,用教训的口吻干

---

① 法国画家。擅长风景画。

巴巴地说。军服裤子包裹着杰克巨大的臀部，于是众人都在比较他和庆子谁的屁股更大。

椿原夫人一直在和今西聊天。夫人呆滞的表情中浮现出悲伤，她第一次见到像他这样打从心底看不起自己所珍视的悲伤的人，为此惊讶不已。

"就算再怎么悲伤，您儿子也无法复活啊。而且您始终让悲伤填满心扉，就是为了不让心灵的气球中混入杂物，让自己安心对吧？我再说得直白一点儿，您已经认定其他人都无法吹起您内心的气球，总是在用要多少有多少的自制悲伤气体填满它吧。这样就不用担心为其他感情而苦恼了。"

"你在说什么过分的话啊，太残酷了。"

椿原夫人用手绢盖住脸掩藏呜咽声，从手绢的缝隙中抬头看着今西。今西觉得那双眼睛就像是一个希望被强奸的女孩的眼睛。

村田建设的社长是财经界大佬，对新河表现出了夸张的敬意，不过这个土木建筑商的尊敬实在入不了新河的眼。村田在自己的建筑工地四处张贴自己的大名，极爱出风头。不过再也没有比他更不像搞土木建筑这一行的人了，那张苍白扁平的脸上还能看出战前革新官僚的经历遗留。原本仰仗他人而活的理想主义者一旦不依靠他人而取得成功，明亮自由的俗世大海便突然展现在眼前。他纳日本舞蹈家藤间郁子为妾，郁子穿着闪亮的和服，带着五克拉的大钻戒，就连笑的时候也会挺直腰板。

村田对本多说了三次："先生，这房子真漂亮，如果交给我的公司来建，我一定能学到不少东西，真是太遗憾了。"

外交官樱井和著名记者川口围着京谷晓子讨论国际问题。樱井的皮肤像鱼一样滑腻，川口的皮肤则因酗酒而衰老，仿佛形成了职业冷血和职业热血的对比。迟钝的流行歌手一片接一片吃着烤面包，来回看着两个男人凌乱的白发和精心打理的黑发，没有注意到男人讨论重大问题时，说给女人听时会有微妙的虚荣心较量。她眼神黯淡，只是重复着先噘起嘴，然后将面包片一下子放入呈现出O形的金鱼般的嘴唇中的可爱动作。

"你的兴趣真奇怪。"鬼头桢子故意来到今西身边对他说。

"我追求您的弟子，每次都需要获得您的许可吗？我觉得这是在追求母亲，能感到一种神圣的战果感。尽管如此，我也完全不想追求您，因为您的脸上明明白白地写着对我的看法。我是您在性方面最讨厌的类型吧。"

"您真有自知之明。"

桢子放下心来，发出娇媚的声音。在一阵如黑色的榻榻米包边般的沉默后，她说："就算你追到了她，也没办法扮演她儿子的角色。对她来说，死去的儿子才是神圣而美丽的，她只是侍奉那尊神明的巫女罢了。"

"谁知道呢。我认为这一切都很奇怪，活着的人只是维持或代表纯粹的感情这种事情是一种亵渎。"

"所以她为死者奉献了纯粹的感情啊。"

"不过是为了生存吧。只凭这一点就很可疑了不是吗？"

桢子厌恶至极，眯起眼睛笑了："这个聚会上没有一个真正的男人。"

说完，她起身走向正在叫她的本多。椿原夫人斜靠在固定在墙上的长椅一角哭泣，夜晚寒气凛冽，窗外的水汽在玻璃上滑下淋漓的汗水。

本多想拜托桢子照顾椿原夫人。如果椿原夫人的眼泪不是因为回忆，而是少量酒精的作用，那她还真是一喝醉就会哭的人。

梨枝脸色苍白地靠近本多，在他耳边说："我听到奇怪的声音。从刚才开始就有了，从庭院里传来的……不知道是不是我听错了。"

"你去庭院里看了吗？"

"没有，我害怕。"

本多靠近一扇窗户，用指尖擦了擦玻璃上的汗水。寂寞的月亮从枯草坪对面的柏树林中升起，月影摇曳，一只野狗在月下徘徊。它停下脚步，夹着尾巴站起，白色的胸毛在月光中闪烁着光芒，发出惆怅的叫声。

"是狗叫吧？"

本多问妻子。带来不安的真相仿佛玩笑一般，妻子被揭穿后并没有立刻认输，只是粲然一笑。

本多仔细一听，柏树林对面遥远的地方传来回应，或远或近的两三声狗吠交织在一起。

起风了。

二十七

本多从二层书房的窗子望着深夜的天空，看着天空中渺小而凄凉的月亮。因为月光公主终究没有出现，月亮便成为她的替代品。

宴会结束时已经将近十二点了。只剩下留宿的客人在宴会结束后再次小聚了一番，然后便各自回房了。二楼有两间客房，还有本多的书房和夫妇俩的卧室。梨枝与客人告别后，疲惫让麻痹一直延伸到浮肿的指尖，她跟丈夫打过招呼后先回了卧室。本多独自留在书房，想起妻子刚才得意洋洋地向他展示的手背，浮肿的手背甚至散发着黯淡的光芒。

手背内部增加的恶意逐渐膨胀，让覆盖其上的白皙皮肤失去棱角，膨胀的手背呈现出一副诡异的天真和孩子气，始终萦绕在本多眼中。自己对妻子说想在别墅开庆祝宴的时候，妻子曾经拒绝了。如果妻子没有拒绝会发生什么呢？在亲切和慰藉的皮下脂肪下会流淌着某种令人不快的凄怆感情吧。

本多环顾着这间只讲究排场，窗明几净的西洋式书房。他真正工作时的书房并不是这个样子，那里有生机勃勃的杂乱感和家的味道。如今，整块榉木制成的桌子像一件民间艺术品，上面整齐地放着摩洛哥皮质的英国文具套装，笔筒里插着几只他认真削好的铅笔，上面印着一行烫金英文，就像士官候补学生的肩章一样新鲜而闪亮，还有父亲的遗物——一方青铜鳄鱼镇纸，以及空空如也的竹制信匣。

他多次起身拂去凸窗玻璃的水汽，窗帘始终拉着。因为室内开着暖气，月亮很快就会朦胧扭曲。本多清楚，如果看不清那轮明月，内心深处的空虚和厌恶就会逐渐高涨，这份逐渐膨胀的杂乱阴暗会逐渐变形，成为性欲。当他得知漫长人生的尽头只剩下这幅风景，内心涌现出干涸的惊讶。远处再次响起狗吠声，脆弱的柏树林在风中沙沙作响。

隔壁的妻子已经睡熟，可见时间已经过了很久。本多关上书房的灯，走向与客房一墙之隔的书架。他轻轻抽出几本外国书，叠放在地板上。这是被自己命名为客观性的疾病。当他被这种病抓住时，顽固的强制力就会逼着他不得不与此前始终当作同伴的社会为敌。

为什么？这也不过是他常年站在法庭上、站在律师席上客观审视的人生诸相的一部分而已。但是为何站在不同的角度观察时，有时会遵从法理，有时又违背法律呢？有时会成为众人尊崇的对象，有时会遭遇众人的轻蔑与责难……如果这就是罪孽，那就是出于快乐的犯罪。从身为法官的经验上来看，本多理解去除私心后面对澄明心境时的快乐。如果说不为这份快乐所动就是崇高的话，那么罪恶的本质就是心动吗？只有人类最私密的东西，只有面对这份快乐的心动才是违反法律的最大因素吗？

总而言之，这些都不过是借口而已。当本多从书房的书架中抽出外国书时，他不由感受到超越年龄的、少年般的悸动，感受到孤立无援地面对社会时，自己是多么弱小而毫无防备的存在。让身体保持在高空的枷锁悉数松开，坠落不由分说地开始，就像沙漏中的沙子。这时，法律和社会成了他的敌人。如果本多更勇敢一些，如果这里不是自家的书房，而是草木茂盛的公园一角，是黑暗中洒下点点灯光的小路，他也许会成为最可耻的犯人吧。人们都会放声大笑，嘲笑法官成为律师，律师成为犯人，嘲笑这个一生深爱法庭的男人。

他取出书本后，墙上是一个凿穿的小洞，布满灰尘的昏暗空间刚够他探出头。灰尘的气味突然唤醒了本多年少时真切的回忆，少年秘密的快乐在黑暗中散发出微弱的红色火花。他想起了加棉的深蓝色天鹅绒睡衣领子，触感中混着厕所的臭味，第一次在字典中找到的猥亵词语，以及忧郁的生涩。接下来，他在自己的悸动中发现了最卑劣的讽刺画，这是曾经那么吸引清显的崇高悸动。尽管如此，这依然是唯一连接十九岁的清显和五十八岁的本多的阴暗通路。闭上眼睛，本多脑海中便出现幻象，肉体四散的红色微粒像成群的蚊子一样在书架的暗处飞舞。

旁边的客房中住着鬼头桢子和椿原夫人，对面另一间客房中住着今西。不过，刚才两个客房之间确实有交流，能听到房门轻轻打开的声音和压抑的人声，像敲击水面的呵斥般的呻吟。声音时停时有，仿佛一张象牙骨牌滚下斜坡，向着更深的黑夜滑落。

这件事本多早已发现，但是本多看到的更多。

在旁边的客房中，与用来偷窥的小孔平行的地方并排放着两张床。在小孔下方的床很难看清，远处的床则能尽收眼底。房间中只有枕边的一盏灯光，所以光线很暗。

本多偷窥的目光在昏暗中对上了同样高度的一双眼睛,他大吃一惊,那正是桢子的眼睛。

桢子穿着发白的睡衣坐在远处的床上,睡衣的领子扣得整整齐齐,银白色的头发在一侧打来的光中若隐若现,卸妆后的脸上散发着冰冷的气息,白得发亮。圆润的肩头显示出岁月累积的赘肉,不过从她呼吸时规则浮动的胸部可以看出皮肤并没有过分松弛,就像夜晚的精髓被覆盖在白色的睡衣之下。本多觉得仿佛在眺望月夜中的富士山,山脚处被夹杂着蓝色丝线的毛毯皱褶覆盖,桢子的膝盖有一半伸进毛毯中,一只手无精打采地搭在毛毯上。

桢子的目光让本多以为自己偷窥的事情被发现了,实际上那道目光绝对没有看向这个小洞。桢子的视线直直地落在墙边的床上。

但是如果只看那双眼睛,一定会觉得桢子正盯着眼前的河川思考和歌。她的精神看到了某种生机勃勃的混沌,正在试图让它凝结,就像拉弓准备射箭的猎人的眼神。光看她的眼睛不会妨碍本多认为人是崇高的。

桢子俯视的东西既不是河也不是鱼,而是床上那个在昏暗中蠕动的身影。本多抬起头,直到头顶撞上了书架的顶部。从小孔斜向下看,他看到了一墙之隔的床上发生的事情。一双女人的腿缠住了苍白细瘦的男人的腿,眼前这两具肉体绝对称不上生机勃勃,能看到两人像水栖动物一样缓缓运动的结合点。那一点在黑暗中散发着湿润的微光,贪食者被贪婪地索取,明显的周旋伴随着认真的颤抖,两株湿润的草丛分分合合,随着光线的明暗变化,本多似乎看到女人白皙的腹部上夹着书写和歌的纸片。

而今西放肆地伸展着那双可怜的知识分子的腿，就像无耻本身。一切都和他的说法一致，平坦的屁股上能看到干瘪的尾骨，荡漾出涟漪般微弱的颤抖，仿佛不过是瞬间的幻想。他缺乏诚意的样子令本多感到愤怒。

与他相比，椿原夫人就连每一声呻吟都带着绝对的真挚。视线一转，能看到椿原夫人伸入今西头发中的手，她的手指像溺水之人一样紧紧攥着……夫人情不自禁地叫出了儿子的名字，声音谦恭而微弱。

"晓雄……晓雄……原谅我。"

话尾淹没在叹息声中，今西一动不动。

本多突然意识到这件事的严重和可怕，他咬紧嘴唇。有一件事很明显，无论这是不是桢子的命令，今晚并非夫人第一次在桢子面前（恐怕只会在桢子面前）表现出如此露骨的行为。不，也许这才是桢子和夫人师徒关系的本质，是献身与侮辱的本质。

本多再次看向桢子。桢子闪着银光的白发微微颤抖，泰然自若地俯视着眼前的景象。本多恍然大悟，桢子与自己是完全一样的人，只是性别不同而已。

二十八

第二天,依然晴空万里,于是本多夫妇邀请留宿的三位客人和邻居庆子分乘两辆汽车,前往位于富士吉田的富士浅间神社游玩。因为除了庆子以外,其他人都打算在参拜神社后回东京,所以本多出门时锁上了别墅。锁门时,本多突然担心月光公主会在没有人的时候来访,不过这种事应该不会发生。

本多正在读今西带来的礼物《本朝文萃》,不用说,他是为了读都良香①的《富士山记》才拜托今西带来了这本书。

"富士山位于骏河国,壁立千仞,直插云霄。"

这种记述自然没有意思,不过本多过去读到这篇文章时,隐约记得"贞观十七年十一月五日,吏民共祭。据传,午后万里晴空,众人仰望山峰,皆见两名白衣美女在山巅翩翩起舞,距离山顶一尺有余"这段内容,只是后来再无机会重读。

富士山会引发各种视觉错觉,在天气晴朗时出现这样的幻象并不稀奇。时常会出现山脚下和风阵阵,山顶狂风大作,细雪在晴天飞

---

① 日本平安时代前期的文官、著名诗人,官至文章博士,参与编纂《日本文德天皇实录》,有个人诗集《都氏文集》三卷传世。

舞的景象。也许是细雪偶然形成了两位美女的形状，留在了当地人的眼中。

富士山冷静真实，而绝对的纯白和冰冷能容下各种幻象。正如冰冷的尽头是晕眩，理智的尽头同样是晕眩。富士山形状过于端正，又包含着暧昧的情念，是不可思议的尽头，也是界限。两位白衣美女在界限上翩翩起舞并非不可能。

另外，浅间神社供奉的女神木花开耶姬①同样吸引着本多。

桢子、椿原夫人和今西同乘夫人的车，本多为了回东京雇了一辆汽车，夫妇俩和庆子同乘。这是顺其自然的分配方法，但本多隐约想和桢子同乘一辆车，因此留下了一丝遗憾。他想与桢子并肩坐在车里，再看一次那双如同箭在弦上一般的眼睛。

前往富士吉田的兜风之旅并不轻松。从国道走须越过笼坂山，绕过山中湖畔的旧镰仓后北上，大部分路段是没有铺柏油的险要山路，与山梨县交界处正是笼坂山脊。

本多没有加入庆子和梨枝两位女性的对话，像孩子一样专心眺望窗外。庆子的存在让他从梨枝的抱怨中解放出来——梨枝已经变成了一拔起瓶栓就会溢出泡沫的啤酒瓶。从今天早上开始，她就反对坐车回东京，说自己从小时候开始就从来没有习惯过如此漫长而无意义的奢侈汽车旅行。

这样的梨枝与庆子对话时变得温顺，甚至可爱。

---

① 日本神话传说中的人物。在《日本书纪》中，天孙临幸木花开耶姬，一夜而有孕，诞下火阑降命，为隼人之始祖；次生彦火火出见尊；再生火明命，乃尾张连始祖。此为天皇家族之始。

庆子直言不讳地说："肾病这种事不需要在意。"

"是吗？您这么说我反而精神了。真不可思议，我丈夫那种虚伪卖弄的安慰和关心方式真让我生气。"

庆子绝对不会维护本多，也许这就是微妙的交流诀窍。

"本多先生是只懂得讲理的人，没办法啊。"

越过县境后，山的北侧还有残雪。凹凸不平、已经结冰的雪给大山浅浅刻上了一条条疤痕一样的蛇纹，就像梨枝浮肿消失后的手背皮肤。

不过，本多能忍受此时的梨枝。两个女人故意大声说着自己的坏话（就算其中一个是自己的妻子），本多置身其中反而感受到了淡淡的舒适。

过了笼坂山之后，随处可见大量残雪，山中湖畔稀疏的森林地面上覆盖着抽丝般的冻雪。松针暗黄，只有湖水色彩鲜亮。身后富士山雪白的肌肤是这一带一切白色的源泉，像涂了一层油一样闪亮。

到达浅间神社时已经下午三点半了。本多瞟了一眼从黑色克莱斯勒上走下的三人时生出一阵厌恶，仿佛看到了从黑色棺材中苏醒的人。今天早上，三人明明在众人面前将昨晚的痕迹抹得一干二净，但是偶然在一定时间里被关进狭窄的空间后，记忆又像无论如何穿刺也去不干净的腹水一样浅浅淤积了一层。下车后，看着路边的雪反射出的刺眼阳光，三人狼狈地眨了眨眼睛。尽管如此，桢子依然挺直了腰杆，而今西苍白缺乏弹力的皮肤让本多憎恶。这个男人用自己不相配的肉体亵渎了昨天白天夸夸其谈的、悲剧性的肉体梦想之美，并且打算彻底将其隐藏。

本多毕竟看到了。看的人和在不知不觉间被看的人在翻转的世界接缝处背靠着背。抬头看着石头匾额上刻着"富士山"三个字的巨大石头鸟居，桢子又拿出和歌本子，拔出系着紫色绳子的细铅笔。

六人相互搀扶着走在潮湿的参道上。阳光透过树叶照在一部分残雪上，庄严肃穆。老杉树褐色的杉树叶承受不住残雪的重量簌簌掉落，阳光如烟雾般笼罩在枝头，在树梢上撑起一团绿云。参道深处能看见被残雪围绕的红色鸟居。

这种神圣的征兆让本多想起了饭沼勋，他再次看向桢子。桢子沾染上神圣的力量后仿佛变了个人，忘记了深夜时的目光。勋就是爱上了这双变换的眼睛，也许他正是被这双眼睛杀死的。

庆子不疾不徐，笼统地概括了眼前的事物。

"啊，漂亮，出色，很日本。"

听到这番斩钉截铁的话，桢子带着一丝焦躁看向庆子。梨枝置身事外，带着恭顺的胜利感情退后观望。

椿原夫人走在参道上，犹如悲伤的仙鹤打湿了羽毛，踉踉跄跄地一步步前进，她若无其事地甩开想要搀扶她的今西，而是将手交给了本多，哪还有心情创作和歌。

她的悲伤因为是伪装而更加纯粹，本多看着她低垂的侧脸，几乎被感动了。突然，他的目光与偷偷看向夫人另一侧脸庞的桢子相接。桢子像平常一样，从这名悲伤女子映着雪光的脸上找到了一首诗，创作出和歌。

来到与富士登山道相交的神桥时，椿原夫人连声音都颤抖了。她对本多说："请原谅我，一想到这是富士山的神社，我就觉得晓雄会笑着出来迎接我……因为那孩子特别喜欢富士山。"

夫人悲伤的样子有些空虚,悲伤就像尽情吹过无人的亭子的风一样,随意将空虚的夫人连根拔起。而且夫人异常安静,仿佛展现出被附身后灵魂被肆意破坏留下的荒废,散乱的头发粘在瘦削的脸上,宛如和纸一样容易渗透。于是能看到悲伤自由而安静地进进出出,就像呼吸一样。

梨枝见她这副样子,甚至忘记了自己的病,变得身强力壮。就在这时,本多简直怀疑妻子一直在装病,就连浮肿都是假的。

一行人终于来到近六十尺高的朱红色大鸟居,穿过鸟居就是朱红色的大门,被高高堆起的脏雪包围的神乐殿映入眼帘。神乐殿的三面房顶上挂着七五三绳[①],一道道明亮的阳光穿过高大的杉树树梢,正好照在立在地板上白木八朔台上的辟邪幡上。在周围白雪的反射下,连神乐殿的格子天花板都很明亮,照在辟邪幡上的阳光愈发耀眼,高洁的辟邪幡在微风中飘扬。

一瞬间,本多觉得那条纯白的辟邪幡仿佛有了生命。

椿原夫人的泪水决了堤,没有人因为夫人号啕大哭而惊讶。

夫人在看到辟邪幡之前就仿佛被恐惧推搡着跑到雕满狮子和龙的浮雕的大红色正殿前,一边磕头一边号啕大哭。

本多已经不觉得奇怪,战后,夫人的悲伤始终没有愈合。因为他亲眼看见了让这份悲伤始终保持新鲜,仿佛就发生在昨天的秘法。

---

① 又叫"注连绳",通常为稻草编织而成,神道中用于接近的咒具。

二十九

翌日，御殿场二之冈的庆子在本多不在家时打来了电话。梨枝因为聚会后的疲倦躺在床上，听说是庆子的电话后起床去接。

庆子说，月光公主今天独自一人来到了御殿场。

"我出门遛狗，看到你家门前有一个小姑娘在徘徊。她似乎不是日本人，我上前搭话后，她说'我是泰国人'。我仔细一问，她说本多先生邀请了她，可是她那天有事没来，本以为大家还会留在这里，所以今天就来了。虽然她这副不慌不忙的样子让我很吃惊，不过她都一个人到了这里，就这么回去未免太可怜，所以我请她回家喝了茶，一直送她到车站。她刚走，说是回东京以后要去向本多先生道歉。不过她说她不喜欢打电话，用日语打电话会头疼。真是个可爱的姑娘，乌黑的头发、大大的眼睛。"

庆子说了这么多之后再次为宴会道谢。她说今天晚上，那个美国将校会带同僚来家里打扑克，因为要准备所以不能多说了，于是挂了电话。

本多回到家后，梨枝将电话的内容原原本本地告诉了他。本多一脸阴郁地听着，他自然没有对妻子说昨天梦到月光公主的事。

到了本多这个年龄,有一个好处就是可以无限地等下去。但是他还有应酬和一些工作,不能在家等待月光公主的突然来访。虽然可以把戒指托付给妻子保管,但他希望能亲手交给月光公主,所以始终装在西装的内袋中随身携带。

大约过了十天,梨枝告诉本多,月光公主在他出门时来了。梨枝那天要去参加同学的葬礼,穿着一身丧服正要出门就看到了走进门来的月光公主。

本多问:"她是一个人来的吗?"

"嗯,是的。"

"那真是对不起她。下次我联系她吧,至少要请她吃顿饭。"

梨枝含笑说:"啊,不知道她会不会来。"

本多意识到电话联系会让对方有心理负担,于是随便选了个日子,送去一张新桥演舞场的票,来不来完全由月光公主自己决定。那天正好有木偶戏"出开帐"[①],本多打算看白天的场次,在回程的路上去最近刚刚重新回到日本人手中的帝国酒店用晚餐。

白天的剧目是"加贺见山"和"堀川猿回",但月光公主始终没有出现,本多已经不惊讶了,他一个人悠闲地听完了漫长的唱段。在"堀川猿回"开始前有长时间的幕间休息,本多来到了庭院中。天气晴朗,很多客人来到室外透气。

本多感慨地发现,如今来这种地方的客人都打扮得很讲究,不是几年前能比的了。也可能是因为艺伎比较多,不过女性的和服都华美

---

① 一种佛教仪式,即寺院把佛像移至他处设龛,供人参拜。

而奢侈，仿佛忘记了火中的废墟。特别是战后，无论老幼，人们的品位都变得华丽，往往比大正时代帝国剧场的客人色彩更鲜艳。

如今的本多只要愿意，就可以从中选出最美丽的艺伎，成为她的保护人。被央求着为她买下东西的喜悦，春天云彩般朦胧的妩媚，像上等人偶般穿着大小合适的男士白足袋的小脚，都能据为己有。但是他可以立刻看到结局，快乐的红铜箍木桶中是滚烫的热水，死亡的伴奏浮现在眼前。

这个剧场的韵味在于庭院临河，可以在夏天享受凉爽的河风。但是河水污浊，驳船和垃圾在河中缓缓飘荡。本多如今还能清晰地想起战时，在空袭中罹难的尸体越来越多地漂浮在河中，工厂的烟尘却渐渐熄灭，东京的河水异常清澈，水中倒映的末日天空异常湛蓝。与当时的河面相比，眼前污浊的河面才是繁华的象征。

两个穿着茶色斗篷的艺伎靠在栏杆上享受河风。其中一个人腰间系着手绘墨染樱花的名古屋腰带，纹路细致的和服上散落着星星点点的樱花花瓣，身材娇小，脸庞丰满。另一个姑娘全身衣着华丽，过高的鼻梁和薄唇间涨出一个冷笑。两人滔滔不绝，相互展示着夸张的惊讶，指尖的进口细金纸香烟丝毫没有因惊讶而动摇，静静地冒着烟。

不久后，本多发现女人们的眼睛会不时瞟向对岸。那里的旧帝国海军医院中依然保留着提督的雕像，如今已经成为美军的医院，填满了在朝鲜战争中负伤的士兵。春天，前庭的樱花开了一半，有的年轻美军士兵在樱花树下推着轮椅，有的拄着拐杖，也有手臂上吊着纯白三角布的人在散步。没有人隔着河向这边美丽的和服女郎们开朗地搭话，也没有人做出符合美军气质的调戏动作。在午后的阳光中，灿烂明媚的对岸载着众多装作漠不关心、步履蹒跚的年轻伤兵的身影,他们眼中看到的仿佛是另一个世界的风景,一片寂静。

两名艺伎明显很喜欢这样的对比。她们埋在脂粉和丝绸中,沉浸在春日奢侈的倦怠中,为他人的伤痛和失去的手脚祝福,而且那些人直到昨天为止都是胜利者……这种温柔的恶意和精妙的坏心眼是她们的天性。

本多冷眼旁观,在隔河而立的对比中感受到一种灿烂的东西。河对岸是过去七年占据统治地位的占领军士兵们,是尘埃、血、凄苦、受伤的自尊、无法恢复的不幸、泪水、疼痛和被撕得粉碎的男人的性;河这边,战败国的女人们仿佛从曾经的胜利者们流出的鲜血中获得利益,以他们的汗水和伤口的苍蝇为食,张开黑凤蝶般的黑色羽翼,展现出过度打磨的女性奢侈的性。河风也没有理由促成两者的交会,美国男人们为了这些无法据为己有、没有用处的艳丽绽放,仅仅为了不近人情、只为炫耀的荣华眼睁睁地流血牺牲,他们的悔恨可想而知。

"简直像假的一样。"一名女人的声音传到本多耳中。

"就是,变成那个样子都不忍直视了。外国人空有强壮的体格,变成那个样子反而更可怜。不过我们也够惨的,谁也不欠谁的。"

"这就是贪婪的报应吧。"

女人们冷酷地说着。然后愈发兴致勃勃地眺望对岸,就在兴致达到最高点即将松弛的时候,两人几乎同时争相打开粉饼盒,斜过身子对着镜子给鼻子扑粉。香味浓郁的粉被河风吹走,飘到女人们斗篷的衣摆处和本多西装的袖口上。本多瞥见了沾上些香粉的小巧镜面,脚边花草丛映在其中，模糊的景象就像蛟蜻蛉在飞舞。

开幕的铃声从远处传来，只剩下一幕"堀川猿回"。本多觉得月光公主应该不会出现了，他向着剧场走去时感到自己的肉体享受着月光公主不在的显著事实。他从庭院向着剧场走廊爬上两三级台阶，在走廊柱子的阴影中，月光公主静静地伫立着，仿佛要避开室外的阳光。

在本多被阳光晃到的眼中，月光公主漆黑的头发和大眼睛仿佛散发着同种光泽的黑暗。本多闻到了她头发上的香油味，月光公主逐渐露出美丽洁白的牙齿，她笑了。

三 十

当晚，两人吃晚饭的帝国酒店已经年久失修。占领军装作懂得灯光的艺术，却将庭院中的石灯笼涂上了一水儿的白油漆。大食堂的伪哥特式天花板比过去更加阴郁，只有一排排桌子上雪白的桌布耀眼得夸张。

本多刚点完餐就从内袋中取出装着戒指的小盒子，放在月光公主面前。月光公主打开盖子叹了一口气。

"这枚戒指无论如何都应该回到你的指头上。"

本多用尽可能简单的语法讲述了这枚戒指的因缘。月光公主认真听着，不时泛起微笑。由于她有时会在不该笑的地方微笑，这些瞬间会让本多担心她是否真的听懂了。

月光公主抵在桌上的胸部像船头的雕像般挺拔，与天真无邪的面孔不符。尽管看不见，但是本多知道她学生气的长袖衬衣下面隐藏的肉体就像阿旃陀石窟寺院壁画中的女神们。

看起来轻盈，实则承受着沉甸甸的暗色果实的肉体，令人感到闷热的漆黑头发，微张的鼻孔到上唇似乎要发出疑问的线条……就像她听本多讲故事时一样，她似乎对自己身体不停倾诉的语言充耳不闻。

那双大得过分的黑色瞳孔充斥着过多智慧，看起来反而像是盲人。这就是形态的神奇。月光公主在本多面前保持着不断释放过于强烈的芬芳的肉体，靠的是遥远密林在日本依然散发着影响力的蕴气。人们称之为血统的东西就像无形的深远声音，可以追到天涯海角。有时成为热切的呢喃，有时成为嘶哑的叫喊，这声音才是一切美丽肉体形态的原因，是肉体魅力的源泉。

月光公主将那枚深绿色的翡翠戒指套在指头上的时候，本多仿佛看到那深远的声音与少女的肉体第一次完美融合。

"谢谢你。"

月光公主说着，露出一个有损气质的谄媚微笑。本多知道这是她感到对方理解了她任性的感情时才会露出的微笑，不过正当他想要抓住那份谄媚时，它又像后退的波浪一样逃走了。

"你小时候坚持说自己是我熟知的一位日本年轻人的转世，你说自己真正的故乡是日本，想要尽快回到日本，给大家添了不少麻烦。这次来到日本，将这枚戒指戴在手上，对你来说应该合上了一个十分巨大的环吧。"

"我不知道。"月光公主无动于衷地回答，"小时候的事我都不记得了。真的，什么都不记得！大家都嘲笑我小时候精神不正常，和你说的一样，把我当成笑柄。但是我什么都不记得。说到日本，我只记得自己在战争开始时就去了瑞士，一直留到战争结束，一直很珍惜不知是谁送我的日本人偶。"

"那是我送的。"这句话本多忍住了没有说出口。

"我来日本是因为父亲说日本的学校很好，我只是来留学的而已……我最近在想,说不定啊,也许小时候的我是个镜子一样的孩子,能照出人心中的全部感情,并且说出口。当时的情况应该是你的想法全都反映在我心中了。你怎么想呢?"

月光公主说到表示疑问的"呢"时,习惯像英语疑问句一样语调上扬。于是那个"呢"宛如泰国寺院中朱红琉璃瓦屋顶尖端那只金蛇鱼尾形脊瓦,挺直身子跃上蓝天。

本多突然注意到旁边桌子上的一家人。实业家样子的家长坐在中间,夫人和成年的儿子们围在他身边用餐,虽然衣装讲究,但脸上似乎带着一种卑屈。本多推测他们是朝鲜战争中的暴发户,几个儿子的表情像午睡刚醒来时的狗一样松懈,眼角、唇边洋溢着粗鲁。一家人喝汤时都发出巨响。

几个儿子互相推搡着,一有机会就看向本多所坐的桌子。他们的眼神似乎在说,那个大叔带着女学生一样的小妾来吃饭了。他们的眼睛再无其他意思。本多情不自禁地拿自己和在二之冈的深夜中看到的今西比较,和那份难以言喻的不合时宜比较。

每当这种时刻,本多就会感到在这个世界上有比道德更严厉的成规。不合时宜的东西绝不会引人遐想,只会遭到厌恶,并且已经受到惩罚。在没有人权的时代,人们面对一切丑陋的事物一定比现在残酷得多。

吃完饭后,月光公主去了洗手间,本多一个人留在大厅,心情轻松了片刻。从这个瞬间开始,他可以无所畏惧地享受月光公主的缺席。

他心中忽然生起疑问。他还没有弄清在二之冈的新家举办宴会的前一天晚上，月光公主究竟在哪里留宿。

月光公主回来得很晚。本多想起了过去在邦派因时，女官们围着年幼的公主小便的事，接着想到了公主在红柳气根盘踞的褐色河流中沐浴时的裸体。无论他再怎么认真看，她左边的腋下都没有本该存在的三颗黑痣！

本多所求其实很单纯，称之为爱反而不自然。他只想看遍公主如今一丝不挂的身体，看看那娇小平坦的胸部如今变成了怎样一番色彩——那桃色的乳头倔强地翘起，像鸟巢里向外张望的雏鸟，褐色的腋下折叠出朦胧的阴影，手臂内部的敏感地带展露在外。他只想在昏暗的光线中检视一切已经成熟的部位，与年幼公主的肉体比较，感受内心的颤栗。小小环礁一样的肚脐镇守在腹部无瑕的柔软中央；浓密的毛取代门护门神亚斯加的职责所保护的部位曾经始终保持着认真的沉默，如今源源不断地露出湿润的微笑；美丽的脚趾根根分明，大腿散发出光泽，成熟的腿笔直伸展，仿佛专心支撑着生命舞蹈的规律和梦想——他想将这些一一与过去年幼的姿态比较。这就是了解"时间"。他想知道"时间"创造出了什么，让什么东西成熟。在仔细对比的最后，如果依然找不到左侧腋下的黑痣，本多一定会最终爱上她吧。因为妨碍恋情的是转生，遮挡热情的是轮回……

月光公主回到大厅，本多一下子从梦中醒来，他突然问出口的话语中回荡着无心却尖锐的嫉妒："啊，我忘了问你。御殿场宴会的前一晚，你没有通知留学生会馆就在外留宿了，是住在日本人家吧？"

"没错，是日本人家。"月光公主丝毫没有畏缩，她轻轻坐在本多旁边的扶手椅上，一边弯下身子凝视自己并起的美丽双腿一边说,"我的泰国朋友住在那里。那家人也一直劝我住下,所以我就住下了。"

"年轻人多的家里会很有趣吧?"

"也不是这样。那家有两个儿子、一个女儿,他们和我、两个泰国朋友一起玩儿了手势游戏①。那家的父亲在东南亚做着大买卖,所以对东南亚的人特别亲切。"

"你的泰国朋友是男生?"

"不,女生。为什么问这个呢?"

月光公主的"呢"再次高高地挂在天空上。

接下来,本多为月光公主的日本朋友很少表示遗憾,并且提出忠告,既然来这里留学,如果不广泛结交当地人就失去意义了。他不自觉地抛出诱饵,邀请月光公主在下周的今天,于七点在这个酒店的大厅集合,还说如果公主觉得只有自己会尴尬,就带上其他年轻人一起来。因为他一想到梨枝,就总觉得不敢在自己家招待月光公主。

---

① 昭和时期流行的游戏,一个人用肢体动作比画,另一个人猜。

三十一

　　回家，下车，淅淅沥沥的小雨打湿了额角。

　　书童出来迎接本多，对他说夫人因为劳累早早进了卧室。书童还说有位客人已经等了本多一个多小时，他只好将他请到了接待普通客人的小接待室，对方问本多知道饭沼这个名字吗。本多一听就知道是为了钱。

　　从勋的十五周年祭到现在，本多已经有四年没见过饭沼了。他知道饭沼战后的困窘，不过那次在神社举行的极朴素的祭奠给他留下了不错的印象。

　　本多立刻想到饭沼是来要钱的，因为最近久未联系的人来找他都是为了此事。落魄律师来过，落魄检察官来过，落魄法庭记者来过……所有人都听说了本多的侥幸，自认为既然是侥幸得来的钱，那么自己也该分一杯羹。本多只会把钱分给谦虚的人。

　　他走进接待室，饭沼深深鞠了一躬，从受潮的西装背部到盖着花白头发的脖子尽收眼底。虽然他在装穷，却比真正的穷人更像。本多让他坐下，命书童取来威士忌。

　　饭沼编造着显而易见的谎言，说他走过本多家门前时觉得一定要登门拜访,然后刚喝了第一杯就装作不胜酒力。本多为他添酒时,他双手捧着威士忌酒杯,左手搭在小巧的杯底。这个动作就像老鼠拿着食物时的样子,让本多心生厌恶。接着,饭沼抓住了开始发表豪言壮语的机会。

"呀,最近都在说政府走回头路,估计年内要开始修改宪法了吧。如今到处都在悄悄讨论恢复征兵,因为国民基础已经稳固下来,能接受这项政策了。不过这项基础还没有浮出表面,依旧低迷,真让人着急。另一方面,那些赤色分子倒是越来越嚣张了!前几天神户反对征兵的游行声势真够大的。打着'反对征兵青年大会'的旗号,反而是朝鲜人数更多,实在是很诡异。别说是小石子和辣椒粉了,他们和警察混战时连火焰桶和竹枪都用上了。就连兵库署都闯进了三百多名学生、孩子和朝鲜人,逼着他们释放被拘留的犯人。"

本多一边想着果然是来要钱的,一边左耳朵进右耳朵出地听他说话。不过,饭沼一定清楚,尽管新当政者用社会主义政策加强管理,赤色分子那么嚣张,但是私有财产制的根基完全不为所动。窗外雨势越来越强,虽然让车送月光公主回留学生会馆了,但是这场潮湿的春雨就连她简陋的房间都不会放过,会给在热带长大的月光公主的肉体带来怎样隐秘的影响呢?这个想法在本多的脑海中挥之不去。月光公主睡觉时是什么样子的呢?她会仰面朝天喘着粗气睡呢?还是面带微笑趴着睡呢?又或者像涅槃佛宫殿中的金色释迦卧像那样侧躺着枕在胳膊上,露出金光闪闪的脚心睡去呢?

"京都总评游行的'粉碎镇压法总示威大会'也变得暴力了。这样看来,今年的劳动节要出大事,不知道会严重到什么程度。各处大学的赤色学生都在占领学校，与警察发生冲突。先生，这可是在日美和平条约和安保条约刚签订不久啊，多讽刺。"

本多想，果然是来要钱的啊！

"吉田首相要将共产党定为非法组织，我举双手赞成。日本又要陷入一场风波了，再这样下去，和平条约刚刚签订就要投入红色革命了。现在日本国内已经几乎没有美军了吧，要怎么解决大罢工呢？一想到日本的未来，我就经常辗转难眠。我都这把年纪还在担心国家大事，该说是积习难改吗？"

果然是来要钱的啊，本多脑子里只有这一个想法。但是两人不停喝酒，话题却迟迟没有进入正轨。

饭沼刚刚提了几句两年前和妻子离婚的事，就突然将话题转到很久以前，执拗地对本多放弃法官的职位无偿为勋辩护的事表示感谢，说自己终生难忘。本多受不了和如今的饭沼回忆勋的过往，所以当话题就要转到勋身上时赶紧打断。

突然，饭沼脱掉了上衣，房间里的温度没有热到需要脱衣服，本多觉得可能是因为他喝醉了。饭沼又摘下领带，解开白衬衣的扣子和内衣的扣子，露出在酒精的作用下变得红通通的胸膛。本多看到他的胸毛几乎都变成了白色，在灯光下像一根根针一样反射着光线。

"其实我今天晚上是想来让您看样东西的。因为这是我的奇耻大辱，如果可以的话我本想瞒一辈子，不过从很久以前开始就只想让您看看，博您一笑。而且我觉得只有您能理解我，包括我的失败在内，只有您能理解我的本质，明白'饭沼这人就是这样'……老实说，和我那个死得其所的儿子相比，我真是万分羞愧，就这样羞耻地活着算什么事啊。"

饭沼流下了眼泪，话也变得断断续续。

"战争刚刚结束时我想要自杀，这是我用短刀刺入胸口时留下的伤口。我错就错在担心切腹可能会失败，结果刺的时候稍稍偏离了心脏，出了不少血却没死成。"

饭沼夸耀似的拨弄着深紫色的瘢痕。其实就算本多看到了，那里依然是一个无法恢复的终结。发红的粗糙皮肤凑在一起遮住了粗糙的伤口，强迫伤口走向晦涩的终结。

饭沼的胸膛和从前一样坚硬，如今在白色胸毛的遮挡下依然高高挺起。本多这才意识到他也许不是来要钱的，但丝毫不为自己之前的想法感到抱歉。饭沼完全没有变，这类人也会想要将被逼到穷途末路、被侮辱的东西凝结成珍贵的玉髓，当作崇高的东西展示给最信赖的证人。这种想法不足为奇。无论是真心话还是谎言，饭沼胸前的紫色瘢痕终究是他人生中留下的唯一一颗宝石。另外，对本多来说，被选作证人尽管不是他的愿望，也是对他自己过去高洁行为的报酬，是一种荣誉。

穿上袖子后，饭沼仿佛突然酒醒，为长时间打扰表示抱歉，感谢了本多的招待。饭沼想要立刻离开，本多拉住他，包了五万日元的现金，不顾他频频后退，硬是塞进了他的口袋中。

"感谢您的厚意，那我就收下了，我会将这些钱用于重建靖献塾。"饭沼规规矩矩地道谢。

本多送饭沼走出玄关，门外还在下雨，饭沼的背影消失在石榴叶掩映下的小门外。不知道为什么，本多目送他离开，觉得那道背影就像昏暗的夜间散落在日本周围无数岛屿中的一座，就像一座只能依靠雨水而活的饥饿离岛，疯狂而荒芜。

三十二

将戒指戴到月光公主的手指上之后，本多不仅没有放下心来，反而更加不安。

他遇到了一个难题，不知道要如何在掩藏自己存在的基础上无所不在地观察月光公主。如果月光公主注意不到本多的存在，活力四射地行动，放肆地躺倒，展露出内心的一切秘密，将极为自然的生活姿态展现在本多面前，让他能够像生物学家一样明察秋毫地观察该多好啊。如果月光公主的生命中加入了本多这个因素，一切将在瞬间土崩瓦解。

月光公主就应该存在于一个玻璃盆中，那里只容得下一枚已经完成的水晶结晶和一个可爱的主观自由体游弋。

本多为清显和勋的人生凝结出水晶结晶尽过微薄之力，他为此而自豪。本多在那两段人生中伸出了援助之手，与此同时，那双手没有起到任何作用。最重要的是本多是在一无所知，极为自然又纯粹的愚蠢中完成了他的角色（尽管他本人是想要扮演智慧的角色）。但是当"得知一切"之后又如何呢？当那灼热的印度严厉地告诉他真相之后，他还能对"生"提供怎样的帮助呢？能做出什么样的干涉和参与呢？

而且月光公主是个女子，是一具将诱人的黑暗充分注满杯子的肉体。这就是诱惑，不断将本多引向生。这是为了什么呢？本多不知道为什么，不过恐怕原因之一是要利用"生"释放的魅力，借他人之手破坏生本身吧。另一个原因是为了让本多彻底明白，这一次他不可能参与。

当然，尽管本多认为将月光公主保存在水晶中是自己快乐的本质，但他无法和与生俱来的探究欲断绝关系。他该如何将两种自相矛盾的私欲引向和谐呢？就没有办法战胜月光公主这枝从"生"的流动泥浆中开出的黑莲花了吗？

从这一点来说，月光公主身上有明显证明她是清显和勋的转生的证据反而是好事。这能冷却本多的热情。但是另一方面，如果月光公主从一开始就与本多见过的一连串转生之流完全无关，只是一名普通的少女，那么本多一定不会被她吸引。既然如此，恐怕狠狠嘲笑热情的力量之源和不存在于现世的魅惑之源都存在于同一个轮回之中。觉醒之源和迷茫之源同样在轮回。

想到这里，本多深深希望自己在人生即将结束时能成为拥有财力、能充分自我满足的中年男人。本多认识不少这样的男人，有人腰缠万贯出人头地，有人在权力之争中聪慧圆滑，有人能准确解读竞争者的心理，对于女人，有人和几百人同床共枕后依然对她们一无所知。这些人满足于用财力和权力在自己身边张开女人和拍马屁的人组成的屏风。女人们都像月亮一样，只会展现出一个侧面……本多认为这并非自由，而是牢笼。他们独自坐在眼前的一方世界中，坐在将世界终结封闭的牢笼中。

也有贤明一些的人。他们有钱有权，了解人性。他们对人性无所不知，可以从细微的征兆看出他人内心的一切想法，是蘸着蓼叶醋的苦味品味人生的优秀心理学家。他们任何时候都可以随心所欲地命人改变精巧庭院中草木和石头的布置，浓缩整理世界和人生，是建立秩序的精妙好事者。欺瞒是一块石头，谄媚是一株百日红，坦率是木贼树丛，追踪是手水钵①，忠实是小瀑布，数不胜数的背叛是奇石，他们终日眺望着这座寓意丰富的庭院，静静地沉浸在夺去对世界与人生抵抗的喜悦中。只有智者的痛苦和优越像上好茶杯中的绿色泡沫，牢牢掌握在他们手中。

本多与这些人不同。他并不能自我满足，而是充满不安，然而已经并非无知。他只是偷窥到可知和不可知的边界，就已经不再无知。只有不安是我们从年轻中窃取的最珍贵的宝物。本多已经见证了清显和勋的人生，亲眼看到了命运的姿态，明白插手完全没有意义。那完全是命运的欺骗。站在命运的角度看，生本身就是彻头彻尾的欺骗。那么人类的存在呢？本多在印度深刻体会到人类的存在就是不如意。

尽管如此，本多被"生"绝对被动接受的姿态，"生"非同寻常的极为存在论的姿态所吸引，深深沉浸在只有这样才是"生"的想法中。他彻底欠缺诱惑者的资格。因为诱惑欺骗从命运的角度来看不过是徒然，诱惑的想法本身就是徒然。当他认为只有纯粹被命运本身欺骗才是"生"唯一的姿态时，怎么可能亲自介入呢？这样纯粹的存在姿态，就连看都做不到吧。眼下，我们只有在"生"不在的时

---

① 神社和寺院中用来洗手的地方。

候,才能凭借想象力与之交涉。在一个宇宙中自我满足的月光公主本身就是一个宇宙,她必须与本多彻底隔绝。她是一种光学存在,是肉体彩虹。脸是红色,脖子是橙色,胸部是黄色,腹部是绿色,大腿是青色,小腿是蓝色,脚趾是紫色,脸的上半部分有看不见的红外线之心,脚下有看不见的紫外线记忆足迹……彩虹尽头融入死亡天空。她是横跨死亡天空的彩虹。如果说未知是情欲的第一条件,那么情欲的极致只能是永远不可知,也就是"死亡"。

尽管当本多得到意想不到的金钱时,他和普通人一样认为这笔钱能让自己快乐,但那时他最本质的快乐已经不需要金钱了。尽管参与、照顾、保护、拥有、独占需要花钱,但本多的快乐要避讳以上所有。

本多明白,只有不花钱的快乐中才藏着令人汗毛倒竖的欢喜。藏在夜色中的树干上湿润苔藓的触感,膝下土地中落叶散发出的肃穆气味,这是去年五月,公园的夜晚。新叶的香气浓郁,恋人们在草地上缠绵。在树林外围的车道上,车灯悲壮地来来往往。这些光线让针叶树林看上去像神殿中的一排排柱子,光芒迅速消失,将柱影悲剧性地砍倒,光芒扫过草坪时激起一股颤栗。本多在那一瞬间想起卷起的白色内衣,想起近乎残忍的神圣之美。只有一次,光芒直直扫过微微睁开眼睛的女人的容颜。他怎么能看清那女人是睁着眼睛的呢?因为他看到一抹从瞳孔中反射出的光芒,那女人一定半睁着双眼。因为那凄怆的瞬间一口气撕开了存在的黑暗,所以他甚至看到了本不会看到的东西。

与恋人们共同颤栗,与恋人们一起悸动,分享着相同的不安,在如此同一化的尽头，他依然是仅仅在看，而绝不会被看到的存在。这份安静动作的执行者像蟋蟀一样藏在各处草丛和树荫中，本多也是这些无名者中的一个。

黑暗中浮现出的年轻男女洁白赤裸的下身紧密结合，手臂在周围愈发浓郁的黑暗中温柔舞动。男人白皙的臀部像乒乓球一样，一声声喘息都带着法律的可靠性。

没错，当车灯意外照亮女人的脸的一瞬间，在揭开存在黑暗的一瞬间，退缩的并非做出行为的人，退缩的反而是偷窥者。距离夜间公园很远的地方，燃尽的炭火般的霓虹光芒反射的地方传来抒情的巡逻车警笛，偷窥者所在的树丛因为恐惧与不安沙沙作响，被看到的女人们如同溺水一般一动不动，被看到的男人们一定会像狼一样敏捷地撑起社会性的、凛然的上半身剪影。

有一次，本多在午餐闲话时偶尔从一位老律师口中听说了他从警察口中听到的小小丑闻。这件不能公之于众的丑闻与法律界一位德高望重的著名老者有关。这位受到众人尊敬的老者竟然被警察当成偷窥惯犯抓住了。他六十五岁。年轻警察要求他出示名片，残忍地从因耻辱而颤抖的老人口中询问情况，要求他详细演示偷窥的姿势，还顽固地对老人进行说教。年轻警察越了解老人的身份，揶揄的兴致越高。他夸张地展示横亘在老人的社会名誉与此类犯罪之间的惊人沟壑，明知人力无法在这道深渊上架桥，仍然仰仗着这份不可能轻而易举地欺负老人。接受能当自己孙子的年轻人"说教"时，老人卑躬屈膝，频频擦着额头上的汗水。在被迫充分品尝到行政机构末端的污泥之后，老人被无视并释放了。两年后，老人因癌症去世。

如果是本多会怎么样呢？

本多应该知道轻易越过架在那道绝望深渊上的桥的秘诀。这就是印度的秘法。

老法官为什么没有用法律语言解释那份蕴含着泪水的快乐，那份世界上最谦虚的快乐呢？但是在午餐时，本多听到那段可笑的传言时装作置若罔闻，心里却在揣度特意将此事告诉自己的律师的心事。他努力在关键处附和别人的坏笑，同时感受着世人眼中肮脏草鞋般悲惨的快乐和隐藏在任何快乐核心的严肃的对比。因为这份残忍让他晕眩，于是一个小时的午餐时间耗尽了他的心力。从那以后，他与这份万幸无人知晓的习惯和颤栗彻底断绝了关系。

他在自己心中已经公然侮辱了理性，不可能不顾及危险。因为真正犯险的是理性，只有理性才能孕育出那份勇气。

既然金钱无法保证安全，不能抵偿真正的颤栗，那么以本多的年龄，对于生，对于真正的生究竟能做些什么呢？而且对生的饥渴逐年增加，完全没有衰减的迹象。

因此，尽管不是出于本意，本多却必须有一种介质。就算月光公主万一与本多上了床，本多也必须有一种间接的、转弯抹角的、人工的手段来获取月光公主绝不会展示给他而他唯一想要的东西。

本多被这个想法折磨得整夜未眠，他从书架角落抽出了积满灰尘的《大金色孔雀明王经》，试着吟咏其中意味着孔雀成就的"摩谕吉罗帝莎诃"真言。

这只是艰涩的游戏而已。如果是这本经书让他平安活到了战后，那么他被这样保存下来的生命就愈发虚无。

三十三

庆子对本多说的《孔雀明王经》很感兴趣。

"被蛇咬到的时候有用?那你一定要告诉我。我在御殿场的庭院里经常有蛇出没。"

"我只记得陀罗尼开头的一段——怛尔也他壹底蜜底里蜜底底里弥里蜜。"

庆子笑着说:"跟奇利比利比①那首歌似的。"

庆子不够恭敬的反应让本多生出了孩子气的不服,不再继续这个话题。

庆子带着在庆应上学的外甥,他穿着进口西装,带着昂贵的进口手表,细眉薄唇。本多看着如今浮夸的年轻人时,在不知不觉中带上了过去那些"剑道部精神"的目光,连他自己都感到惊讶。

庆子却依然从容不迫,用轻松的口吻指挥自若。只要拜托过她,就全都要听她的指挥。

这事还要从前天,本多在东京会馆请回到东京的庆子吃午饭说

---

① 意大利歌谣。

起。本多请庆子给月光公主介绍个合适的男朋友,而且要尽早,庆子从他的一句话中看透了一切。

"我知道了,那姑娘是处女这件事对你来说干什么都不方便。下次我会带上我那个无可挑剔的外甥来,那孩子以后不会给你留下麻烦。之后你就可以尽情享受成为那姑娘温柔体贴的安慰者的乐趣了。……真是出色的计划。"

但是,从庆子口中听到"出色"这个词时,计划已经不再出色。她对于快乐一事太认真,完全缺乏卖淫时勉为其难故作欢喜的情绪。

接下来,庆子她开始介绍她那个名叫志村克己的外甥有多时髦,说他托父亲的美国朋友把自己的身材尺寸送到纽约,每一季都要在布克兄弟订购西装。只凭这件事就能了解这个年轻人的风采了。

两人谈到《孔雀明王经》时,克己百无聊赖地观察周围。帝国酒店的大厅仿佛墓地的入口,裸露的大谷石①在低处隔开小二层,大厅角落的商店中,美国杂志和袖珍书花花绿绿的封面像墓地枯萎的供花一样零乱开放。

在不认真听别人说话这点上,外甥和舅母倒是很像,但外甥的态度是单纯的无礼,而舅母的态度本身就像一种礼貌。就算是真心实意的忏悔,庆子也一定会当作耳旁风。

"麻烦的是不知道月光公主会不会来。"本多说。

"自从别墅落成,您就得了恐惧症吧?我们就悠闲地等着吧,她不来就算了,我们三个人一起吃顿饭也会很开心。克己也不是性格急

---

① 日本的一种石材品种,属轻质凝灰岩,出产于日本栃木县宇都宫市西北部的大谷町,因而称为"大谷石"。

躁的人吧？"

"啊……不……舅母说的是。"

克己口齿清晰得过分，却给出了含糊的回答。

庆子突然想起了什么，从手提包中取出固体香水，擦在挂着翡翠耳环的耳垂上。

这个动作就像某种暗号，大厅的灯光全都灭了。

"哼，停电了。"

克己的声音传来。本多想，在停电的时候说出停电究竟有什么用呢？有的人口中只会说出懒惰的借口。

庆子果然一言不发。她在黑暗中重新收起固体香水，传来了手提包合上时的清脆声响。这声音打开了另一层黑暗，在那层黑暗中，庆子的身形逐渐扩大，丰满紧实的臀部和女性统治性的肉体与空气中飘浮的香水味一起，悄悄地无限扩张。

但是沉默只持续了一瞬间，一同遇难的人故意发出愉快的对话，仿佛要拨开黑暗。

"占领时，因为匮乏的电力要让美国驻军优先使用，所以我们也习惯了这种不间断的停电，这种情况以后也会持续吧。"

"有一次晚上大停电，我刚好经过代代木一带，看到只有代代木高地公寓灯火通明的时候，觉得那个小镇的居民就像来自另一个世界，漂亮却诡异。"

虽说周围一片黑暗，不过前庭水池对面的街道上车来车往，车灯照进了玄关的旋转门。有人离开后，玻璃旋转门慵懒地缓慢摆动，映得车灯仿佛照进黑暗水底的明亮条纹般摇曳。本多想起夜晚公园中的情景，感到轻微的颤栗。

"在黑暗中真的能轻松地自由呼吸啊。"庆子说。

本多正想回一句"您是白天也能轻松呼吸的人"，庆子的身影突然放大，流淌到墙壁上，是行李生拿着蜡烛过来了。他在各个烟灰缸上放好蜡烛后，大厅彻底变成了墓地。

一辆出租车停在了玄关门口，月光公主穿着甜美的金丝雀色晚礼服走进大厅。本多为眼前的奇迹而惊讶，月光公主只迟到了十五分钟。

月光公主在烛光中美艳动人。头发混入黑暗中，瞳孔中摇曳着火焰，微笑时露出的光洁牙齿比灯光下更加明亮。她的胸脯在金丝雀色的礼服下起伏，影子放大了她的动作。

"您还记得我吗？我是久松，上次见面是在御殿场。"庆子说。

月光公主没有为庆子当时的接待道谢，只是可爱地回答了一句"是的"。

庆子向她介绍克己，克己为她让座。本多立刻看出克己被月光公主的美丽深深震撼了。

月光公主没有故意向本多展示，不过她若无其事地张开了戴着祖母绿戒指的手指。那抹绿色在烛火中像飞来的甲虫翅膀，护门神亚斯加金色魁伟的面孔在阴影中满面怒容。本多认为月光公主戴上这枚戒指展现了她的温柔。

庆子立刻看到了戒指，随随便便地拉过她的手指。

"这戒指真漂亮，是你们国家的吗？"

庆子不可能忘记在御殿场预先检查庭院时的事，不过这套动作宛如真的忘记了一般自然。

本多盯着一簇烛火,心中暗暗猜测月光公主会不会说是他送的,听到月光公主说的那句"嗯,是泰国的"后,本多松了一口气,陶醉在自己表现得若无其事的美德中。

庆子仿佛忘记了看到戒指的事,从椅子上站起身来指挥:"我们去玛努埃拉吧,比起在外面吃完饭再去夜总会,不如直接去夜总会方便吧?那家店的食物很好吃的。"

克己开来了以美国人名义买的庞蒂克汽车,大家坐车去玛努埃拉甚至用不了两分钟。

月光公主坐在副驾,本多和庆子坐在后排。庆子在上下车时的做派值得一看。在本多的记忆中,庆子习惯先一步上车,决不会蹭着裙子向里移动,而是看准自己应该坐的位置后,毫不犹豫地将花瓶一样的臀部放在上面。

从后排看向坐在副驾的月光公主,那头垂在椅背上的乌黑长发愈发美丽,让人想起从荒废的城堡墙上垂下的黑色藤蔓。白天,会有蜥蜴栖息在树荫中……

玛努埃拉小姐在NHK前的大楼地下室开了一家时髦的小型夜总会。这位混血舞蹈家皮肤浅黑,一见到径直走下楼梯的庆子和克己就热情地上前招呼两位熟客,像朋友一样。

"哎呀,欢迎欢迎。啊呀,小克己也来了。你们来得真早,今天晚上请占领我的小店吧。"

时间还早,夜总会的舞池中空无一人,只有音乐像荒凉的北风一样吹过,玻璃球的光线像深夜街道上散落的白色纸屑一样飞舞。

"真好，只有我们包场。"

庆子大大地张开双手说，指头上的戒指闪闪发光。在她拥抱式的呼喊对面，管乐器悲哀地闪着光发出声响。

"好了，快坐下好好玩儿吧。"

看到玛努埃拉小姐接过服务员的工作为他们点单，庆子强硬地对她说。克已起身让出了椅子，庆子第一次向玛努埃拉小姐介绍月光公主和本多。她介绍本多时说："这位是我的新朋友。我对日本人开始感兴趣了。"

"这是好事啊。你的美国味儿太重了，还是稍微去掉点儿好。"

玛努埃拉小姐动作夸张地闻了闻庆子，庆子夸张地做出浑身发痒的动作。月光公主看着两人的玩闹开心地笑了，差点打翻桌上的杯子。本多与克已交换了一个有些为难的眼神。仔细一想，这还是他第一次与克已对视。

庆子突然想起了什么，恢复威严的样子问了一件无聊的事："刚才的停电影响到你了吗？"

"完全没有影响，我们店里有蜡烛。"

玛努埃拉小姐骄傲地回答，在昏暗的灯光中露出洁白的牙齿，冲着本多亲切微笑。

店里来来往往的人都会向庆子打招呼，庆子挥着白皙的手臂回应，所有人都围着庆子转。

四个人在这里吃了晚餐。本多不喜欢在暗处吃东西，不过这也是没办法的事。牛排切口处的血本该是鲜艳的桃红，现在染上了一层阴郁的黑。

客人开始变多。本多一时恍惚，想象着重返年轻的自己在这里玩耍的样子。就像人们说的那样，要是能早日发动革命就好了。

坐在桌旁的三个人都站起身来，本多有些惊讶，不知道发生了什么。原来是庆子和月光公主准备一起去洗手间，克己只是在女人们离席时礼貌地起身而已。等克己重新坐好后，桌边第一次只剩下了两个男人。五十八岁的男人和二十一岁的男人坐在音乐和舞动的人群中，失去了话题，只能沉默地面面相觑。

"她真有魅力。"

突然，克己用有些沙哑的声音说。

"你喜欢她吗？"

"我一直很憧憬那种浅黑肤色，拥有娇小而优美的肉体，不擅长日语的女性。该怎么说呢？我的兴趣有些特殊吧。"

"是吗？"

本多对他的每一句话都感到厌恶，依然泛起柔和的微笑附和。

"你如何看待肉体？"

这次提问的是本多。

"我没想过。您是说肉体主义吗？"

青年一边做出浅薄的回答，一边麻利地用登喜路打火机为本多点烟。

"假设你手里捏着一串葡萄，捏得太使劲葡萄就会破。不过用不会破的力度捏的话，葡萄皮会轻微地抵抗手指对吧。那种时刻感受到的就是我说的肉体，你能理解吗？"

"能理解一些。"

克己拼命装出成熟的样子，在自信中加入回忆的重量，意味深长地回答。

"你能理解就好。只要你明白这个就好。"

本多打断克己。

后来，克己第一次邀请月光公主跳舞，跳了三支后回到座位上时，他若无其事地对本多说："我突然想起您刚才说的葡萄。"

"你们在说什么？"

庆子质问。一切对话都融化在吵吵嚷嚷的音乐中，不留一丝痕迹。

舞动的月光公主！本多对舞蹈一无所知，只觉得看不够。舞动的月光公主解开了身处别国的束缚，幸福地流露出原本的姿态，纤细的脖子尽情旋转（她的脖颈和脚腕都纤细而轻快），翻飞的裙摆下，美丽的双腿像远方岛屿上两棵高大的椰子树，肉体的倦怠与活力不停交替，摇摆与跃动在一瞬间变换。舞动时，她始终保持着微笑。跳吉特巴舞时，她在克己指尖的控制下旋转，身体迅速向后倾斜，微笑的嘴角和洁白牙齿的光依然如半月般映入本多眼帘。

三十四

社会上充斥着不安的征兆。

劳动节那天,皇宫前发生了骚动。群众向警察开枪后冲突升级。游行队伍中六七个人一起围住了美国人的轿车,将车掀翻后放了一把火。乘坐白色摩托车的警察遇袭,之后弃车逃走,游行者将被抛弃的白色摩托车付之一炬。落入护城河的美军水兵一旦露头就会被石头砸,所以没办法游上岸,在河中浮浮沉沉了十几分钟。广场上到处升起火焰。与此同时,一队队美军士兵携枪守在日比谷GHQ、明治生命大楼等地。

这次骚乱非同小可。没有人认为事情会到此结束,大家都觉得更大的暴动正在不断酝酿。

本多在5月1日时没有去丸大楼的办公室,所以没有亲眼见到游行的场面。不过他从广播和报纸中了解了全部情况,觉得此事不简单。他在战争时反而从不关心局势,此时却无法对社会上发生的事情置若罔闻。财产的古典式三分法让他感到不安,对于今后的方针,他觉得必须与担任财务顾问的朋友好好谈一谈。

翌日,本多在家坐不住,便出门散步。本乡三丁目一带,阳光洒在一排排旧房子上,没有任何异常。他避开卖法律书籍的古板书店,走进一家门前摆着各种杂志的书店。这是本多一直以来的习惯,所谓散步就是去书店。

一排排书脊上的文字给了他安慰,一切都在这里化为观念。人类的爱欲,政治纷扰,一切都变成铅字安静地排列着。而且这里应有尽有,从编织入门到国际政治。

要说为什么一走进书店心情就能平静下来,只能说这是本多从小就有的习惯。清显和勋都没有这个习惯,这算什么习惯呢?不随时总结世界就不放心,固执地不承认尚未记录的现实,尽管他不是斯特芳·马拉美①,但是既然任何事都会有被表现的一天,世界终将成为一本美丽的书,那么就算等它完结之后再去追赶也不晚。

是啊,昨天的事件已经结束了。这里没有火焰罐在燃烧,没有怒吼,也没有暴力,甚至没有模糊的流血。老实的市民带着孩子寻找流行书籍,穿着浅绿色毛衣的丰满女人提着购物袋傲慢地询问这个月的妇女杂志有没有出。按照书店老板的品味,书店深处的花瓶中插着菖蒲,上方的彩色条幅上用文人拙劣的字迹写着"读书是心灵的食粮"。

本多在狭窄的书店中不断撞到其他客人,走到放着通俗杂志的书架前都没有找到心仪的书。这里有一个学生模样的年轻人穿着运动衫专心看着杂志。他的认真非同寻常,始终盯着同一页,远远的就吸引了本多的目光。本多来到年轻人右侧,若无其事地瞟了一眼年轻人手

---

① 法国象征主义诗人和散文家,早期象征主义诗歌代表人物。

中的杂志。

眼前是一张青瓷色凹版印刷的裸女照片,质量很差,被绳子绑住的裸女侧坐在画面中。从刚才开始,年轻人就目不转睛地盯着拿在左手上的杂志。

但是本多来到年轻人身边后发现他的姿势异常僵硬,脖子的角度、侧脸和眼睛就像埃及浮雕立像一样不自然。而且年轻人的右手放在裤子口袋中,可以清楚地看到那只手正在进行激烈的机械运动。

本多立刻离开了书店,难得的散步被蒙上了一层阴影。

"那家伙怎么回事,竟然在大庭广众之下干那种事。他大概是没钱买那本杂志吧。如果是那样,我应该立刻默默付钱买给他的。我为什么没有立刻这么做呢?真是的,我要是毫不犹豫地给他出买书的钱就好了!"

走过两根电线杆之后,本多的想法改变了。

"不对,不可能。如果他真的想要那本杂志,就算要押上钢笔,也应该买得起区区一本杂志才对。"

他无论如何都不能把书买回家,本多肆意想象着。不知道为什么,他不能对那个年轻人置之不理。

因为他不愿意去想此时回家将要接受的来自妻子的迎接,所以在回程时绕了一段路,经过卫理公会教堂时没有转弯。

恐怕青年不把杂志带回家并不是因为家里人会啰唆,也不是因为没有地方放。本多擅自揣测那个年轻人是独自住在公寓中的。青年明白当他回到公寓中时,在家等候已久的孤独就会像家畜一样扑向他,一定是因为他了解那份孤独和享受,所以害怕在公寓中打开被捆绑的裸女的照片。那里是年轻人设置的监狱，有绝对的自由，他一定害怕在那个颓废自由的狭小方形空间，在那个充满苦涩精液味道的昏暗巢穴中，面对绳子嵌入乳房而痛苦扭动身体的裸女青瓷色的脸，不敢面对那一对鸽子羽翼形状的鼻孔。在那份完美的自由中与被束缚的女人相对与杀人无异……正因为如此，他选择了暴露于大庭广众之下。他希望将自己置于被他人的目光束缚的立场之下，在危险和屈辱之中与被束缚的女人相对。他选择的可怕条件表现出了隐藏在一切性爱中，如丝线般纤细微妙的必要条件。

那是某种极为特殊，极为甜美的卑贱诱惑。既然是艺术照片的美丽模特，青年一定不会陷入如此狂热的欲望中。性如这座大城市中日夜不停的狂风般激烈，是黑暗的巨大过量，是在火光四起的道路和地下情感的大暗渠……本多远远看见从父辈开始就威风堂堂地矗伫立在那里的石头门柱，想到自己与父亲那样的老人的生活被迫隔着遥远的距离。然后，他推开小门走了进去，看着白色的泰山木花在枝头争相开放，散步后的疲惫突然涌现，觉得如果自己这一生作过俳句就好了。

三十五

初夏的午后阳光炽热。因为本多说了去取拜托庆子买的雪茄时想叫上克己,三个人一起聊聊天,所以克己开车来丸大楼接他。

虽然没有正宗的哈瓦那雪茄,不过如果是美国佛罗里达半岛产的雪茄倒是可以在PX买到。两人此时要开车去旧松屋公寓的PX前接买到雪茄的庆子。

本多自然无法进入松屋PX,他让克己把车停在店门前,从车里看着门口。PX的窗前垂下白色窗帘,前面有大量速写画家徘徊,纠缠着从店里走出的美军士兵。那些年轻美军似乎是从朝鲜回来的,没有太抵抗就当了速写模特。其中有一位来买东西的美国少女,穿着蓝色牛仔裤靠在窗户的黄铜把手上让人为她画速写。

对在车里打发时间的本多来说,这是一道有趣的风景。美军士兵在众人面前也不害羞,表情认真地充当模特,就像在执行职业任务一样,真不知道谁才是客人。起哄的人围着他们,看腻后立刻会有人替上,高大的美国士兵蔷薇色的脖子从围观人群中脱颖而出,像雕像一样。

"好慢啊。"

本多对克己说。他走出车外，想在阳光下直直身子。

他望着混在人群中的美国少女。她并不美丽，蓝色牛仔裤让她的腿显得松松垮垮，她穿着男式半袖格子衬衫，穿过大楼的阳光斜斜照在她点缀着雀斑的半边脸颊上，脸部线条因为嚼着口香糖而不时扭曲。她的表情既不高傲也不冰冷，完全没有因为别人的注视而显得不自然，上挑的深邃褐色眼睛盯着一个角度，几乎一动不动。

本多觉得说不定这个视他人为空气的少女才是自己所追求的人。他突然感到一股兴奋，就像被火点着的头发末端迅速打卷一样。这时，旁边有男人跟他搭话，他从刚才开始就频频瞟着本多。

"我在哪里见过您吧。"

本多回头一看，一个像老鼠一样的矮小男人穿着寒酸的西装，头发齐齐剪到太阳穴附近，眼神闪烁，带着谄媚和威吓交织的光。本多一看到他就感到一阵不安。

"您是哪位？抱歉我不认识……"

本多冷酷地回答。男人踮起脚尖靠近本多耳旁说："啊呀，我们不是经常在夜晚公园的树荫里遇见吗？"

本多的脸上瞬间失去了血色，语气冰冷地重复："你究竟在说什么？认错人了吧。"

矮小的男人听了他的话，突然露出刻薄的嘲笑表情。本多明白，这个仿佛地面微微龟裂的微笑拥有巨大的力量，有时可以让庞大的建筑物瞬间崩塌。但是对方毕竟毫无证据。而且更幸运的是，本多已经没有需要十分珍惜的名誉了。让他清清楚楚地认识到这个缺陷也可以说是男人嘲笑的功劳。

本多用肩膀推开那个男人，向PX的入口处走去。庆子刚好出来。

庆子穿着紫色的套装，昂首挺胸地向前走着，身后的美国士兵双手抱着能遮住脸的巨大纸袋。本多以为那是她的情人杰克，结果并非如此。

庆子在柏油马路正中间将本多介绍给那名美军士兵，然后解释了一句："我不知道他的名字，他人很好，说要帮我把行李放到车上。"矮小的男人见本多与美军士兵说话，匆匆逃走了。

庆子胸前别着一枚金灿灿的胸针，像大勋章一样。她在五月的阳光中走向汽车，对面的克己玩笑般恭恭敬敬地鞠躬致意，为她打开了车门。美军士兵将纸袋一个个递给克己，克己摇摇晃晃地勉强接过。

这幅情景很值得一看，PX前的群众纷纷丢下速写画家，目瞪口呆地看着他们。

车子发动后，庆子向好心的美军士兵挥手道别，美军士兵也挥手致意，人群中也有两三个男人冲着庆子挥手。

"你真受欢迎。"

本多要向自己夸示在短短的时间里就平复了刚才的内心动摇，所以用有些兴奋的轻薄口吻说。

"呵呵。"庆子心满意足，"人世间总有好人，这是真的啊。"

说完，庆子取出布满层层中国刺绣的手绢，像西方人那样高声擤了擤鼻子，擦过的鼻子依然高耸，仿佛什么都没有发生过。

"你每天晚上都裸睡啊。"克己一边开车一边说。

"真是没礼貌，说得像你亲眼见过一样……对了，我们要去哪里？"

本多担心去银座附近的话又会遇见那个矮小的男人,便说:"那家新店,就在日比谷的角上,叫什么来着……"结果因为忘记了名字而焦躁。

"是日活酒店吧。"克己说。

不一会儿,车子从熙熙攘攘的人群中穿过数寄屋桥,从桥上能瞥见茶绿色的肮脏河面。

庆子极为亲切知性,不过很明显,她欠缺温柔的一面。就算与她谈论文学、美术、音乐,甚至谈论哲学,她的语气中也会像谈论香水和项链一样包含着女性化的奢侈与享乐,绝不会直白地露出艺术和哲学的气息。她知识渊博,尽管有明显的偏向,不过对一部分事情看得十分透彻。

明治大正时期的上流贵妇总是很极端,或者是死板的贞洁烈女,或者是无可救药的泼辣女子,而庆子的平衡令人吃惊。但是能够想象娶她为妻的男子会有怎样的困难。虽说她绝不苛刻,但是经常能感觉到她对一些微妙的事情决不妥协。

这是她的铠甲吗?为了抵抗什么?从庆子的出身中完全看不出来需要特意披上铠甲的必要,她应该不会与世界为敌。在庆子面前,世人总会变成仆人,能感受到纯洁像某种权力一样压下来。

如果庆子自身的性格分不出恩惠与爱情,那么受她恩惠的人就可以相信自己是被爱着的。

现在同样如此,在新式橄榄球场一样的大厅夹层,庆子端着雪莉酒运筹帷幄时,本多仿佛在听她说要如何把月光公主这只鸟用法式烹调法处理，心情不怎么高兴。

"在那次之后你已经见过她两次了吧。有什么感觉？进行到哪一步了？"

庆子率先询问克己。她问完后，从纸袋中拉出此前忘记交给本多的、装着雪茄的厚重大木箱，默默放在本多膝盖上。

"要说有什么感觉，我感觉时机差不多成熟了。"

绿色的木箱上平铺着一条桃红色丝带，上面画着一串金币，写着一行金字，图案让人联想到欧洲某个小国的纸币。本多用指尖抚摸着木箱，一边想象许久未吸的雪茄香气，一边再次对克己的一字一句感到尖锐的厌恶。而且他为自己享受厌恶中的某种预感而惊讶。

"亲过了吗？"

"嗯，亲过一次。"

"感觉如何？"

"你问我感觉如何？我只是在送她到留学生会馆之后，在门柱的阴影中亲了一下。"

"所以我在问你感觉如何啊？"

"就感觉手忙脚乱的。她一定是初吻吧。"

"这可不像你，这么没本事。"

"那个姑娘是特别的啊，毕竟是公主。"

庆子转向本多说："最好还是带她去御殿场吧。骗她要办场宴会，和她说好要留宿，晚上尽量晚一些。之前的事已经证明留学生公馆允许外宿，上次你邀请她时她没来，应该会想要补偿，所以不会拒绝的。要是让她和克己单独出远门，她也许会有戒心，所以你必须和他们一起去，当然由克己开车。也可以骗她说我在那边等着，我不会觉得为难……到了那边的别墅，要是一个客人都没有也会奇怪吧。不过不管她再怎么怀疑，一个外国公主是没办法自己逃回去的，剩下就要看克己的了。到了那天晚上，你就全都交给克己，悠然自得地等着美食出炉吧。"

三十六

御殿场二之冈，深夜十二点，本多熄灭客厅的炉火后撑起伞走到阳台上。

在阳台前，水池已经成形，雨点打在粗糙的水泥上。距离完工还要很久，扶梯也没有做好。被雨水浸透的水泥在阳台灯光的阴影中呈现出湿布剂般的颜色。因为水池必须从东京请人来建，所以工程进度很慢。

就算是晚上也能明显看出水池底部排水不畅，本多想着回到东京后一定要提醒工人。池底积起点点水潭，雨点在其中溅起，水声悲惨地捕捉着远处的阳台灯光。庭院最西边的溪谷中升起的夜雾停在草坪半中央，弥漫着一片白色。天气冰冷刺骨。

未完工的水池看上去像巨大的墓穴，无论扔进多少人骨都无法填满。不是看上去像，而是从一开始就怎么看都是这样。本多觉得如果不断将人骨扔进池底，骨头就会砸出水花，恢复平静，此前被火烧干的骨头充分吸收水分而膨胀，变得润泽闪亮。如果在过去，以本多的年龄就算已经入土也不足为奇，现在偏偏建起了水池，就像残酷的实验，让衰老松弛的肉体漂浮在充沛的蓝色池水中。本多染上了一个习惯，只会为某种充满恶意的玩笑花钱。蓝色池水中倒映出箱根的群山和夏日的云彩，这幅景象会让他的衰老多么明亮显眼啊。如果月光公主知道这水池仅仅是为了让本多能在夏天到来时近距离看到自己的裸体，会露出怎样一副表情呢？

本多正要回屋关门，他举着伞仰望二楼的灯光。有四扇窗子里透出灯光，因为书房的灯已经关了，所以这四扇窗子是紧挨着书房的两间客房。月光公主住在书房旁边的屋子里，对面的房子住着克己。

本多觉得仿佛有没被雨伞挡住的雨滴透过裤子浸入膝关节，在夜晚的寒气中，所有关节都悄悄开出痛苦的红色小花。在本多的想象中，这些看不见的痛苦之花就像小小的曼珠沙华，是梵语中的天国之花。骨头在年轻时温顺地隐藏在肉体中，谦恭地发挥着自己的作用，随着岁月的流逝渐渐提高声音宣称自己的存在，它们歌唱，嘟囔着不满，突破衰老的肉体，摆脱肉体纠缠不休的黑暗，像总是沐浴在阳光下的新叶、石头和树木一样，想要以同等资格尽情在阳光中舒展身体，随时觊觎着冲出的机会。本多知道那一天恐怕不远了……

他看着二楼的灯光，想到月光公主脱衣服的样子，胸口突然一热。骨头会有温度吗？是关节处的红花引发了花粉热吗？本多迅速关紧门，熄灭客厅的灯，蹑手蹑脚地来到二楼。为了悄无声息地潜入书房，他打开面前卧室的门钻了进去，然后在黑暗中摸索着走向书架。每抽出一本厚厚的外国书，他的手都会颤抖。他终于将眼睛凑到了书架深处的小洞前。

月光公主哼着歌出现在朦胧的圆形光圈中，本多从来没有这么焦急地等待过，就像在夏季黄昏的尽头等待葫芦花开，或者像折扇逐渐打开，如今正是扇子彻底展开的瞬间。本多即将在这里看到谁都无法看到的月光公主，看到他在这个世界上最想看到的东西，尽管在他看到后，"谁都无法看到"的条件就会崩塌；尽管绝对无法看到和没有发现被看到看似相似，实际上是完全不同的事……

月光公主被带到这里，发现宴会是个谎言之后平静得令人惊讶。

从到达别墅时开始，尽管对方是异国少女，但本多一直在为如何蒙混过关而慌神。克己为了在此时表现出好孩子的一面，将一切解释工作交给了本多。但是月光公主不需要本多解释。当本多点上炉火端出饮料后，月光公主露出一个世间称之为幸福的微笑，什么都没有问。她也许以为是自己此前听错了日语的意思。在异国他乡受人邀请，因为某些误会遇到与自己预想不同的事常有发生。本来，月光公主来到日本与本多重逢时，日本大使就从别人口中听说了本多过去与泰国皇室的缘分，事先递来邀请函，拜托本多尽量只用日语和公主交流，以期提高公主的日语水平。

本多看着月光公主平静的表情，心中升起一股哀怜之情——她在人生地不熟的异国他乡被卷入远远称不上温柔的肉体阴谋中。现在，公主靠在火边，半边褐色脸颊映着暖炉的火光，头发如同要烧焦一样卷起，脸上始终保持着微笑，她洁白闪亮的美丽牙齿难以名状得惹人怜爱。

"令尊在日本的时候每到冬天就冷得受不了，真是可怜，他总是迫不及待地期待夏天的到来。你也一样吧？"

"是啊。寒冷，我很讨厌。"

"啊，寒冷只是暂时的，只要再坚持两个月，日本的夏天与曼谷的夏天没什么区别……到了寒冷的日子，我就会想起令尊，然后想起我年轻的时候。"

本多说着，把雪茄灰弹进暖炉，偷偷从上方看着月光公主的膝盖。原本分开的膝盖像合欢树的叶子一样敏感地合上了。

大家的椅子隔得很开，分别坐在暖炉前的地毯上，所以这段时间里本多看到了月光公主的各种姿态。她有时端正地坐在椅子上保持着高贵的姿态；有时并起美丽的双腿侧身而坐，展现出西方女人毫无破绽的慵懒；有时会突然抛开规则让本多惊讶——月光公主第一次来到炉火旁边时就是如此。她有些冷，缩着肩膀探出下巴，缩着脖子的姿势也有些寒酸，高高举起纤细的手腕一边挥舞一边说话的样子带着中国味道的轻薄感。接着，她逐渐靠近炉子，面对炉火的样子就像热带午后的市场中，勉强躲在树荫下卖水果的女人在躲避逼近眼前的灼热阳光。那时的她摆出一副粗俗的姿势，抬起双膝微微起身，猫着腰的姿势让丰满的胸部和紧实的大腿刚好贴上，被压扁的乳房和大腿的接触点成为重心，身体在重心周围轻轻摇晃。这种时候，肌肉的紧张全部集中在臀部、大腿和背上这些完全称不上高贵的地方，本多嗅到了密林的腐叶堆中散发出的尖锐野性气味。

克己端着白兰地酒杯，雕花玻璃的斑纹映在他白皙的手上，他内心焦躁，却装出一副平静的样子。本多看不起他的性欲。

"今天晚上没问题的，我一定让你的房间足够暖和。"在众人完全没有提到要不要留宿的话题之前，本多先发制人，"我给你放两个大电暖炉吧。多亏庆子的交涉，家里能用的电量提高到了和驻军一样的水平。"

但是本多闭口不谈为什么没有在这栋洋房中装上火炕等取暖装置。因为如今很难弄到油，也有人推荐本多在墙上安装烧炭的火炕。妻子也赞成，但本多没有同意。墙壁火炕要在双层墙壁中安装火炕，对本多来说，维持单层墙壁至关重要。

本多对妻子说要在安静的地方查一些东西，装作独自出门的样子来到了这里。在他出门时，妻子说的最普通的关心话语宛如诅咒一般留在了他的脑海深处，像黑色的煤灰。

"那边很冷，小心不要感冒了。这种下雨天，御殿场不知道会有多冷，你千万小心，不要感冒。"

本多的眼睛贴在了小孔上，睫毛折下来扎到了薄薄的眼皮。

月光公主没有换衣服，客人用的睡衣还放在床上。她坐在镜子前的椅子上专心看着什么。本多一开始以为她在看书，但是她面前的东西远比书小而薄，像是照片。本多一直在等待合适的角度，却始终看不清照片上的内容。

月光公主哼着单调的歌曲，似乎是泰国歌。本多早就在曼谷听过有人用像拉胡琴一样高亢的声音唱这种中式流行歌曲。这首歌突然让他回想起夜晚金行金灿灿的锁，以及清晨的运河上嘈杂的船市。

月光公主把照片放进手提包中，径直冲着床，也就是小孔走了两三步。本多大吃一惊，以为月光公主就要毁掉小孔。但是她在双人床中选择了较远的、还铺着床单的一张扑上去，抬起苗条的双腿，又跳到了墙边已经铺好的床上。本多只能看到月光公主的腿。

月光公主在床上跳了两三下。每跳一下都会变换方向，能看到袜子后面的线扭曲了方向。

尼龙的微光包裹着美丽的双脚，就连小腿肚的线条都平滑紧实，越到脚腕越细。她的脚后跟贴着钢丝床，轻轻弯曲膝盖跳起，裙摆翻飞，一瞬间甚至能看到大腿根。袜子上方针脚变密，深褐色的部分能看到袜带扣，就像一颗从豆荚中蹦出的青白色豆科植物果实。更上方是腿部的暗色肌肤，就像从天窗中看到的黎明前的昏暗天空。

跳跃的月光公主仿佛就要失去平衡，本多眼前的脚仿佛失去意识般向右倾斜，不过她最终没有倒下，而是跳下了床。这一连串动作多半是从小养成的习惯，是在检查不熟悉的床的弹性。

接着，月光公主仔细查看着本多准备好的女士睡衣。她把睡衣套在外衣上，站在镜子面前变换各种角度观察。终于，她脱下睡衣坐在镜子前的椅子上，双手的手指灵巧地从脖子后方捏住搭扣取下黄金项链，然后冲着镜子伸出手指，并没有取下戒指。这段时间里，月光公主一直背对着本多，她迟缓的动作仿佛身处海底，表情无精打采，仿佛被什么东西控制着一样，全部通过镜子进入了本多眼中。

月光公主高举手指，将戒指对着天花板上灯光。男式戒指在她的手指上过分显眼，祖母绿宝石燃起绿色的火焰，黄金护门神亚斯加诡异的脸反射出光芒。

终于，她双手背后，打算解开拉链上方的小搭扣。本多屏住呼吸。

就在这时，月光公主垂下双手，看向右手边的门。门应该上了锁，克己是用本多给他的备用钥匙打开的。克己进来的时机实在太差,本多不甘心地咬紧嘴唇。只要他再晚进来两三分钟,月光公主就已经脱下衣服了。

在小孔朦胧的圆形边框中,纯洁的少女突如其来的不安在一刹那间成为终极的画面。她在这一刹那间并不知道门口进来的究竟是谁。也许进来的会是一只傲慢的白色雄孔雀,带来满室百合芳香。然后孔雀挥动翅膀,像滑轮嘎吱滚动的鸣叫声让整个房间变成了无人的午后蔷薇宫。

不过,进来的只是一个装腔作势的平庸青年。克己沉默不语,没有为开门找借口,只是笨拙地说自己睡不着想来说说话。少女重新绽开微笑,让克己坐在椅子上。两人进行了长长的对话,因为克己迎合少女说着英语,所以月光公主突然变得话多了起来。在隔壁偷窥的本多打了个哈欠。

克己的手搭在少女手上,少女并没有抽回手。本多目不转睛,但伸着脖子的动作无法一直保持下去。

他靠在书架上,只凭借感觉揣测隔壁的动静。黑暗放任想象力肆意驰骋,想象极为合理地沿着台阶级级攀升。月光公主已经开始脱衣服,灿烂的裸体暴露在外。她微笑着抬起左手时,左侧腋下出现了三颗相连的黑痣,宛如迷人的热带夜空中象征着肉体的星星。对本多来说,那是不可能出现的标志……本多遮住眼睛,星星的幻影瞬间在黑暗中破碎。

有什么动静。

本多再次匆匆看向小孔,头撞在书架的一角,比起疼痛,他更在乎发出的声音。但是从小孔对面的情景来看,那两个人已经顾不上这声音了。

克己紧紧抱住月光公主，少女在反抗。两具躯体摇摇晃晃，在小孔中时而出现时而消失。少女背后的拉链已经被拉开，露出汗津津的锐角形褐色背部和胸衣的带子。月光公主挣扎的右手握紧拳头，祖母绿像飞翔的甲虫一样闪闪发光。戒指划破了克己的脸颊，克己捂住脸颊向后退开……不一会儿，传来了克己开门离开的声音。月光公主气喘吁吁地环顾四周，拉过一把椅子，似乎是挡在了门上。

看到这里，本多惊慌失措——装成大人的样子却任性娇惯的克己不会来找他借伤药吧？

本多一阵忙乱。他把厚厚的外国书一本一本放回书架，尽量不发出声音，以罪犯般的缜密在黑暗中仔细确认每一本书都没有放反，放好后又检查了书房的门已经锁好，熄灭书房的火炉，蹑手蹑脚地走向卧室，换好睡衣，把外衣放进衣柜中，然后钻到被子里。无论克己什么时候敲门，都能装出一副睡眠被打扰的样子脸色不悦地起床。

这就是本多不为人知的"年轻"经验。迅速敏捷的动作宛如住在宿舍中的学生，在违反宿舍规定后完美地挽回，装出若无其事的表情躺在床上。但是一番匆忙的动作之后，尽管枕头上的脑袋看上去平稳安详，但剧烈的心跳仿佛带着枕头一起跳动，一时无法平复。

克己恐怕正在考虑要不要来找本多吧。他犹豫了这么久，一定已经开始权衡一时冲动来找本多的得失了。本多没有特意等待克己，在不知不觉中睡着了。

第二天早上，雨停了，金灿灿的阳光洒进东边窗帘的缝隙。

本多在厚实的长袍外面又裹了一条围巾，去厨房打算给年轻人们准备早餐。在大厅的椅子上,他看到了已经穿戴整齐的克己。

"你起得可真早啊。"

本多飞快扫了一眼年轻人苍白的脸颊,在楼梯上说。

克己已经在暖炉中生起了火。他没有勉强掩饰左脸颊的伤,本多借着火光偷偷看了一眼,并没有他想象中那样严重的伤痕,这让他有些失望。看来昨晚的伤不过是一丝轻微的擦伤,就算质问他也可以被轻易敷衍过去。

"您坐一下吧。"

克己像主人一样拉过椅子。

"早上好。"本多再次打过招呼后坐下。

"我觉得必须和先生单独谈谈,所以起了个大早。"克己以恩人的口吻说。

"那么……你想谈什么?"

"真是太好了。"

"后来……怎么样?"

"和我想的一样。"年轻人嘴角含笑,说着意味深长的话,"虽然看上去是个孩子,不过已经不是孩子了。"

"她是第一次吗?"

"我是她的第一个男人……以后会被人嫉恨的吧。"

本多觉得这个话题继续下去会很荒谬,于是打断了他:"对了,你可能注意到,那姑娘身上有个特点,左胸侧面腋下有三颗黑痣,工整得像人为点上去的。你看到了吗?"

年轻人清澈的表情插入了一瞬间的混乱,为了谎言不被识破,他的眼前出现了几条岔路。他决定为了面子，最好牺牲小谎言来圆一个更重要的谎言……刹那间，有太多东西掠过年轻人眼前，真是有趣的场面。突然，克己狠狠靠在椅背上，声音尖锐地说："我服了！您也是个坏心眼的人啊。我也不如以前了，她用英语告诉我这是她的第一次，我完全被骗了。您已经尝过那姑娘的身子了吧。"

这次轮到本多嘴角含笑了："……是我在问你，看到黑痣了吗？"

年轻人屏住呼吸回答，他必须在这里证明自己被架空的冷静："看到了。黑痣上覆盖着一层薄汗，三颗一起在昏暗中摇晃，那时她的肌肤有一种令人难忘的神秘美感。"

然后本多走进厨房，只准备了咖啡和牛角包的大陆风味的早餐。克己主动帮忙，他帮忙时勤快的样子是平时看不出来的。他像是被某种义务驱使着一样摆好盘子，问过勺子在什么地方后仔细放好。本多第一次对这个年轻人产生了类似于怜悯的友情。

两人讨论该由谁把早饭送去月光公主的房间。本多制止了克己，坚持说这是主人的特权。然后将咖啡和牛角包放在盘子上缓缓送上二楼。

他敲了敲月光公主的门，没人回答。本多暂时将盘子放在地上，取出备用钥匙打开门。门好像有什么东西顶着，打开时有些困难。

本多看了一圈洒满晨光的屋子，月光公主不在。

三十七

椿原夫人最近经常和今西见面。

而夫人是个格外盲目的人。她对男人没有自己的看法,只会从外表判断,甚至无法看清眼前的男人是什么物种,是猪、狼还是蔬菜。她这样的女人偏偏想要写和歌。

如果说自觉两人合适是值得称赞的恋爱标志,那么完全看不出般配与否的夫人一定是最能抚慰今西自我意识的人了。她像爱着儿子一样爱上了这个四十岁的男人。

恐怕在这个世界上没有男人比今西更缺乏肉体的年轻活力、清爽和凛凛英姿了。他肠胃虚弱,很容易感冒,皮肤苍白没有弹性,纤瘦的身体上完全没有结实的肌肉块,全身像一条松散的长带子一样,就连走路都摇摇晃晃。也就是说,他是个知识分子。

爱上这样的男人应该极为困难,椿原夫人却像流畅地念出拙劣的和歌那样爱上了他。在某些方面,拙劣在夫人眼中成了玲珑。她很喜欢听别人批评她的和歌,这份率直让她能开心地聆听今西不断的批评。夫人认为在任何方面,批评终归是进步的捷径。

实际上,今西完全不觉得夫人在卧室认真讨论文学诗歌的学生气令人厌倦,反而觉得自己内心中有不输于夫人的气质,会选择同样的时机表达意识层面的感情。彻底的犬儒主义和青涩神奇地混淆在一起,这就是今西脸上会闪现出某种愧疚少年感的原因。如今椿原夫人已经相信,今西喜欢说出伤人的话就是因为他的纯粹了。

两人总是在涉谷高地上一家近来新建的干净旅馆见面。每个房间都是独门独户,而且有小河分开各处,一段河流会穿过别院的中庭。横梁是崭新的,很干净,入口处不引人注目。

6月15日六点前后,一辆准备开往这座小旅馆的出租车停在涉谷站前面,被游行队伍挡住了去路。因为走过去只需要五六分钟,于是今西和夫人一起下了车。

两人听到游行队伍高唱着国际歌,写着"粉碎破防法"的旗帜飘扬,玉川线的铁桥上垂下的布条上写着"美国佬滚回去"几个大字。聚集在广场上的人们群情激奋,跃跃欲试地想要破坏些什么。

椿原夫人害怕地躲在今西背后。今西感到夫人因为恐惧与不安,正在不知不觉地将自己拉向她。在广场上蠕动的人群脚下,灯光与闪光交织在一起,场面混乱。宛如骤雨将至般的脚步声,劈开合唱歌声的尖叫,不规则的拍手声越来越大,纷乱的夜晚堵在人群之中。今西想起了常伴身边的感冒症状,想到了突然发烧时严重的恶寒。在一具具肉体中,他觉得自己像被剥了皮的兔子,赤裸的皮肤突然暴露在空气中。

"警察,警察来了。"

叫声传开,打乱了游行队伍的计划。之前一波接一波的国际歌乱了调子，像雨后的水潭一样散落在各处。而且水潭被叫喊声激起水花，分不清谁是下班回家的人，谁是合唱的游行群众。警察的白色卡车向前猛冲，停在了忠犬八公的铜像旁边，能看到带着深蓝色头盔的警察预备队员像蝗虫爆发一样跳下卡车。

今西在互相推搡逃走的人群中握住椿原夫人的手，气喘吁吁地逃开了。两人一直跑到对岸商店的屋檐下。停下喘口气的时候，今西惊讶地觉得他自己都没想到能跑这么远。"原来我也可以跑啊。"一想到这儿，他突然感到一阵不自然的心悸，胸口憋闷。

与他相比，椿原夫人的恐惧与她的悲伤一样，是某种程式化的东西。夫人把手提包搂在胸前靠在今西身上，一副惊慌失措的样子，紫色的霓虹灯在她扑满白粉的脸上忽明忽暗，仿佛恐惧本身变成了螺钿工艺品。但是夫人的眼神中并没有惧怕。

今西踮起脚尖站在商店的房檐下，眺望人声鼎沸的站前广场。怒吼和悲鸣此起彼伏，灯光下的车站大钟沉静地指示着时间。

属于终结的浓郁芬芳飘来，世界逐渐变成一片鲜红，就像睡眠不足的眼睛。今西觉得耳边响起了蚕室中的异样骚动声，那是争食桑叶的蚕发出的声音。

这时，远处白色的警车着火了，也许是被火焰罐砸中了吧。火焰瞬间蹿起，散发出新鲜的红色印泥般的光。白烟和悲鸣同时升起。今西知道，自己笑了。

当两人终于离开时，椿原夫人看着垂在今西手指下方的东西问："那是什么？"

"刚才捡的。"

今西边走边展开黑色垃圾一样的东西。那是一件黑色的蕾丝内衣。与夫人用的型号截然不同，这件内衣的女主人一定对乳房很有自信，无吊带式的罩杯周围缠绕着鲸鱼骨，让那一对隆起显得更加威风凛凛，像雕塑一样。

"真讨厌，你在哪里捡的？"

"刚才在那边。被人群赶着跑到商店屋檐下的时候，我就觉得脚被什么东西缠住了。后来取下来一看，原来是这东西。被我踩了好多脚，你看，到处都是泥。"

"真脏，赶快扔了吧。"

"但是很不可思议啊，不管怎么想都不可思议。"今西享受着行人好奇的目光，拿着内衣向前走，"这东西怎么会掉下来呢，你觉得会发生这种事吗？"

这种事不该发生。就算是没有吊带的内衣都应该有几个搭扣牢牢固定住的。就算胸口的衣服敞开，内衣也不可能松开掉在地上。只能是主人在人群推搡时自己取下的，或者被别人拉掉的，后一种情况很难，因此只能认为有一个女人自己把内衣取了下来。

为什么？无论如何，在火焰、黑暗和叫喊中，一对巨大的乳房被切下了。内衣不过是乳房蜕下的缎子外壳，但这副黑色蕾丝的模子清晰地显示出曾经撑起它的乳房是多么丰满和富有弹性。女人是为了炫耀故意扔下的，月晕被粗暴地脱下抛开，月亮在混乱的黑夜中出现。今西捡起来的不过是月晕，他却比捡起乳房本身更能感受到它的温度，它的滑腻，像飞蛾扑火般聚集在它周围的情念记忆尽在掌握。今西突然闻了闻内衣，被压抑在泥土中的廉价香水味扑鼻而来。今西想象着，女人一定是以美国士兵为目标的妓女。

"你真讨厌。"

椿原夫人真的生气了。今西说着讨厌的话惹人生气时总是夹杂着品评的意味，但用这种肮脏的行为惹人生气就不能原谅了。不仅如此，这并非品评，而是明明白白的嘲弄。她只扫一眼就能看出无吊带内衣的罩杯，能感觉到今西对她衰老乳房的无声轻蔑。

离站前广场稍远的地方，在烧毁的废墟上匆忙建起的小店铺一家接着一家，从道玄坡下到松涛的这段路和平时相比没有任何变化。这么早就已经有醉鬼在路上徘徊，霓虹灯像金鱼一样在头上闪烁。

"再不抓紧时间，地狱就会回归。现在必须立刻让一切走向破灭。"

今西想。刚刚逃过危险，已经不用担心的危险就让他脸颊泛红。不用夫人责备，黑色内衣已经从他指尖滑落在闷热潮湿的路上。

今西有一种执念，如果破灭不尽早降临，腐蚀身体的日常地狱就会得势；破灭晚一天到来，自己就会多一天成为某种幻想的牺牲品。比起被幻想之癌一点点吞噬，终结一口气到来反而更好。也许这种想法只是出于今西下意识的恐惧，他担心只要不能尽快结束生命，自己毋庸置疑的平庸就会暴露。

今西在任何细枝末节的现象中都能嗅到世界崩塌的征兆，人们绝不会漏掉心心念念的预兆。

革命早些发生就好了。无论是左派革命还是右派革命，今西并不在乎。如果革命能把像自己这样仰仗父亲的证券公司，终日游手好闲的人送上断头台该多好啊。但是无论再怎么宣传自身的丑陋,他依然担心群众不憎恨他。如果他们把宣传当成自己悔悟的信号该如何是好!当繁华的站前广场上竖起断头台,流血成为日常的那一天到来时,自己说不定也能通过死亡成为"被记忆者"。断头台上插着商店街中元节大甩卖时的旗子,木头上缠着抽奖处的红白色布条,刀刃上贴着大减价的价签,他脑海中浮现出自己被人架上这个设计最恶俗的断头台上的景象,打了个寒颤。

今西一边幻想一边走,椿原夫人拽了拽他的袖子,提醒他已经到了旅馆门口。大门两边休息室中的女佣沉默地起身,带他们走到熟悉的房间。只剩两人独处时,河水的声音浸入今西混乱的脑海中。

这家店做菜很慢,两人点了鸡肉汆锅和酒,平时在等候服务员上菜时,两人都会互相温存一番,今天椿原夫人却硬拉着今西走进盥洗室,任由水哗啦啦地流着,在一旁监视他认真洗手。

"还不够。"夫人说。

就算今西一开始不明白为什么要让他洗手,在看到夫人认真的态度后也明白了这是因为他刚才捡起了内衣。

"不行,再好好洗。"

夫人在旁边疯狂地往今西手上打肥皂,她不顾水打在红铜洗手池上溅起水花发出巨大的声音,将水龙头开到了最大。最后,今西的手都麻了。

"已经可以了吧。"

"不行。你明白你用这双手碰我会怎么样吗?你碰我,就是在触碰充满我体内的我儿子的回忆。你要触碰神圣的晓雄，也就是要触碰神圣，怎么能用这么肮脏的手……"

说到这里，夫人慌慌张张地背过脸，取出手绢盖住了眼睛。

今西一边揉着被水冲麻的手一边侧脸看她。夫人一旦开始大哭，就是"已经可以了"的暗示，表示某种东西已经涌起波浪，她已经准备好接受一切了。

不久后，今西一边喝酒一边用撒娇的口吻说："我想早点儿死去。"

"我也是。"

醉意在夫人如和纸一样白皙的眼皮下刷上一层朦胧的红晕，她随声附和。

旁边房间拉开了隔扇，浅蓝色丝绸被褥仿佛在轻轻呼吸，丝绸随着呼吸的起伏闪耀光泽。两人所在的房间桌上放着鸡肉汆锅，鲍鱼片煤灰色的褶皱里浮现出人工上色的樱桃红，烧开的汤正在咕嘟咕嘟冒气。

今西和椿原夫人都在沉默不语间明白了对方在等待什么，恐怕两人在等的是同样的东西。

椿原夫人瞒着桢子偷偷与今西幽会，她沉醉于罪恶的颤栗和对惩罚的期待，希望桢子现在立刻拿着批改的红笔来到这里。"这才不是和歌。我帮你看看，你带着吟咏和歌的心情亲自展现哀愁吧。我正是为此而来的，椿原夫人。"

今西也不简单，沐浴在桢子暴风骤雨般厌恶的目光中，依然想要做那种事。在御殿场二之冈的那个最初的夜晚是他梦中的顶点,他想和椿原夫人一起再次到达那个顶点。在那个顶点,在那座巅峰,桢子透彻的目光像星星一样冰冷。他必须再次到达那座巅峰。

在那双眼睛中,今西和椿原夫人结合时的赝品气味无处遁形,无法排除野合的缺点,因为那双眼睛是最有威严的媒人的眼睛。只有那双在昏暗的卧室一角发光的、女神般犀利的眼睛是证人的眼睛,在结合的同时表示拒绝,在原谅的同时带着轻蔑,在厌恶的同时表示认可,是存在于世间某处的、某种司掌神秘正义的眼睛。两人只有在那双眼睛里才有正当性的证据,一旦离开那双眼睛,两人只不过是漂浮在现象上的衰败浮草,两人的结合不过是短暂的无机质接触,一方是陷在绝不会醒来的虚幻过去的女人,另一方是执着于绝不会到来的虚幻未来的男人,不过是棋子在棋盘中的接触。

于是,今西觉得桢子一直坐在灯光无法触及的隔壁卧室。这种感觉越来越紧迫,他忍不住不去确认,于是特意起身去看了看。椿原夫人完全没有责备他,可见夫人的心情与他相同。他来到四张半榻榻米大小的房子张望,只看到角落吊床上雕刻着紫色燕子花。

结束后,两人像往常一样衣衫不整地各自躺倒,沉浸在两个女人一样的喋喋不休中。今西像解放了一样一股脑说着桢子的坏话。

"你只不过是被桢子委婉地利用了而已。你害怕离开桢子后无法独立成为一名像样的诗人,事实上到现在为止你确实没有展现出这种气质。但是如果你不能下定决心离开桢子彻底独立,就几乎不可能成为一名成功的诗人。你必须明白,紧要关头就要来了。"

"但是如果我沾沾自喜地独立，和歌的水平一定会立刻停滞不前。"

"你为什么一开始就这么想？"

"不是我这么想，事实就是如此，也许该说是命运吧。"

今西想要反问，她的和歌之前真的"进步"过吗？不过他的教养没让他将这种无礼的话说出口。而且他说这些挑拨桢子和夫人关系的话并非出于本意，他觉得夫人回答时也很清楚他的想法。

不一会儿，夫人拉过床单，一直盖到自己头下方，冲着昏暗的天花板吟诵了自己最近做的一首和歌，今西立刻开始品评：

"和歌不错，就是格局太小，局限在日常的感觉中，缺乏宇宙的壮阔。原因多半在于下句的'深渊的蓝'没有飞跃，只是意念上的东西。你没有以写生为基础吧？"

"是啊。仔细一想，确实如你所说。如果我刚写出来的时候听到这样的批评大概会伤心，不过已经过去十天了，我自己也有些回过味儿了。不过，桢子表扬了我的这首和歌。和你正相反，她说下句不错，不过她说把'深渊的蓝'改成'深渊之蓝'更谐调。"

椿原夫人的语气中透露出奢侈的心情，觉得自己正在把两个权威放在掌心让他们争斗。然后她趁着心情正好，说起了熟人的详细传闻，这种话题总是能讨今西欢心。

"前一阵我见到了庆子小姐，听到一件趣事。"

"什么事？"

今西立刻来了兴致，转过一直趴着的身子直直地坐了起来。烟灰落在了盖在夫人胸前的床单上。

"是本多先生和泰国公主的事。"椿原夫人说,"听说前一阵,本多先生带着那个泰国公主和她的男朋友悄悄去了二之冈的别墅,那个男朋友就是庆子小姐的外甥,名叫克己,是个学生。"

"三个人一起睡了吗?"

"本多先生才不会做这种事。他冷静又理智,也许是宽宏大量地想撮合两个年轻恋人吧。虽然大家都知道本多先生很喜欢公主,但是他们年纪差距那么大,也聊不到一起去吧。"

"比起这个,庆子小姐在这个故事中担任了什么角色?"

"她完全是被连累的。庆子小姐碰巧也在那天去了她自己在二之冈的别墅,杰克不值班,也住在了那里。凌晨三点左右突然有人敲门,原来是公主跑来了。庆子小姐和杰克都被吵醒了,不管他们怎么问,公主就是顽固地不开口,他们一筹莫展。因为公主那天晚上一定要住在她家,她只好让她住下,想着到了早上再联系本多先生的别墅。

"结果她睡过了头,起来后用一杯咖啡打发了要赶回军营的杰克,匆匆忙忙把杰克塞进吉普车,看着他出门后,就见到本多先生脸色苍白地从对面赶来。庆子小姐笑着说她还是第一次见到本多先生那么惊慌失措呢。

"庆子小姐知道他一定是来找月光公主的,想要捉弄他一下,就问他'怎么了',散步的话脚步未免太急了吧。本多先生连声音都变尖了,说月光公主失踪了。庆子小姐捉弄了本多先生一番,就在本多先生终于放弃准备回去的时候,她突然说'月光公主在我家',结果那位将近六十岁的本多先生脸上微微泛起了红潮,开心地说了句'真的吗'。

"庆子小姐带他来到客房,他一看见还在安稳睡觉的公主就虚脱一样地坐在了地上。一番吵闹后,月光公主依然没醒,她微微张着可爱的小嘴,脸埋在乌黑的头发里,长长的睫毛垂下继续睡着。四五个小时前突然闯进来时吓人的狼狈已经完全消失,她的脸上重新浮现出天真的表情,呼吸平稳,就像正在做美梦一样,还撒娇似的翻了个身。"

三十八

对本多来说，月光公主再次成为不存在的人，看不见月亮的梅雨季节已经持续了好几天。

那天早上他见到了月光公主的睡颜，因为害怕吵醒她，就把她托付给庆子。回到东京后，惭愧的本多故意没有去见公主，对方也没有联系他。就在外表平安无事的时候，梨枝却开始嫉妒了。

"最近没听见泰国公主的消息啊。"

她会在吃饭的时候不经意说出这样的话。虽然语气中夹杂着冷笑，眼睛却在热情探寻。

梨枝面对着空无一物的白墙，反而能自由自在地画出想象中的画面。

本多有早晚认真刷牙的习惯。等他注意到的时候，发现刷子会在刷毛没有磨损的时候就频繁更换。应该是梨枝为他着想，囤了很多同样类型、同样颜色、同样硬度的牙刷，估摸着时间为他更换的吧，不过换得太频繁了。虽然只是件小事，不过本多还是在一天早上提醒了梨枝。

"真小气，真小气。一个亿万富翁说这种话真是太可笑了。"

梨枝激动得都快结巴了。本多不知道她为什么这么激动，所以没有在意。

后来本多注意到一件事,如果他回家有些晚,第二天早上牙刷就会换成新的,应该是前一天晚上梨枝在他睡着后悄悄换的。然后梨枝会在第二天仔细检查旧牙刷,掰开每一根发亮的刷毛检查有没有口红的痕迹,有没有年轻女人的模糊气味,然后再扔掉。

本多会因为一些偶然的因素牙龈出血。他还没到换上满口假牙的年龄,不过已经会抱怨牙根松动了。牙龈出血的时候,梨枝把刷毛根部染上的淡红色当成什么了呢?

虽然这一切都是本多的猜测,不过本多有时会屈服于梨枝的想法,觉得她有时热衷于抽取空气中的氧气和氮气,制作化合物之类的工作。梨枝看似悠闲倦怠,其实眼睛和五感忙得不可开交。她总是抱怨头疼,在走廊多而曲折的旧房子里穿梭时却生气勃勃。

两人偶然提到别墅,本多说那座别墅原本是为了让她休养肾脏才建的,结果梨枝曲解了他的意思,流着眼泪说:"你是让我一个人去姨舍山①吗?"

自从丈夫一个人在御殿场住了一晚后,就再也没有提过月光公主的名字,梨枝把这看作丈夫恋爱的征兆,她是正确的。但是梨枝做梦也没有想到丈夫从那以后再也没见过月光公主,她误以为两人依然在偷偷私会,本多打算将月光公主的名字从梨枝耳目所能及的范围内抹消。

这份安静不同寻常,一定是犯人因为害怕追踪者而在隐匿处保持

---

① 日本传说中遗弃老人的山。

安静。梨枝凭直觉感到某处正在开着小小的隐秘聚会，而自己绝对不会被邀请。

究竟有什么已经开始了呢？

正当本多感到一切都结束了的时候，梨枝却觉得有什么已经开始了，在这一点上梨枝才是正确的。

梨枝从不外出，而本多尽管没事却会频繁外出，因为他不想与梨枝在家面面相觑。他多次邀请，梨枝却始终以生病为借口躲在家里。

本多刚走，梨枝立刻变得活力四射。她不知道本多去了哪里，原本应该担心才对，但本多不在身边反而让她得以与最熟悉的不安亲密相处。也就是说，嫉妒是梨枝自由的依据。

嫉妒就像恋爱，让她的心缠绵而固执。她想用练字来散心，却在不知不觉间写出了月影、月山等和月有关的词。

梨枝一想到那个公主明明是少女却有着丰满的乳房，就会觉得厌恶、可憎。于是梨枝看着"月山"这两个字，情不自禁地想到了在月下静静伫立的乳房形双子山。这副情境与她见到京都双冈的记忆结合，无论那段记忆有多么纯洁，梨枝都不敢将它挖掘出来。她是在女校修学旅行的途中见到了双冈，感受着夏季的白色水手服下，自己汗津津的娇小乳房正在微微晃动，她心中一痛。

本多顾及梨枝的病体，在家里雇了不少佣人，梨枝却以人太多反而操心为由，只在厨房留下了两个女佣。尽管如此，梨枝常年喜爱的厨房工作依然减少了，她又不能长时间站在冰冷的地方，只好坐在自己的房间中做针线活。因为接待室的窗帘旧了，所以她从龙村那里订购了正仓院的同款布料，开始亲自缝制新窗帘。

梨枝细心地把布料和厚实的黑色遮光布缝在一起，本多看到她做了一半的窗帘后嘲笑说："现在又没打仗。"这让她更加固执。她并非害怕屋内的灯光透出去，而是害怕外面的月光照进来。

梨枝在丈夫出门时偷偷看了他的日记，却没有看到任何关于月光公主的叙述，这让她急不可耐。本多从年轻时就因为羞耻，绝不会将感情充沛的事情写在日记中。

除了丈夫的日记，梨枝还找到了一本年代久远的日记本，名字叫"梦日记"，上面写着松枝清显的名字。丈夫提到过这个名字，好像和他关系很亲密，但是丈夫从来没有提到过这本日记，梨枝亲眼看到更是第一次。

她随意读了几段，为内容的荒诞无稽而惊讶，小心翼翼地放回了原处。梨枝从不追求任何幻想，只有事实能治愈她。

她没有发现关上抽屉时夹住了和服下摆，离开时将腋下扯了个口子。这种心理体验经历得多了之后，心就会变得伤痕累累，就像被什么东西紧紧抓住，心神不宁，失魂落魄。

雨夜以继日地下，窗外能看到湿透了的绣球花。梨枝觉得这些漂浮在白天的黑暗中的浅紫色花球就像自己彷徨的灵魂。

月光公主就在世界的某一处，没有比这个念头更让她难以忍受的了。世界因此而出现裂痕。

梨枝到了这个年纪，几乎没有感受过情念的可怕，所以当她发现自己心中生出了肆意喧闹的寂寥感时惊讶不已。这个石女身体中第一次产生了某种奇怪的东西。

梨枝明白了自己也有想象力。迄今为止，它静静地在长久安稳的生活角落中生锈，从来没有被使用过，当必要时立刻被打磨光亮。无论如何，因必要而诞生的东西总会伴随着必要的痛苦，这份想象力中没有一丝甜美。

站在事实之上扇动翅膀的想象力会让心灵悠然自得地舒展开，而无限逼近事实的想象力只会让心灵卑微而干渴。更何况当事实并不存在，一切都会瞬间成为徒劳。

但刑警的想象力并不会腐蚀自身，他们相信事实必定存在于某处。梨枝的想象力二者兼具，也就是说，她在相信事实必定存在于某处的同时期待事实并不存在。这份嫉妒的想象力让她陷入了自我否定之中。在发挥想象力的反面绝不承认想象力。就像略微过量的胃酸逐渐腐蚀自己的胃一样，想象力在逐渐腐蚀其根源的过程中发出近似于悲鸣的拯救愿望。如果事实存在，只要事实存在，自己就能得救！在使出进攻招数探究的尽头，拯救愿望越来越像自我惩罚的欲望。因为事实（如果存在）只会打垮自己。

但是，梨枝始终觉得她渴望得到的处罚不是正当的处罚。为什么检察官必须受到处罚呢？这不是颠倒了吗？当翘首以盼的东西到来时，惩罚取代了满足的喜悦降临到无辜者头上，她理应升起不服与愤怒。啊，她现在就能切身感受到火刑架上烈火的炙热。她不能遇到这么不合理的事情，不能遭受确定无疑的痛苦。怀疑的痛苦已经足够了，为什么确认的死苦[①]还要火上浇油呢？

[①] 佛教用语，指五阴坏灭之苦。

梨枝探究事实，却想要在最后加以否定。她想否定事实，而且将唯一的拯救希望与最终事实相连。这份心情组成循环，绝对不会终结。就像山中迷路的旅人想要不断前进，却不知何时又回到了原点。

本以为雾气已经将自己包围，但只有一处色彩清晰得诡异。她顺着雾气中唯一的光线前进，那里并没有月亮，而是身后的月亮将月影投射在相反的方向。

梨枝毕竟没有彻底失去自省的心情。她深切痛恨自己这种心情，也会为自己的无聊而羞愧，但她觉得这绝非自己的错。说到底，都是因为丈夫让自己变成了这副没人喜欢的丑陋模样，也许丈夫是为了不再爱梨枝，才将她变成了丑陋的模样。每当梨枝这样想时，胸中郁积的憎恶就会像喷泉一样喷发。

不过这种心情中还包含着躲避更加残酷的现实的意义。就算自己没有因为嫉妒变得丑陋，还会有众多的原因让自己变得丑陋，这样下去自己依然不会被爱。就算应该憎恨的人是丈夫，但他是因为必须特意忽视梨枝的魅力才不得不将梨枝变成没人喜欢的模样，这一点给他留下了被原谅的余地。

梨枝开始长时间盯着镜子看。碎发充分发挥了讨人厌的本质，严严实实地遮住脸颊。包括浮肿在内，梨枝的脸上全是刻意。

以前，梨枝注意到脸上的浮肿时会画浓妆。她不喜欢眼睛是一副睡不醒的样子，所以会铺上一层厚厚的粉底，画上稍稍加深眉眼的妆容。年轻时，丈夫曾经嘲笑梨枝这张脸是月亮大人。一开始，梨枝会因为他揶揄自己的病而生气，但被称作月亮大人的晚上，丈夫的爱格外细腻，梨枝觉得这副病体增加了自己楚楚可怜的一面，不知不觉间开始为这副面孔而骄傲。而如今想来，丈夫从年轻时就喜欢妻子的浮肿，这份色欲中也许蕴含着微妙的残忍。尽管那些夜晚两人确实亲密无间，但丈夫命令梨枝一动不动，可见他也许是在梨枝的脸上看到了死后几天的尸体的幻影。

但是现在，镜子中的这张脸尽管活着，却已经颓废。缺乏光泽的头发之下，青筋毕露的恶意只浮现在团扇扇骨一样的圆脸上。这张脸渐渐不再是女人的脸，女性化的丰腴只剩下浮肿。就像白天的月亮，冷漠、朦胧，充满倦怠。

事到如今，美丽的妆容意味着失败，所以她不能化。但是丑陋同样是失败。现在，她已经没有改变现实存在的陷落的热情，因此陷落保持着陷落的样子，丑陋保持着丑陋的样子，像起伏的海滨沙滩一样静静停在那里。梨枝觉得自己无论如何无法从嫉妒中脱身也许并非丈夫的错，而是如被褥般包裹着自己的庞大慵懒的错。她感到掀开它需要巨大的力量，于是选择了慵懒，保持原状。但慵懒就慵懒吧，为什么其中连一瞬间的安宁都不存在呢？

梨枝不经意间想起刚刚结婚的时候，冬天从二楼看到的富士山的美丽。那时婆婆让她去二楼的储藏室取新年的食物，她从储藏室看到了那幅美景。当时，她穿着红色的束衣带。

雨后的夕阳清澈，梨枝想看看富士山散心，于是时隔很久再次来到二楼储藏室。她爬上堆放的被褥，打开磨砂玻璃窗。战后的天空与当年的天空不同，尽管明亮，地平线上却铺着云母般的氤氲，看不到富士山。

三 十 九

本多在梦中被尿憋醒了。

意外被切断的梦境截面竖着毛刺。

他好像在住宅街中徘徊，木篱笆延伸到远方。有的庭院中安了放盆栽的棚子，花圃周围是一圈贝壳；有的庭院中一片潮湿，爬满蜗牛；一条走廊上，两个孩子相对而坐，一边喝糖水一边小心翼翼地吃着缺角的威化饼干……正是东京已经被燃烧殆尽的一片地方。木篱笆间的小路走到尽头，是一扇腐朽的栅栏门。

打开栅栏门走进一步，眼前出现了古色古香的华丽酒店前厅。宽敞的前庭中正在举办立式宴会，留着八字胡的管家走上前来恭恭敬敬地对本多鞠躬。

这时，帐篷里传出辉煌悲怆的喇叭声。接下来，脚下的大地裂开，穿着金色礼服的月光公主坐在金孔雀的翅膀上出现了。孔雀拍着翅膀，发出银铃般的声音，在发出喝彩声的人们头上盘旋。

月光公主跨在金孔雀身上，富有光泽的褐色大腿根部明亮得耀眼。不一会儿，月光公主在抬头仰视的众人头上洒下骤雨般香气扑鼻的尿液。

本多很惊讶,公主为什么不去厕所呢?必须教训她这种无礼的行为。本多走进酒店寻找厕所。

与外面的喧嚣不同,酒店中鸦雀无声。

每个房间都没有上锁,开着一条缝。本多一扇接一扇打开,每间房中都没有人,床上一定会有一具棺材。

"那就是你在找的厕所。"不知从什么地方传来了声音。

本多忍着尿意走进一间房,想要在棺材中小解,但是因为侵犯神圣的恐惧而尿不出来。

就在这时,他醒了。

这个梦只不过是宣告衰老的可怜表象,人一老就会尿频。但是本多从厕所回到卧室后整个人都清醒了,一心想重新续上刚才做的梦。因为他在梦中体会到了毋庸置疑的幸福感。

他一心想继续做梦,再次感受那种灿烂的幸福感。在那里,无所畏惧的喜悦散发出光辉灿烂的纯洁。那份喜悦才是现实。尽管不过是一个美梦,但如果占据本多人生中无法回头的一段时间的喜悦不是现实,那什么才是现实呢?

仰望天空,跨坐在黄金孔雀上飞翔的孔雀明王化身将本多拉进和睦与共鸣的一切融合中。月光公主属于他。

第二天早上,这种幸福感在本多醒来后依然萦回不散,让他心情大好。

当然,第二次睡下后做的梦太模糊,完全感受不到前一个梦中的幸福感。第一个梦的光辉贯穿第二个梦境的雪堆,依然留在早晨的记忆中。

那天，本多依然以月光公主的缺席为杠杆终日想念。到了五十八岁，本多切身体会到了从未感受过的、少年生涩的恋爱心情，这让他感到愕然。

细细回顾这一生，本多谈恋爱这种事不仅没有前例，更是滑稽。本多一直在松枝清显身边，他很清楚什么样的人才应该恋爱。

恋爱是外表充满官能魅力，同时内心混乱无知、认识能力不足，能让他人产生幻想的人才有的特权。真是无礼的特权。本多从年轻时就充分认识到自己站在这种人的正对面。

本多看遍了因无知而干预历史，凭借意志从历史中滑落的人的不如意，他认为人之所以无法得到想要的东西，最重要的原因就在于想要得到。因为从来没有奢求过，所以他拿到了三亿六千万日元。

这是他的想法。他绝不认为得不到想要的东西是因为自己没有尽力，是因为与生俱来的缺点，是因为背负的悲哀命运。本多天性喜欢为一切制定法则、将想法普遍化，所以他终于开始想要尝试挑战法则也不奇怪。毕竟他什么都要一个人做，可以轻松地身兼立法者和违法者两种身份。也就是说，他将想要的东西局限在绝对无法得到的范围内，一旦得到就必将化为瓦砾，所以尽可能将渴求的对象赋予不可能的属性，至少努力保持尽可能远的距离……可以说他心中保持着热烈的漠不关心。

在御殿场的那一个晚上，他几乎完成了将月光公主这朵花瓣厚重的暹罗玫瑰彻底神秘化的工作。这项工作是将月光公主推到自己绝对无法触碰（他手的长度和认知的长度本来就是一致的），绝对无法认知的地方。通过观看能得到的快乐同样必须以看不到的领域为前提。

本多在印度的经历让他感到自己已经看到了世界的尽头，他希望拥有懒惰兽类般的欲望，通过将猎物推到认知的爪子无法触及的领域，终日卧倒在地，舔舐附着树脂的皮毛。当本多把自己比作懒惰的野兽时，不正是将自己比作神明吗？

自己的肉欲与认知欲完全并行重合，这实在让人无法忍受，因此本多很清楚只要二者没有分开，自己心中就没有恋爱出现的余地。一株玫瑰如何在两棵纠缠的大树之间发芽呢？恋爱不该寄生在任何一棵垂下目中无人的气根的树上。无论是可怕的认知欲还是带着五十八岁腐臭味的肉欲……月光公主站在他认知欲的对面，只需要与欲望的不可能性产生关系。

缺席才是最好的素材，不是吗？这才是他的爱情唯一纯良的材料。一旦对方不再缺席，名为认知的夜行兽眼中一定会立刻放出光芒，将一切撕裂咬碎。冲向未知撕咬，将一切变成已知的尸体，加入放置尸体的领域。他不是曾经在印度治愈了认知这种恐怖而无聊的病吗？不是只有印度、贝拿勒斯教给他的东西才能逃到认知的尽头吗？仅剩一枝逃走的玫瑰，为了避开认知的目光，装作已知的东西躲在布满灰尘的黑檀木架子最深处，将自己锁起来。本多做的正是如此，意志的力量让他亲自锁起玫瑰，绝不亲手打开。

清显曾经被绝对不可能所诱惑，犯下不伦的罪过。本多与他相反，他为了避免犯罪亲手设置了不可能达成的条件。因为如果他犯下罪过，美就无法存在于世。

他想起那天早上的清爽，月光公主失踪的早上。

本多在内心不安的同时享受着这份不安。他知道月光公主不在房间之后并没有立刻惊慌失措地叫来克己。他专心致志地闻着失踪的月光公主留在房间各处的残香。

晴朗的早晨，凌乱的床铺没有整理。从床单的细微褶皱中也可以看出月光公主苦恼的痕迹，火热的身体辗转反侧。本多捡起潜伏在起伏毛毯中的一根卷曲的毛发。那是一只可爱小兽烦恼后留下的巢穴。枕头陷成了纯真的形状，本多上前探看，想找到枕头的凹陷中有没有月光公主留下的透明唾液。

然后，他将月光公主的失踪告诉了克己。克己脸色苍白。本多轻易掩饰了自己完全没有感到惊讶的心情。

两人分头寻找。

如果说那时本多没有梦到月光公主的死，那一定是谎言。虽然他觉得只有万分之一的可能，但是死亡的气息依然漂浮在梅雨季间歇的晴朗早晨，漂浮在没有意义的咖啡香气中。某种悲剧性的东西像精致的银项链一样围住了那个早晨。这才是本多梦想中恩宠的证明。

他完全没有表现出这样的想法，而是告诉克己应该给警察打电话，愉快地欣赏克己脸上出现明显的戒备神色。

他先走出阳台看了看积满雨水的水池。本多浑身颤抖地想，映着蓝天的水池中会不会漂浮着月光公主的尸体。他觉得隔开现实世界和非现实世界的玻璃已经粉碎，可以轻易穿梭。在那个早上，这个世界上一切都可能发生，死亡、杀人、自杀，甚至世界毁灭，就发生在无边无际、明亮娇嫩的风景中。

本多和克己一起沿着湿透的草坪斜坡走向河流下游时，他灵活的想象力想到自己过去的社会名誉会因为上了报纸的自杀事件与丑闻分崩离析，发出巨大的声响。他从中感受到喜悦，但这不过是荒谬的夸张。因为这件事只是围绕克己和月光公主发生的，世界上没有第二个人知道本多的小孔。

时隔许久，本多再次亲眼看到富士山，那已经是夏天的富士山了。白雪的裙裾高高掀起，朝阳照耀下的泥土像饱含雨水的砖瓦一样，呈现出燃烧的红色。

能看到溪流，能看到柏树林。

走出家门，本多请克己和他去邻居家看看，说不定庆子在家，但是克己固执地拒绝了，自告奋勇开车一路往车站寻找。克己非常害怕面对舅母。

虽然本多不想这么早就去拜访庆子，但是情况紧急，他也没有办法。本多按响了门铃。没想到庆子出来时已经化好妆，穿着祖母绿的连衣裙，披着开衫毛衣，像平时一样接待了他。

"早上好，你找月光公主吧。她天还没亮就跑到我家来了，睡在杰克的床上。还好杰克不在，要是他在事情就要闹大了。我看她特别亢奋，就给她喝了一杯荨麻酒让她睡下了。然后我倒是清醒了，一直没再睡下，真是过分的孩子……不过她完全没说发生了什么。你要看看她可爱的睡颜吗？"

本多一直在忍耐，告诫自己还不能见，还不能见。不要说月光公主，他就连庆子都没再联系。

他在等待自己内心中生出某种真正的疯狂。

当理智因为某种原因达到焦躁的极限，就像狂言"钓狐"中的老狐狸那样，深知陷阱危险，依然会疯狂地扑向诱饵。经验和知识、娴熟与老练，理性与客观的能力全部无效化，这些东西的堆积反而会不由分说地将人推向盲目。本多正在等这个瞬间。

就像少年在等待自己的成熟，五十八岁的人同样必须等待自己的成熟，而且是通向破灭的成熟。在十一月枯萎的灌木丛中，树木纷纷落叶，杂草枯萎，在蹒跚的冬日阳光中，当大地变成一片干燥的白色净土时，本多就像枯萎的蔓草中唯一一颗鲜明的红色土瓜，孤独地等待着一头冲向破灭的成熟。

实际上，自己追求的是火焰般的莽撞，还是死亡，本多的年龄让他无法区分。在某处，在他不知道的地方，某种东西正在缓慢慎重地准备着。也许那就是未来唯一注定会到来的死亡。

一天，本多来到丸大楼的办公室，听到一名年轻员工背着众人在打私人电话，一股剧烈的寂寥向他袭来。那明显是女人打来的电话，尽管年轻员工顾忌其他人，装出一副冷淡的样子回应，但是本多觉得能听到女人水灵灵的声音从远方传来。

恐怕两人之间存在着默契，能用事务性的语言心意相通吧。本多起了念头，想辞退这名与律师事务所不搭的年轻人，他总是把头发打理得很蓬松，有一双迷人的眼睛和两片傲慢的嘴唇。

庆子在东京时，每天都在午餐、酒会、晚餐的邀请中周旋，现在是上午十一点，是最适合给她打电话的时机。听了年轻员工的电话，本多觉得不好在狭小的事务所大声讲私人电话，拘束感让本多以买东西为借口离开了事务所。

丸大楼的一层商店街是战前东京留下的为数不多的地区之一，本多喜欢在那里逛逛领带店，在纸店里挑选用来写字的纸。充满战前气质的老绅士们喜欢在雨后小心翼翼地走在容易滑倒的马赛克地板上，花些数目不大的钱。

本多用公共电话打给庆子。

和往常一样，庆子迟迟没有接电话。她应该在家，本多能想象到庆子不顾电话响，对着镜子悠然打扮的背影，特别是去吃午饭前，挑选好衣服，拿着一支唇膏化妆的丰腴背部。

"抱歉让您久等了。"庆子接起电话后用悠扬润泽的声音说，"真是好久不见，您身体可好？"

"没什么问题。最近想请您一起吃个饭。"

"啊呀，您真热心。不过您真正想见的不是我，而是月光公主吧。"

本多突然语塞，开始等待庆子的命令。

"上次给您添麻烦了。我很久没联系她了，您最近见过她吗？"

"没有，从那以后就没再见过。不知道怎么回事，她最近也没有考试。"

"那姑娘看起来也没在好好学习。"

本多很惊讶自己竟然能泰然自若地说话。

"总之，您想见她吧。"庆子说完停了一下，似乎在思考。这段时间并不沉闷，仿佛上午洒进卧室窗户的光带中飘浮着众多白色粉末。本多明白庆子不是故弄玄虚的女人，他安心等待着。

"但是我有一个条件。"

"什么条件？"

"既然月光公主逃到了我这里，说明她完全信任我。所以如果以我会一起参加为条件，由我来邀请她的话绝对不会被拒绝。这样可以吗？"

"没什么可不可以的。这就是我想拜托你的。"

"其实我想让你们单独见面的，但现在这个时候……那我怎么回复您呢？"

"请联系事务所吧。从今天开始，我每天上午一定会在事务所。"本多说完挂断了电话。

从那个瞬间开始，世界彻底改变。下一小时，下一天，为什么等待如此煎熬呢？他在心中打了一个小小的赌。如果月光公主带着那枚祖母绿戒指赴宴，一定是原谅本多的标志，如果她没有带，就说明她还没有原谅本多。

四 十

庆子家在麻布高地上,玄关停车场前的通道很长。那是过去庆子的父亲为了纪念布莱顿①建造的,玄关是乔治四世风格的弧形。本多在六月末的一个炎热午后受邀来到这栋宅邸喝茶,感觉仿佛再次回到了战前的日本。

台风过后又是雷雨,宅邸突然迎来了梅雨间歇的夏日阳光,前庭安静的树木之间缠绕着一个时代的回忆。本多想,接下来就要进入令人怀念的音乐中了。这类孤独地伫立在燃烧遗迹中的宅邸就这样成为包含着更多特权、罪恶和忧愁的东西,宛如被时代落下的思想经过一段时间后突然增添了韵味。

尽管本多拜托庆子安排他与月光公主再会,但庆子并未在请帖中提及此事,只是程式化地写着"为庆祝家宅解除征用,我将举办茶会",本多接到请帖后带上一束花,信步前去赴宴。在宅邸被征用时,庆子与母亲两个人一起住在角楼,那里原本是管家的住处。此前她从来没有在东京的家里招待过客人。

---

① 英国南部海滨城市。

戴着白手套的佣人来迎接本多。圆形大厅的天花板很高，一侧是杉板门，另一侧是通往二楼的大理石旋转楼梯。楼梯中段昏暗的转角处，一尊青铜维纳斯雕像俯视着下方。

杉板门上画着狩野派[①]画风的仙鹤，向两边半开着，成为通往客厅的入口。本多走进一看，里面一个人都没有。

客厅里有一排用来采光的小窗户，窗户玻璃都使用了旧式的圆角，反射出虹彩。深处，装修成壁龛风格的整面墙上画着金色云彩，挂上了细长的书画，桃山风格的格子天花板上挂着枝形吊灯，小桌子和椅子都是路易十五式风格的奢华古董，每张椅子都套着不同图案的刺绣罩子，连在一起是一幅宴乐图。

本多正在看着房间里的陈设，身后传来了熟悉的香水味，他回头一看，果然是穿着双层茶绿色捻线绸茶会裙子的庆子站在那里。

"如何？很过时吧。"

"多么坦然而出色的日西融合啊。"

"我父亲的品位都是这样。不过您不觉得确实保存得很好吗？虽然被政府征用是没办法的事，不过我四处奔走，尽一切努力让这个家里不要住进莫名其妙的人，把房子糟蹋了。最后这里被当成了军队VIP客人的客房，才得以保持得这么干净。这个家的各个角落都有我儿时的记忆，幸好没有被俄亥俄州的乡巴佬们糟蹋了。我今天就是想让您看看。"

"客人们呢？"

[①] 日本著名的宗族画派，其画风是在15—19世纪之间发展起来，长达七代，历时两百余年。

"大家都在院子里。虽然天气炎热,但是凉风阵阵。您不出去吗?"

庆子只字未提月光公主。

打开房间一角的门,两人走上了通往院子的石板路。草坪上,藤椅和小桌子散落在大树的阴影中。云彩格外美丽,女人们五彩缤纷的礼服在绿色的草坪上大放异彩,帽子上的花朵在各处摇曳。

走近一看,客人几乎都是老太婆,而且只有本多一个男人。本多听着庆子介绍自己,感受到自己与周围的气氛很不搭调,本多每次见到伸向他的手都会犹豫。浅粉色的指头上满是皱纹和老年斑,这些手的堆积就像堆着巨大干果的船舱,在他心头蒙上一层阴影。

西方的老太婆们甚至不在意背后的拉链已经开了,晃着一副虎背熊腰发出尖锐的笑声,凹陷的眼窝中射出锐利的目光,来自不知看向何处的蓝色或褐色眼珠,发音时暗色的嘴大张,甚至能看到扁桃体。她们拼命加入对话中,看起来甚是无聊,桃红色的指甲一次抓起两三片又小又薄的三明治。然后有人突然转向本多,说自己离过三次婚,向他询问日本人是不是经常离婚。

那些为了避暑来到树下,在林间小道上散步的西方妇人穿着花哨的衣服,在枝叶间若隐若现。两三个人出现在树林入口,西方妇人从两边围住她们——来的正是月光公主。

本多心跳加快,几乎要摔倒在地。就是这个,就是这个,这种悸动太重要了!多亏这份悸动,人生不再是固体,而是成为液体甚至气体。就算只体会到这种感觉,本多都觉得值了。方糖在悸动的瞬间融入红茶,所有建筑变得诡异,所有桥梁变成了糖稀,人生变成了闪电、小罂粟花的摇摆以及窗帘颤动的同义词……极为利己主义的满足和宿醉般令人不快的羞耻相互交错,让本多一下子陷入恍惚之中。

对本多来说,第二重喜悦在于被两名高大的老妇人夹在中间的月光公主突然让他想起公主年幼时在邦派因游玩时被老女官们服侍的样子。她穿着肉粉色的无袖连衣裙,齐肩黑发带着黑曜石的光泽,突然沐浴在穿过树林的阳光中,散发着孩子气的可爱。

不知不觉中,庆子站在了本多身边,在他耳边说:"怎么样?我履行约定了吧?"

本多心中生出孩子气的感情,一味依靠庆子,害怕如果不依靠庆子就无法应付眼前的情景。月光公主带着微笑,一步步靠近这份难以理解的恐惧。本多必须在她走来之前压住这份恐惧,恐惧却随着公主的靠近逐渐加深。本多的舌头在说话前就打结了。

"您只要保持若无其事的样子就好,最好一句都不要提御殿场的事。"

庆子又在他耳边窃窃私语。

幸好月光公主的脚步被拦在了草坪中间,停下与其他妇人说话。她似乎还没有看到本多。月光公主就在不远处,她的美像一颗橙子一样挂在触手可得的时间枝头上,已经熟透,散发着诱人的醇香,水灵灵、沉甸甸地摇晃着。本多一一审视着她的胸脯、她的腿、她微笑时的白色牙齿。一切都是那炽烈的夏日阳光培育出来的,橙子内部一定是刺骨的冰冷。

一群人围着几张凳子,月光公主渐渐加入其中时,不知是真的没有注意到本多还是装作没有看到。庆子看着她态度暧昧的表情,用催促的口吻说："本多先生在这里。"

"啊呀。"

转向本多的脸上满面笑容，完全看不到丝毫僵硬。夏日阳光下，月光公主的面容完全苏醒，就连嘴唇都比平时更加舒展，眉毛的线条也更加流畅，褐色的面孔散发出琥珀般闪亮的光泽，大大的黑眼睛眼波流转。她的面容迎接着这个季节。夏天让她感到惬意，就像在宽敞的浴缸中舒展身体一样。她的肢体自然到了放肆的程度。一想到乳房和乳罩之间像温室一样闷热而潮湿，就能理解寄宿在最深处的盛夏。

月光公主伸出手，眼中却没有任何表情。本多有些颤抖地和她握了握手——她的指头上没有祖母绿宝石戒指。尽管他之前擅自下了赌注，但当他看到这双手时想到，他真心期望的是赌输，是遭到如此冰冷的拒绝。因为本多自己都感到惊讶，竟然连这番拒绝都如此令人愉快，完全没有扰乱他厚颜无耻地沉浸在美梦之中。

月光公主手上的红茶杯已经空了，于是本多伸手摸到了复古银色的茶壶把手，但银质把手的热度让他退缩了。他行动的前方似乎被不安定的雾气遮蔽，不仅仅是手会颤抖，他还在恐惧说不定会出现什么不得了的疏忽。侍者戴着白手套的手伸过来，消解了本多的担心。

"到了夏天，你好像很精神嘛。"

本多终于开口说话了，语气不知不觉变得礼貌起来。

"是的，因为我喜欢夏天。"

月光公主带着柔和的微笑，做出了教科书似的回答。

周围的老妇人来了兴致，要本多给她们翻译刚才的对话。桌上柠檬的香气与老人们刺鼻的狐臭和香水混在一起，让本多神经末端的毛都在痒，同时还要进行翻译。老妇人们毫无意义地笑着，她们从日语的"夏"中感到了一种毋庸置疑的暑热，推测这个词恐怕起源于热带。

本多的直觉接收到了月光公主的倦怠。他环视四周，庆子已经离开。月光公主的倦怠就像不会说话的动物在草丛中磨蹭着身子一样逐渐积累。直觉是她和本多的唯一纽带，月光公主轻盈地转身，一边微笑一边用英语应酬，但本多依然觉得她也许是在有意识地向自己传达这份倦怠。这种感觉从月光公主沉重的胸口传出，一直到那双敏捷的美丽双腿，肉体本身那种充满夏日气息的忧郁就像在播放一种音乐，像夏日天空中悄悄飞翔的羽虱，本多觉得仿佛听到了它们扇动翅膀时或高或低的声音不断在耳边响起。

但是这也许并非意味着月光公主厌倦了宴会。恰恰相反，也许萦绕在她身体上的倦怠气息就是月光公主在夏季复苏的真正姿态。果然，月光公主在其中自由游弋。她稍稍躲进树荫下，老妇人们纷纷围在她身边，手上举着红茶杯恭敬地称她为"Your Serene Highness"。月光公主活泼地说着话，突然脱下一只鞋，若无其事地用袜子下尖锐的指甲挠了挠另一条腿的小腿肚。她保持着红鹤般绝妙的平衡，手中的红茶杯保持绝对的水平，一滴都没有洒进托盘。

在这一瞬间，本多充满了自信，无论有没有被原谅，他都将笔直地滑入月光公主心中。

"刚才我看了一个小杂技。"

本多看准谈话的间隙插进一句日语。

"什么？"

月光公主抬起头，完全不知道他在说什么。她听到谜题后完全不会努力解谜，就像一口气浮出水面的泡沫一样立刻反问，没有比月光公主此时的嘴角更可爱的东西了。她完全不在意自己不理解的问题，所以本多也应该鼓起勇气。他刚才就从笔记本上撕下了一张纸，用铅笔写好了一封短信。

本多说："白天就可以，我想和你单独见见，只需要一个小时。今天可以吗？你到这里来……"

月光公主巧妙地避开其他人的目光，透过太阳看着小小的纸片。她那一瞬间避人耳目的样子让本多感到幸福。

"有空吗？"

"嗯。"

"能来吗？"

"能。"

随着一声无比明确的"能"，月光公主立刻浮现出一个包容一切的柔和微笑。她的想法很清楚。

爱憎与怨念将走向何方？热带云彩的阴霾和飞镖一样的骤雨消失在何处？本多明白了烦恼的无效，这比感受到突如其来的幸福的无效更让他印象深刻。

刚才离开的庆子带着两名客人穿过客厅来到庭院中，就像带本多来的时候一样。远远看着两位穿着黄绿色和深蓝色和服的美丽身姿，一个老妇人用鹦鹉般坚硬干燥的舌头发出啧啧的感叹声，这声音引得本多转过身。是桢子带着椿原夫人来了。

月光公主漆黑的头发突然被风吹起弧度，本多正看得入迷，因此两人的到来并不令人愉快。不过走到附近的两人首先向本多打了招呼，桢子打量着周围的老太婆们，冷冷地说：“今天，本多先生是唯一的男士，真幸福。”

当然，这两人依次被介绍给了西方的客人，说了些社交辞令，不过回到本多这里后还是想用日语交流。

云彩缓缓飘移，为桢子的白发蒙上一层阴影时，桢子说：“您看过前一阵，6月25日的游行吗？”

"没有，只在报纸上看到了。"

"我也只在报纸上看到。听说在新宿扔了不少火焰罐，警察局都被烧了，真是糟糕。照这个势头下去，过不了多久日本就要成为共产党的天下了吧。"

"我倒不这样认为。"

"不过现在都出现了自制手枪，形势每个月都在恶化啊。要不了多久，东京也许就会因为共产党和朝鲜人化为一片火海了。"

"要是真的变成那样，也是没办法的事吧。"

"就因为您这种心态才能长寿吧。不过，我看到最近的事态后总是会想，如果勋还活着会怎么样。所以我开始写'6月25日的系列作品'了。我想把和歌中不会出现的、最底层的东西写进和歌，所以一直在寻找绝对无法写成和歌的东西，现在终于让我撞到了。"

"您说撞到了，可您并没有亲自去看吧？"

"歌人啊，就是比你们看得更远。"

桢子很少以如此坦诚的态度谈论自己的和歌。不过这种坦诚的方法只是所谓的伏笔，桢子环视四周后，冲着本多的眼睛嫣然一笑。

"前一阵在御殿场,不是出了件让你手忙脚乱的事吗?"

"您是听谁说的?"

本多如今已经能平静地反问了。

"我听庆子说的。"

桢子也平静地说出了那个名字。

"……不过仔细一想,无论情况再怎么危急,月光公主在深更半夜跑进别人家,敲响两人的卧室大门,胆子也真够大的。杰克真是善良,能好心地把她迎进家门。他可真是个有教养的可爱美国人。"

本多感到疑惑,不知道是不是自己记错了。那天早上,庆子说的确实是"还好杰克不在,要是他在事情就要闹大了",而桢子的意思却是当时杰克也在。只能是传闻不实或者庆子在说谎。原来庆子也会撒这种没有意义的谎,这个发现让本多暗自生起小小的优越感,他为这个发现而欣喜,却并没有和桢子分享。他不想愚蠢地被卷入女人的八卦中,更何况桢子可是能在法官面前大言不惭说谎的人。虽然本多绝不撒谎,不过他的习惯是根据情况不同,会放任微不足道的真相从眼前流过,就像看着垃圾从面前的河水中流走一样。这可以说是他做法官时留下的小小恶习。

就在本多想要转移话题的时候,椿原夫人像是要寻求桢子的庇护一般靠了过来。

一段时间没见,椿原夫人变得面容枯槁,这让本多大吃一惊。她悲伤的表情中带着颓废,眼神迷离,尽管神经质地用橙色的口红涂满了嘴唇,依然给人一种难以言喻的奇异感觉。

桢子眼角含笑,突然将手指伸向弟子隆起的白皙下颚,抬起后展示给本多:"这位夫人真的让我很苦恼,不停地威胁我说她要去死。"

椿原夫人似乎想要一直被桢子如此对待似的抬起下巴,但桢子立刻移开了手指。夫人一边眺望着晚风渐起的草坪,一边用浑浊的声音无意识地说:"因为我没有才能,就算活再久也没什么意义吧。"

"如果没有才能的人都要去死,日本人不是要死光了嘛。"

桢子愉快地回答。

本多看着两人对话,感到毛骨悚然。

四 十 一

两天后,本多按照约好的时间来到了约好的地点,也就是在下午四点来到了东京会馆的大厅。如果月光公主来赴约,他打算带她去从夏天开始营业的屋顶餐厅。

大厅稀稀疏疏地排列着几张皮质扶手椅,坐在上面翻开合订报纸的话,正好可以掩饰自己是在等人。本多的内袋中放着三支好不容易得到的哈瓦那手卷雪茄。等他抽完的时候月光公主应该就来了吧。有一件事让他有些担心,从他在椅子上坐下后窗外的天空就阴了下来,如果一会儿雨水打湿了屋顶,他不就不能带月光公主去吃饭了吗?

就这样,五十八岁的富裕男子再次开始等待泰国少女。这个想法总算将本多从不安中拯救出来,回到了自己的日常生活中。现在的他就想停泊在港口,而他生来就不是一条船。"等待月光公主",他只是回到了自己唯一的存在形态。而且这几乎就是他的精神形态本身。

他腰缠万贯,上了年纪,已经不再理会单纯的男性快乐。这种人真是麻烦,他甚至可以平静地用自己的倦怠与地球交换,精神表面是谦虚的化身,喜欢嵌在受限的凹陷处。他对历史和时代的态度同样如此,对奇迹和革命也不例外。当他坐在盖上盖子的深渊上吸着雪茄,就像坐在西式马桶上一样，完全交给对方的意志决定，自己只是等待时，梦想才有了清晰的形状，才能模糊地窥见难以辨认的至上幸福。死就是以这种状态到达至上的幸福吗？既然如此，月光公主归根结底不就是死亡本身吗？

他手中的牌既有不安也有绝望。期待的时间犹如蓝色贝壳做成的螺钿工艺品，在黑漆底色上镶嵌着众多恐惧……

在与这里地板相连的、地窖一样的烧烤餐厅里传出摆放刀叉的声音，服务生们正在为晚餐做准备。本多的感情和理性就像依然握在服务员手中的镀银刀叉一样混作一团，没有任何计划（理性的邪恶倾向），放弃了意志。本多在人生尽头发现的快乐正是散漫地放弃人类意志，在放弃的过程中，年轻时曾令他无比烦恼的"参与历史的意志"也浮上天空，历史在某处悬着。

不存在历史的昏暗时间中，马戏团中荡秋千的少女在令人目眩的高度飞翔，肉色贴身内衣闪闪发光。那名少女只能是月光公主。

窗外天色昏暗。拖家带口的客人们就在本多耳边漫长地相互致意，听得人晕头转向。一对似乎订了婚的男女像疯子一样沉默不语。窗外能看到行道树在风中摇曳，但似乎还没有下雨。本多手中，合订报纸的木芯像格外长的小腿骨一样。他已经抽完了三根雪茄。月光公主没有来。

本多终于独自吃完了食不下咽的晚餐后来到留学生会馆。这个行为可不够谨慎。

他走进位于麻布一角的四层大楼，两三个皮肤黝黑、眼神锐利的年轻人穿着粗糙的半袖格子衬衫，在大厅看着东南亚印刷质量粗糙的杂志，本多向前台的人询问月光公主在哪里。

"她不在。"

事务员立刻明确地回答。本多对他过于迅速的回答感到不满。他又问了两三个问题，发现眼神锐利的年轻人们都在看他。他仿佛置身于热带地区狭窄的机场等候室，这里的夜晚天气闷热。

"能告诉我她的房间号吗？"

"按规定不能透露。本人同意后，可以在大厅见面。"

本多放弃了。他离开前台后，年轻人们一齐重新看向杂志，翘起的脚踝处，褐色踝骨像荆棘一样尖锐地突出。

前庭没有随意行走的人影。本多听见三楼一间明亮的房屋中传来吉他声，窗户因为闷热而开着。虽说是吉他，不过调子很像胡琴，而且隐隐能听到尖锐的歌声，就像枯黄的爬山虎一样缠在音乐中。听着缠绵的悲伤歌声，本多想起了那个难忘的夜晚，那是战争即将发生时的曼谷之夜。

他想偷偷潜入房间一间间查看，因为本多绝不相信月光公主不在这里。梅雨季节闷热的黄昏中，月光公主无处不在。月光公主的气息同样藏在似乎是留学生们打理的前庭花园中，夜色中发黄的唐菖蒲和混在淡紫色黑暗中的矢车菊散发着淡淡的香气，月光公主的气息就在其中。月光公主的粒子无处不在，也许会逐渐凝固成形。本多从蚊子扇动翅膀的微弱声音中同样预感到了这些。

三楼角落的房间窗户大多黑着，只有一间亮堂堂的，蕾丝窗幔优雅地晃动,本多紧紧盯着那里。窗幔中有一个人影正在俯视前庭。风吹乱了窗幔,人影出现在本多面前。那是只穿着一件清凉长衬裙的月光公主。本多不由自主地走近窗户下方,沐浴在室外的灯光中。这时,月光公主明显认出了本多,她脸上露出惊讶之色,立刻关上了房间的灯,并且关上了窗户。

本多靠在建筑的一角等待良久。时间逐渐滴落,太阳穴血气上涌,滴落的"时间"宛如鲜血。本多把脸靠在长在水泥上的薄薄一层青苔上,用青苔的凉意治愈衰老脸颊的热度。

不久后,三楼的窗户传来蛇吐出信子一样的摩擦声,是窗户微微打开了。一个柔软的白色物体落在本多脚边。

本多捡起后,打开团成一团的白纸。他手中是满满一握棉花,似乎被使劲捏紧了,打开纸的同时就像活物一样膨胀起来。本多拨弄着棉花,露出一枚金色亚斯加保护着的翡翠戒指。

他抬头望去,窗户再次紧紧关上,里面一片黑暗。

离开留学生会馆后,等本多回过神来,距离庆子家已经只剩不到两条街的距离。因为本多密会的时候不会用自家的车,所以他其实可以打一辆出租车,但是他决定让自己修修苦行,鞭策疼痛的脊背和腰部继续向前走。就算庆子不在,本多也要去敲一敲她家的门,否则无论如何都无法就这样回家。

他边走边想,如果自己还年轻,一定会边走边放声大哭吧。如果还年轻!但是年轻时的本多绝不会哭。他曾经是一名有为青年,觉得有流泪的时间,不如发动理智,这样对自己和别人都好。这是多么甜蜜的悲伤，多么感伤的绝望啊！本多只有在加上"如果还年轻"这个假设的过去时，才能感受到这份情绪。他彻底抹除了当下这份感情的可信性。如果自己的年龄还能任性！但是以本多的性格，无论现在还是过去都不允许自己任性，唯一的可能是梦见过去的一个不同的自己。如何不同？本多一开始就确定自己不可能变成清显和勋。

如果本多确实借着沉溺于"如果还年轻"想象力，保护自己不要遭遇一切与年龄不相符的感情，那么反过来说，不承认现在这份感情的羞耻心也许正是他青春年代强大自制力的遥远遗迹。无论如何，无论过去还是现在，本多都不可能边走边哭。无论在任何人眼中，这都只是一位穿着防水外套，带着柔软的博萨里诺①帽子的五十多岁绅士，一时兴起在晚上出门散步。

于是，令人不快的自我意识太习惯将一切感情用间接叙述法讲出，结果就是即便已经没有自我意识，本多依然能保持安全的状态，一切愚蠢和无耻的行为都不可能发生。如果一一回顾本多的行动轨迹，也许会误解他是个"感情用事的男人"。如今在雨夜中走向庆子家的行为正是一种愚蠢的行为。他一边走，一边想亲手伸进喉咙深处拉出心脏，就像将手指插进背心口袋中拉出怀表那样。

这种时刻本来是不可能的，但庆子竟然在家。

本多立刻被带到前几天看到的金碧辉煌的客厅。路易十五式样式的椅背直挺挺地立着，坐着不舒服，疲劳几乎让本多背过气去。

---

① 意大利老牌帽子制造商。

杉板门像以前一样半开着。枝形吊灯的光辉在夜晚的客厅充满威慑力,寂寞愈发醒目。尽管窗边能看到城市的灯火在庭院树丛的角落中闪耀,但本多已经没有站在那里看风景的力气了。还是忍受用汗水腐蚀身体般自甘堕落的暑气更好。

庆子的脚步声响起,她穿着夏日便裙走下大厅的大理石旋转楼梯,华丽的裙摆甚至需要用手提起。庆子走进客厅,反手关上了画着仙鹤的杉板门。她的黑发像暴风雨一样竖立着,头发脱离了束缚,向四面八方肆意膨胀延伸,脸上的妆容比平时淡,面孔看起来小巧而苍白,与往常不同。庆子穿过椅子,靠在画着金色云彩的壁龛上,隔着放干邑白兰地的小桌子与本多相对。她光脚穿着室内鞋,鞋上穿着铃铛一样的热带干果,红色脚趾甲就像散落在黑色便裙上的大朵朱槿花。尽管如此,以金色云彩为背景倒立着的蓬松黑发依然是毋庸置疑的阴郁。

"真对不起,我这副披头散发的样子。因为您突然光临,就连我的头发都惊慌失措了。我打算明天去打理的,所以刚刚才洗过头,真是太不凑巧了。这是你们男人无法理解的辛苦吧……不过,出什么事了?您脸色很差啊。"

本多简明扼要地说完了刚才发生的事情,连他自己都讨厌那副辩解的口吻。他改不了这个毛病,就连发生在自己身上的问题也要按照逻辑条理分明地说出来。他的语言只能用来为事情建立秩序,明明在来这里之前他只想发出不成语调的呼喊。

"啊呀,这是典型的'急招损'啊。我明明说了那么多次事情都交给我嘛……我可管不了了……不过月光公主真是太没礼貌了,这是南方的作风吗?不过我能理解您用这种方法去见她的原因。"

庆子给本多倒了一杯白兰地。

"那么,您希望我怎么做呢?"

庆子的语气中完全没有不耐烦,只有独特的倦怠的热情。

本多掏出戒指,随意套在小拇指上又摘下:"我想拜托您把这枚戒指还给月光公主,务必要让她收下。我觉得一旦这枚戒指与那姑娘的肉体分开,她和我的过去就永远断开了。"

见庆子什么都没有说,本多担心她生气了。庆子把白兰地酒杯举到眼睛的高度,出神地看着白兰地翻腾的余波沿着玻璃曲面勾勒出透明黏稠的云彩形状,然后逐渐落入杯中。凌乱的黑发阴影中,她的眼睛大得刺眼。本多觉得她的表情是极为自然的真挚,没有努力隐藏嘲笑,就像孩子直直盯着被踩死的蚂蚁。他催促般重新说了一遍:"我只求你这一件事,只有这一件事。"

本多在极度夸张这件小事上赌上了某种东西。他没有任何蠢事都不动摇的伦理倾向,本多的快乐究竟在哪里呢?他在这个如同垃圾箱一样的世界中捡到了月光公主,正在为一名连一根手指都没碰到过的少女而烦恼。他不断提高这份愚蠢,寻求自己的性欲与星辰运行的交点。

"那种姑娘,不如不要理她了。"庆子终于开口,"前一阵我听到传言,有人看见月光公主在美松的舞厅靠在一个品行不端的学生肩膀上跳贴面舞呢。"

"不理她?那肯定不行。不理她不就是允许她成熟了吗?"

"您有权利不允许她成熟吗?如果是的话,您为什么会因为那姑娘是处女而为难呢?"

"我本想让她一下子成熟,成为别人的女人,结果失败了。都是托你那个蠢外甥的福。"

"克己真的是蠢。"

庆子忍不住笑了出来,然后对着枝形吊灯的灯光观察放在杯子另一边的指甲。长而尖的指甲上涂了红色指甲油,透过雕花玻璃从内部看过去,仿佛小小的神秘日出。

"太阳升起来了,你看。"

庆子陶醉其中,甚至忍不住向本多展示。

"真是残酷的日出。"

本多心不在焉地嘟囔着,殷切地希望不成体统和不合乎常理的雾气笼罩这间过于明亮的房间,让人伸手不见五指。

"说到刚才的事,如果我果断拒绝的话您要怎么样?"

"我的老年生活将是一片黑暗。"

"您可真夸张。"

庆子把玻璃杯被放在桌上重新思考,嘴里嘟囔着"我为什么总是要帮助别人呢"。过了一会儿,她说:"人们心底最深处的问题永远是孩子气的。只要人们想,甚至会去寻找一张印刷错误的邮票,或者去非洲探险。"

"我觉得我爱上月光公主了。"

"啊呀。"

庆子放声大笑,眼神似乎在说"您总是说谎"。

"我知道了。现在的您需要做一件让人浑身颤抖的事情吧。比如,"庆子轻轻提起便裙的裙摆,"试试亲吻我的脚趾甲如何?仔细观赏完全不爱的女人的脚趾甲,一定能让您心情舒畅。不过我脚上的静脉是公认的美丽,您不用担心,我洗完澡后都会仔细修脚,不会对您身体有害的。"

"如果这是您接受我所托之事的条件,我会立刻当场照做。"

"那就请吧。在您自尊心的历史上,做一次这样的事也不错,更能衬托出优秀的历史对吧。"

庆子明显被教育者的热情所驱使。她站在亮堂堂的枝形吊灯正下方,双手不耐烦地拨过大量乱发,于是大象耳朵一样的头发在两边随风飘扬。

本多想要微笑,却笑不出来。他环视四周后缓缓弯下了腰。疼痛突然聚集在腰部,于是他蹲下身子,一下子趴在了地毯上。

从这个角度看庆子的拖鞋就像一个尊贵的祭祀道具。那双脚用力踩在地上,褐色、茶色、紫色和白色的干果在五片鲜红的指甲上倾泻而下,庄严地保护着青筋暴露、神经质的脚背。本多的嘴正打算凑近,穿着拖鞋的脚狡猾地向后退去。如果不分开绣着朱槿花图案的裙摆把头伸进去就无法亲到脚背。本多分开便裙,里面笼罩着淡淡的香气和温度。突然,本多进入了从没见过的另一个国度。他亲吻脚背后抬起目光,光线全部透过木槿花变成暗红色,两条白皙美丽的柱子笔直站立,能看到模糊的静脉纹路,一轮小小的漆黑色太阳悬挂在遥远的天空中,散发着黑色的光芒。

本多退开身子,好不容易站了起来。

"好,我亲到了。"

"那我就遵守约定吧。"

庆子接过戒指,露出像老年人一样沉着的微笑。

四十二

"你在干什么？"

家里，梨枝催促迟迟不来吃早饭的丈夫。

"我在看富士山。"

本多在阳台上回答，但他并没有冲着房间里说话，眼睛依然看着庭院最西边的凉亭前方的富士山。

夏天的早上六点，富士山醉成了葡萄酒的颜色，轮廓模糊，八成的高度上有一抹雪斑，像节日时孩子鼻梁上涂的白粉。

吃过早饭，本多又穿着短裤和网球衫来到早晨灿烂的阳光下，躺在水池旁边，随意用手捧起池中满满的清水。

"你在干什么？"

吃完早饭后正在收拾的梨枝又问。这次本多没有回答。

梨枝穿过窗户，直直盯着五十八岁的丈夫疯狂的样子。首先她就看不上那副打扮。既然身为法律工作者，就不该穿短裤。短裤下面伸出衰老、没有弹力的白腿。那件衬衫也让梨枝讨厌。明明肉体不再年轻结实，完全没有充实感，非要穿网球衫的结果就是衣服的袖口和背后都空落落地垂下去，就像里面套着的是海藻。梨枝望着他时反而生出了兴趣，想看看丈夫要将不符合身份的行为做到什么程度。这是一种充分触及感觉逆鳞的快感。

本多感到背后的梨枝已经放弃提问，走进了室内深处，便毫无顾忌地沉浸在早晨水池中倒映的美景中。

柏树林中传来蝉鸣，本多睁开眼睛。八点，刚才尽显醉态的富士山如今已经完全变成了紫色，黄绿色的山脚下隐隐约约浮现出稀疏的森林和村庄。看着眼前深蓝色的夏季富士山，本多发现了只属于自己的小把戏，这就是在盛夏观赏隆冬富士山的秘诀。长久凝视深蓝色的富士山之后，猛地看向旁边的湛蓝天空，眼中出现一片纯白的残像，在这一瞬间，纯白无瑕的富士山浮现在蓝天之中。

自从不知何时掌握了创造幻象的方法之后，本多开始相信世界上有两座富士山。在夏季的富士山旁总有一座冬天的富士山。在现象旁边总有纯白的本质。

将视线转向水池中，箱根的投影占据了绝大部分水面。绿树成荫的山峦中，夏季天气闷热。小鸟飞过水面之上，衰老的黄莺来到喂食处。

对了，本多昨天在凉亭旁边杀死一条蛇。为了防止两尺长的条纹蛇吓到今天的客人，他用石头敲在蛇头上打死了它。这场小小的杀戮让本多昨天一整天感到充实。那条蛇油光发亮的身体在临死前不断挣扎，残像在他心中形成了蓝黑色的钢铁弹簧。自己也能杀死些什么的感觉滋养出阴郁的活力。

然后是水池。本多再次伸出手搅动水面，夏日的云彩变成了毛玻璃的碎片。水池六天前就建好了，不过还没有一个人在里面游过泳。

本多和梨枝都是三天前来到这里的，两人都以水太冷为借口没有下水游泳。

这个水池只是为了看到月光公主的裸体而建，其他目的完全不重要。

远处传来了钉钉子的声音，旁边庆子的房子正在改造。因为东京的宅邸已经不再被征用，所以庆子很久才会来御殿场一次，和杰克的关系逐渐冷淡，同时她对本多的新家产生了竞争心理，开始了一场近乎重建的大改造。庆子说今年夏天应该住不进来了，于是打算去轻井泽避暑。

水池旁的本多站起来，为躲避逐渐增强的阳光，勉强撑起桌子上方的遮阳伞，坐在阳光照不到的椅子上重新望向水面。

早晨喝的那杯咖啡让他的后脑保持着麻痹般的清醒。宽九米、长二十五米的水池底部的白线在蓝色油漆中摇曳，让他想起很久以前的青年时期，运动竞技中不可或缺的白色石灰线和薄荷味的消炎镇痛软膏。干净的白线横平竖直地从一切物体上穿过。有什么事情即将开始，有什么事情即将结束。但这些都是虚假的回忆，本多的青春与运动场之类的地方彻底无缘。

白线更会让他想起夜晚时车道中央的线，他突然想起总是在夜晚拄着拐杖走在公园中的小个子老人。有一次，他在刺眼的汽车前灯掠过人行道时见到了那个老人。老人挺起胸膛，手上拄着象牙把手的拐杖，拄在手上的拐杖擦过地面，所以老人弯曲的胳膊肘不自然地撑起，走路的姿势愈发僵硬。人行道的一侧是五月散发着芬芳的森林。矮小的老人很有退役军人的气质，里兜里仿佛还小心翼翼地藏着如今已经成为废物的勋章。

第二次,两人在昏暗的森林中相遇,本多近距离看到了拐杖的作用。

一对男女在森林中谈心时,通常是男性采取拥抱的姿势,将女性的背部压在树上,很少能见到相反的情况。年轻男女在树荫下站立着逐渐靠近,矮小的老人贴在树干另一边。本多的位置正好距离老人不远,黑暗中,拐杖的U形象牙把手十分缓慢地从女人背后伸出。本多聚精会神地看着浮现在黑暗中的白色物体,当他看清那是象牙把手时,立刻明白了主人是谁。女人用双手环住男人的脖子,男人的双手环在女人背后。男人脑后的头发上涂着发油,在远处汽车前灯的光亮中散发着光芒。拐杖的白色象牙把手在黑暗中沉寂了好一会儿,U字形把手终于像下定了决心一样勾住女人的裙摆。一旦勾住,拐杖立刻以十分熟练的速度一口气把裙子撩到腰部。女人的白皙大腿一览无余,但是老人没有犯下错误,没有让冰冷的象牙接触到女人的皮肤而被发现。

女人小声说着"不要,不要",最后甚至说了"太冷",但是陶醉的男人并没有回答,女人毕竟是女人,还以为男人是因为全神贯注地抱着她才没有发现她的裙子已经被撩起。

每当想到这种极为讽刺的有趣亵渎,想到这种极具奉献精神的无私协助,本多嘴边都会泛起微笑。但是一想到白天在松屋PX门口跟他搭话的男人,这一抹微笑中就混入了些许幽默或令人浑身发冷的不安。自认为真诚的快乐只会招致一部分人的厌恶,而自己不得不终日承受这份厌恶。不仅仅如此,厌恶本身就是快乐不可或缺的要素,还有比这更没道理的事情吗？

令人汗毛直竖的自我厌恶与最甜美的诱惑融为一体，否定自身存在本身与绝对无法治愈的不死观念相互统一。存在的不可治愈才是不死感觉的唯一实质。

他再次走到水池旁边，弯腰捧起摇晃的池水，仿佛抓住了他人生即将终结前得到的财富。感受着照射在低伏的脖子上的夏日阳光，他仿佛承受着恶意和嘲笑的密集箭雨，来自他一生中重复了五十八次的夏季。他的人生并非十分不幸，理性的船桨巧妙避开了所有带来破灭的暗礁，要说没有幸福的瞬间也只是夸张。尽管如此，这次航行依然格外无聊，夸张地说，自己的人生一片黑暗反而更真实。

宣称自己的人生一片黑暗，显得他对人生还抱有某种深切的友情。与你交往没有任何结果，没有任何欢喜，你无法令我快乐，却执拗地强迫我与你交友，生活就是不讲道理的强制冒险。生活令人节约陶醉，让拥有过量，变正义为纸屑，将理智与家财工具等价交换，把美丽塞进羞于见人的样貌中。人生流放了正统性，将异端关进医院，为了让人性陷入愚昧大肆运作。它就是堆在脓盆上沾满鲜血和脓水的脏绷带。也就是说，生活就是每天更换心灵绷带，患上不治之症的病人无论老少，每当此时都会发出同样痛苦的叫喊声。

本多觉得这片山地里明亮的青空之上，隐藏着护士巨大柔软的壮丽白手，负责执行粗暴的义务，每天进行徒然的治疗。这双手温柔地触碰他，再次催他活下去。少女峰上空的白云干净得伪善，就像洁白刺眼的新绷带散乱在空中。

从别人的角度来看呢？本多清楚自己站在足够客观的立场上。从别人的角度来看，本多是腰缠万贯的律师，可以享受悠闲的余生，这是对他长时间作为法官和律师，从不徇私，始终秉持正义的回报，因此人人都只会羡慕而不会指责。这是市民社会偶然对市民的忍耐做出的回报之一，往往为时已晚。事到如今，就算本多的小小恶行意外暴露，一定也只会被人们当成人人都难以避免的、无关罪恶的坏毛病微笑着原谅。总而言之，在世人眼中他已经拥有一切，除了孩子。

夫妇俩也曾商量过要不要收一个养子，也有人向他们提过这样的建议。自从本多发了财，梨枝渐渐不想再提及此事，本多也没了兴致，因为那些为了钱登门的人让他们害怕。

家里传来说话声。

本多竖起耳朵，以为一大早就有客人，结果是梨枝在和司机松户说话。不一会儿，两人来到阳台，梨枝一边望着起伏的草坪一边对司机说："抱歉，那边坑坑洼洼的。通向凉亭的斜坡明明是观赏富士山时最先看到的地方，剪成那样真是丢人。殿下也要来看呢。"

"是，要重新修剪吗？"

"拜托你了。"

比本多年长一岁的老司机走到阳台外面放着园艺工具的小储藏室取割草机。本多并不是很喜欢松户，只是看上了他在战时、战后始终担任政府机关的司机的履历而已。

慢条斯理的举止，有些高傲的语气，这个将安全驾驶的意识渗入到日常生活中的男人情绪毫无起伏，让本多烦躁。他觉得人生与开车一样，只要坚持慎重就能成功，这谁受得了？本多看着松户，认为他一定相信主人与自己是同一种人，这让本多觉得自己始终在被冒昧地画成漫画。

"还有时间，在这里休息一会儿吧。"本多对梨枝说。

"嗯，但是厨师和服务生就快来了吧。"

"反正他们一定会迟到。"

梨枝表现出倦怠的犹豫，就像水中松开的线一样，不一会儿就回到屋里去拿了一个靠垫回来。她担心患有肾病的身体受凉，把靠垫放在铁椅子上。

"又是厨师又是服务生，我真讨厌外人在家里胡来。"

梨枝边说边坐在了本多身边的椅子上。

"如果我是欣欣女士那样喜欢浮夸生活的女人，该多喜欢这样的生活啊。"

"你说的都是过去的事了。"

欣欣女士是大政时代日本第一律师的夫人，艺伎出身，以美貌和奢侈著称，骑马一定要骑白马，就算参加葬礼也要穿上一身虚有其表的丧服引人注目，在丈夫死后，因为厌恶没法实现奢侈的生活而自杀。

"欣欣女士喜欢蛇，她的手提包里不是总会装着活着的小蛇吗？啊，我忘了。你说昨天杀死了一条蛇吧。如果殿下在这里的时候有蛇出现就麻烦了。松户，如果看见蛇一定要杀死啊，不过千万别让我看到。"

梨枝冲带着割草机离开的松户喊。

本多看着妻子咽喉处的衰老痕迹被水面无情地反射出来，突然想起了战争中在涉谷的遗迹中见到的蓼科，然后想起了蓼科送给他的《孔雀明王经》。

"要是被蛇咬了，只要念这句咒语就好——摩谕罗吉帝莎诃。"

"是吗？"

梨枝完全没有表示出兴趣，重新坐在了椅子上。割草机的引擎声突然响起，给了两人沉默的自由。

本多知道因循守旧的妻子一定会因为殿下的光临而开心，但他没想到妻子知道月光公主会来后依然保持着平静。而梨枝则希望看到月光公主在现实中站在丈夫身边的情景能解除她长久以来的烦恼。

当丈夫若无其事地说"明天水池开张，庆子会带着月光公主来留宿吧"时，梨枝感到了一股火辣辣的欣喜。因为嫉妒与不确定关联太深，梨枝宛如在看到闪电后等待雷鸣一样，每一瞬间，不安都会被稀释。就像等不及要见到恐惧的事情，已经无需等待则让她心情愉快。

梨枝的心情就像以侵蚀自己的速度缓慢迂回流淌的河流，来到河口后，尽情将泥沙扔进广阔的荒芜平原，终于来到了陌生的大海面前。以此为界，自己也许不再是淡水，将达成变身为苦涩海水的成就。某种感情的分量增加到极限，自行改变了性质，几乎要毁灭自身的烦恼积累突然变成了生存的力量，变成分外苦涩、分外残酷，但瞬间扩展视野的蓝色力量，即大海。

本多没有发现妻子正在逐渐变成苦涩而难以对付的陌生女人。用闷闷不乐和沉默不语的探索折磨他的梨枝其实仅仅是蜕变前的蛹。

在这个晴朗的早晨，梨枝觉得就连久病的肾脏都变得格外轻松。

远处的割草机传来慵懒的轰鸣声，让沉默地坐着的夫妇耳垂颤抖。这份沉默与没有必要交流的默契夫妇形成的如画状态相去甚远。虽然多少有些夸张，但本多认为这是相互依靠的神经束渐渐倒向地面，两人在沉默中勉强达成共识，让神经束落地时不会发出巨大的金属声。如果本多犯下了不可饶恕的罪恶，至少可以感觉到自己比妻子飞在更高处吧。但无论是妻子的烦恼还是自己的欢喜都保持在完全一致的高度，这个认识伤害了本多的自尊。

二楼客房的窗户倒映在水面上，为了通风一直打开的窗户里，白色蕾丝窗幔随风飘扬。今晚，月光公主就要住在这扇窗户中，过去，她曾经在深夜从那里翻上屋顶，然后轻盈地落地。那是只有长了翅膀的人才能做到的事。也许月光公主在本多看不到的地方真的会飞吧。谁能保证在本多看不到的时候，月光公主不会解开存在的束缚，跨坐在孔雀上穿越时空千变万化呢？很明显，正是这些没有切实证据、不可能证明的东西迷住了本多。想到这里，本多觉得自己的恋情具有玄妙的性质。

阳光的渔网洒在水面上。妻子那双宫廷人偶一样的浮肿小手一半藏在遮阳伞的阴影中搭在桌边，一言不发。

于是本多得以自由地沉浸在思念中。

……可是，现实中的月光公主仅仅是本多眼中的月光公主。她有着美丽的黑发，总是带着微笑，与人约定时总是模棱两可，做事却十分果断，是不知将感情置于何处的神秘少女。但是本多眼中看到的明显不是月光公主的全部，本多恋慕着看不见的月光公主，对他来说，爱情与未知相连，当然，认知与已知有关。如果认知逐渐深入就会侵略未知，已知的部分逐渐增加并不能看作爱情的实现。因为本多的爱情要尽量将月光公主推向认知的利爪无法触及的远方。

从年轻时开始，本多认知的猎犬就十分敏锐。因此可以说他所知所见的月光公主基本符合本多的认知能力。让月光公主存在于这个范围之内的正是本多的认知能力。

因此，本多想要见到月光公主不为人知的裸体的欲望成为脚踩认知与爱情这组矛盾的、不可能实现的欲望。因为看见这个动作已经进入了认知的领域，就算月光公主没有发现，当他通过书架深处的小孔窥视月光公主时，从那一瞬间开始，月光公主就会住进本多的认知构建的世界中。月光公主的世界在他看到的瞬间就会被污染，绝不会呈现出本多真正想要看到的东西，爱情不会实现。如果他看到了，那么爱情将再次成为永远无法到达的不可能。

本多明明想看到飞翔的月光公主，但他眼中的月光公主并不会飞。因为只要月光公主停留在本多所认知的世界造物范围内，她就无法违背这个世界的物理法则。也许（除非在梦境中）月光公主光着身子乘坐孔雀飞翔的世界距离本多只有一步之遥，也许是本多的认知本身成为云雾，成为瑕疵，一个极其细微的齿轮发生故障，正因为如此，那个世界才没能启动。那么如果修复了故障，换掉齿轮会怎么样呢？本多将被从与月光公主共享的世界中除去，也就是说，本多只能去死。

事到如今可以清楚得知，本多的欲望所期待的最终目标，他真正、真正、真正想看的东西只能存在于没有他的世界中。为了看到他真正想看的东西，他必须去死。

当窥视者意识到自己只能凭借抹杀窥视行为的根源来接触光明时，他的死期就到了。

可以说，本多有生以来第一次重视窥视者自杀一事的意义。

如果要冲向爱情、否定认知，永远逃离认知，将月光公主带到认知绝对不会触及的领域，那么认知做出的反抗只会是自杀。也就是说，本多可以将月光公主和这个被认知所污染的世界共同遗弃后离开。而他能够无比肯定地预测到，光辉灿烂的月光公主只会出现在他离开的一瞬间。

因为现在的世界是本多的认知所构建的世界，所以他与月光公主共同住在这里。根据唯识论，这个世界是本多的阿赖耶识创造的世界。但是本多至今依然无法完全臣服于唯识论的原因在于他执着于自己的认知，不愿意将自身认知的根源与永恒存在、每一瞬间都毫无留恋地废弃并更新世界的阿赖耶识看作同一种事物。

当然，本多心中玩笑般地想过死，他沉醉于死亡的甜美中，在认知怂恿他自杀的瞬间，他梦想着在那一瞬间见到自己梦寐以求的、月光公主不为人所知的、闪烁着琥珀光辉的纯洁裸体，那具身体像灿烂的月出般出现在他眼前，让他感受到极致幸福。

孔雀成就不就是这个意思吗？根据孔雀明王画像仪轨，在表现其本誓的"三昧耶形"中，在孔雀尾巴上面看到半月，又在半月上面看到满月，如同半月变成满月那样，表现了"修法成就"。

本多所期望的也许正是孔雀成就。如果现世的爱情全部会以半月终结，那么谁不想看到孔雀尾巴上升起的满月呢？

割草机的声音停下了,远处传来呼喊声:"这样就可以了吧?"

夫妇俩像两只无聊地停在栖木上的鹦鹉,笨拙地转向声音传来的方向。松户穿着卡其色工作服站在那里,背后是已经被云彩盖住一半的富士山。

"嗯,差不多了。"梨枝低声说。

"是啊,他年纪大了,不能勉强他。"本多应着。

本多双手比了一个圈,松户明白了他的意思。在松户慢条斯理地拖着割草机回来时,从靠近箱根的门附近传来轰鸣,一辆旅行轿车开了进来。这辆车是从东京来的,上面载着厨师和三名服务生,还有众多食材。

四十三

尽管本多是二之冈山庄上的最新住户,但他至今为止还没有邀请过别墅区的老住户们。御殿场周围有很多招待美军的酒吧、街头娼妓和拉皮条的,还有带着军队毛毯在演习场徘徊的夜鹰①。原先住在别墅里的人担心这里伤风败俗而离开,今年夏天,这些人零零星星地回来了,于是本多借着水池修好的机会第一次邀请了这些邻居。

资历最老的居民是香织官殿下夫妇和真柴银行老板真柴勘右卫门的老遗孀。老遗孀说要带着三个孙辈一起来。另外还有其他几位别墅的客人,除了庆子和月光公主,今西和椿原夫人也会从东京过来,桢子回信说自己在国外旅行无法参加。原本椿原夫人应该跟着她一起去的,不过桢子却选择了另一位弟子同行。

梨枝对家里佣人的态度极为冷酷,而面对外来的帮手,无论是厨师还是服务生,她永远带着慈祥的微笑,本多感到有些奇怪。梨枝不仅言语客气,还无微不至地关心他们,仿佛想要向他人和自己证明自己是被这个世界充分爱着的人。

---

① 指夜晚在街头拉客的娼妓。

"夫人，庭院的凉亭那边要怎么办？需要准备饮料吗？"

已经换上一身白衣的侍者说。

"请准备着吧。"

"只是如果加上那边的话，我们三个人有些忙不过来，能不能让客人自助，把冰块放在保温瓶里事先放好呢？"

"是啊，会跑到那么远的地方的大多都是情侣，不要去打扰他们反而更好。不过可不要忘了在天黑之后点上蚊香啊。"

本多听着妻子的口吻，打从心底感到惊讶。她捏着嗓子，言辞轻飘。梨枝多年来最讨厌的浮华讽刺一般地渗入了她的声音和言辞中。

穿着白衣的侍者们动作麻利，房间的空气中仿佛突然拉出了很多条直线。他们穿着浆洗过的白色夹克，动作充满活力，勤勤恳恳，外表谦恭。他们职业化的礼貌让家里仿佛变成了属于别人的清爽世界。私人物品全部被扫地出门，商量、询问、指挥命令像叠成蝴蝶形状的白色纸巾一样在空中飞来飞去。

水池旁准备了简易自助餐，让客人可以穿着泳装吃午餐，到处都贴着一楼客人更衣室所在地的指示牌。眼看着周围的样子不断变化，本多珍藏的落地式收音机上盖着白色桌布，成为室外吧台。尽管都是自己的指示，不过一旦开始行动，总觉得是有些暴力的变化。

逐渐增强的阳光从四面八方将本多逼入绝境，他目瞪口呆地看着眼前的变化。这是谁计划的行为？为了什么？浪费大把金钱，邀请出色的客人，扮演满足的小资角色，炫耀完成的水池。实际上，本多家的水池无论战前还是战后，都是二之冈地区建成的第一个私人水池。而且世界上有太多宽宏大量的人会由于受到邀请而原谅别人的富有。

"亲爱的,来穿上这个。"

梨枝拿来了深棕色的夏季毛料裤子和衬衫,还有茶色的小波点蝴蝶结,都放在伞下的桌子上。

"要在这里换衣服吗?"

"有什么不好,这里只有服务生啊,而且他们正在吃早午餐。"

本多拿起两边呈葫芦形的领结,拎着领结的一角,开玩笑一样垂在水池的光泽中。他想起了简易法庭的"简略命令"手续。"告知简略手续和被告的异议"……而且除了一个终极的核,除了那个光辉灿烂的非分之想之外,本多自己才是最憎恨正在一分一秒接近的宴会的人。

真柴老遗孀带着三个孙辈最早到达。这三个孙辈中的老大是依然单身的姐姐,还有两个极平常的、戴着眼镜斯斯文文的弟弟,分别上大学四年级和大学二年级。三个人立刻去更衣室换好泳装,祖母穿着和服坐在伞下。

"我丈夫还在的时候,战后每次选举都要和我吵架,我只是为了刁难他,才每次都投共产党。我当时喜欢德田球一①。"

老遗孀说话时神经质地又是整理领子又是拉袖口,动作像缩着身子磨蹭翅膀的蝗虫。尽管别人评价她为人潇洒有趣,不过她那双藏在紫色镜片后的目光警惕,就像在提防家族里的人觊觎她的财产。在她面前,看到那冰冷的目光后,谁都会觉得自己变成了她的亲戚。

---

① 日本共产党创始人和领导人之一。

换好泳装出来的三个孙辈身材圆润没有棱角，是典型的良家子女。他们一个接一个跳进水中，悠闲地游了起来。第一个侵犯这片池水的人不是月光公主，没有比这件事更让本多遗憾的了。

不一会儿，梨枝带着已经在房间里换好泳装的香织宫夫妇出来了。本多为没注意到两人的到来未出门迎接而道歉，同时训斥了梨枝，殿下只是随意挥了挥手说着没事，然后就跳进了水里。老孀嬬看着他们的交流，仿佛在看着俗气的东西。然后，她远远冲着游了一圈后坐在水池边上的香织宫声音尖锐地说："殿下真是活力四射啊。如果是在十年前，您就可以报名参加游泳比赛了。"

"我可能现在都赢不了真柴夫人啊。您看，我才游了五十米就喘不上气了。不过能在御殿场游泳真好，就是水有些凉了。"

香织宫仿佛要拂去虚饰一样拂去了身上的水，在水泥地上洒下点点黑色的痕迹。

香织宫无论做什么都是一副战后人的气质，过于淡泊而不在意形式，因此有时会被别人当成冷淡的人，而他本人并没有发觉。因为他带着特权式的自信，认为自己比任何人都更有资格厌恶传统。虽然在当今社会，重视传统的人没什么不好，但他所说的"那个人太没有进步思想了"要是放在过去，几乎和"那个人出身太卑贱"没什么区别。所有进步主义者都被香织宫评价为和自己一样"在传统的桎梏中挣扎"的人。结果就是，反过来说，香织宫距离把自己当成天生的普通民众只有一步之遥了。

香织宫下水前摘下了眼镜，本多第一次见到他不戴眼镜的面容。眼镜是香织宫与世间十分重要的桥梁。当这座桥切断时，也许是因为光芒太刺眼，香织宫脸上出现了一种茫然的悲哀，就像找不到遥远的尊贵和现在的身份之间的交点。

与他相比，身材有些肥胖的妃殿下反而展现出悠然自得的气质。妃殿下躺在水上，举起一只手冲着本多微笑，那副姿态在箱根群山的背景中仿佛是一只愉快的、纯洁无瑕的美丽水鸟。让人不得不感到，妃殿下是少有的懂得幸福的人。

真柴家的孙辈上岸后围在祖母身边，礼貌地与两位殿下寒暄，他们让本多有些焦躁。这些年轻人的话题一直在围着美国转，长女在说自己留学时去的高级私塾，弟弟们在说从日本大学毕业后要去的美国大学。什么事都要提到美国。他们说着电视已经在那边普及，日本要是也能普及该多好，但是按照现在的状态，日本至少还要十年才能享受到看电视的乐趣之类的话。

不想谈论未来的老遗孀立刻打断了他们的话题。

"你们肯定想着反正只有我看不到，在心里嘲笑我吧。好啊，我每天晚上都会变成幽灵出现在你们看的电视节目里。"

祖母果断在年轻人的对话中掌握了主动权，年轻人们沉默地做出倾听的姿势，这种异样的情景让本多觉得这几个孙辈是三只聪明的兔子。

他逐渐熟悉了迎客的方法，客人们不断穿着泳装出现在阳台入口。今西和椿原夫人还穿着外衣，被两对住在别墅区的夫妇围着，他们在水池对面伸手冲本多打招呼。今西穿着不适合他的大花夏威夷衬衫，椿原夫人依然穿着平时那种丧服一样的黑色罗纱和服，在闪亮的水池边就像一颗不祥的黑水晶。本多立刻明白了这种打扮的效果。今西一定是为了嘲笑想要永远扮演悲伤、单纯而不自量力的夫人，才故意穿了一身花哨的夏威夷衬衫。

两人走在穿着泳衣嬉闹的客人们身后，在水池边投下黑色和黄色的影子，悠闲地沿着水池边走到本多身边。

两位殿下也很熟悉今西和椿原夫人。特别是香织宫，战后，他经常出席所谓文化人的聚会，和今西很谈得来。

"有趣的人来了。"

香织宫对身边的本多说。

"我最近一直失眠。"

今西刚一坐下就扔出一包皱皱巴巴的外国烟盒，然后取出一盒新的，撕开口敲了敲盒底，熟练地叼起一支，随口说了一句。

"啊，有什么烦恼吗？"

香织宫把吃完的小吃盘子放回桌子上说。

"没什么烦恼，只是一到晚上就总想和别人说说话，说着说着就到早上了。在黎明前，我们两个会带着一起服毒自尽的心情郑重地喝下安眠药睡去。睁开眼睛，又是个什么都没发生的普通清晨。"

"每天晚上，有那么多话要说吗？你们都说些什么？"

"今天晚上都觉得是最后一次了，可是想说的话要多少有多少。我们会说世界上的一切事情。自己做过的事，别人做过的事，世界经历过的事，人类此前做过的事，或者被抛弃的一片大陆在上千年里始终在梦中沉睡的事，说什么都可以，话题太多了。因为世界将在今夜结束嘛。"

香织宫打从心底生出了兴趣，继续问他。

"但是你第二天还活着啊,还要说什么呢?应该已经没有可说的了吧?"

"没什么,反复说一样的话不就行了吗?"

香织宫惊讶于他瞧不起人一样的回答,没有再说话。

本多在一旁听着,不知道今西这番话中有多少认真的成分。他想起今西那个古怪的故事,便问他:"对了,之前你提到的'石榴国'现在怎么样了?"

"啊,你说那个啊。"今西冷冷地看着他。他的脸色最近愈发颓败,配上夏威夷衬衫和美国烟草,本多觉得他就是某种类型的美军翻译。"那个'石榴国'已经灭亡了,没有了。"

这是今西一贯的做法。这种说法本身没什么值得惊讶的。如果曾经被称为"石榴国"的"性的千年王国"在今西的幻想中已经灭亡,那么在憎恨今西幻想的本多心里同样已经灭亡。"石榴国"已经彻底消失,而且杀掉那个幻想的人是今西,可以想象那一夜的惨状,今西是如何沉醉于观念上的鲜血,亲手毁灭了自己构筑的王国。他用语言构筑,用语言毁灭。尽管那个国家从来没有成为现实,但毕竟曾经出现在某处,然后被残酷地肆意破坏了。今西伸出舌头舔了舔嘴唇。看着那条被药物浸染的红褐色舌头,本多脑海中清晰地浮现出观念上尸横遍野、血流成河的景象。

与这个虚弱苍白的男人的欲望相比,本多的欲望稳重谦恭得多,不过在不可能实现这一点上是相同的。今西完全没有表现出伤感的样子,听到他用独特的、装出来的无动于衷说着"'石榴国'已经灭亡了",那份轻率不知不觉渗入了本多心里。

妨碍这份感情的是椿原夫人的声音。她马上凑到本多耳边，刻意压低的声音事先解释她接下来要说的事情并不重要。

"有件事我只告诉本多先生，桢子小姐不是去欧洲了吗？"

"嗯，我知道。"

"不，我要说的不是这件事。她只有这次没有邀请我，而是带上了另一个一看就令人讨厌、粗鲁又没才能的弟子，不过我并不想评价那个人。总之，关于这次旅行，桢子小姐完全没有对我说过。你能想象吗？我一直送她到机场，但心里堵得厉害，什么话都没说。"

"为什么？她和你不是亲密无间吗？"

"何止亲密无间，桢子小姐就是我的神明。我被神明抛弃了。说来话长，桢子小姐那个做歌人的父亲是军人，在他战后生活窘迫的那段时间里，是我最先伸出援手。我所有事情都听桢子小姐的，对她没有任何隐瞒，一直是按照她的指示生活的，也一直在做和歌。我在战争中失去了儿子，正是与桢子小姐一条心的信念支撑着这个失魂落魄的我。即使如今她声名赫赫，我的心情依然没有丝毫改变。只有一点，我的才能与她差距太大，这次被抛弃的事让我更加清醒——不是才能差距过大，而是我完全没有才能。"

"才没有这回事。"

水池的光刺得本多眯起眼睛，他敷衍了一句。

"不，我已经明白了。我自己是弄明白了，不过事到如今，我清楚地知道了桢子小姐一定从一开始就知道我毫无才能。还有比这更残酷的事情吗？她明明一开始就知道我是个毫无才能的女人，却指挥着我对她言听计从，偶然给我个好脸色看看，最大限度地利用我。这次竟然弃我如敝屣，让另一个有钱的弟子伺候着她去欧洲旅行了。"

"无论你有没有才能，桢子小姐都是才能出众的人，才能本来就是残酷的东西啊。"

"就像神明是残酷的一样……但是本多先生，被神明抛弃之后该如何活下去呢？没有了逐一审视我的所作所为的神明，我究竟该如何是好呢？"

"相信自己如何？"

"您说相信，我甚至无法相信不会背叛我的隐形神明。我只有相信一个始终盯着我，说着那样不行、这样不行，手把手告诉我该怎么做的神明才行啊。如果不是一个能让我在她面前无法隐瞒，在她面前就能得到净化，不需要羞耻的神明，相信又有什么用呢？"

"你永远是个孩子，还是个母亲。"

"是啊，您说的没错，本多先生。"

椿原夫人眼中已经盈满泪水，就要夺眶而出了。

此时，在水池中游泳的客人有真柴家的三个孙辈和新来的两对夫妇，然后香织宫也跳进水中，几个人开始互相扔绿白条纹的大橡胶球玩儿，水声、叫喊声和笑声让飞散的水光愈发灿烂。人与人之间摇晃的蓝色水面突然掀起激昂的浪头，悄悄舔舐池子角落的水被人们沐浴在阳光下的尖锐背部切开，露出池水闪亮的伤口。不过伤口在瞬间痊愈，摇晃着、膨胀着将人们包围。水池另一边，和悲鸣共同升起的水花让无数黏液质地的光环细心地舒展又蜷缩。

飞在空中的橡胶球上，绿色和白色的条纹也会在飞起的瞬间清晰地映出光影。本多想，无论是水色和泳衣的色彩，还是玩耍的人们，与自己都没有深厚的情感和缘分，为什么一定数量的水花跃动和人们的笑声、叫喊声会在他的心中形成某种悲剧性的构图呢？

是太阳的原因吧。本多突然抬头仰望在阳光中摇曳的蓝天，打了个喷嚏。就在这时，椿原夫人已经用手绢捂住了脸，带着熟悉的哭泣声说："大家好像都很开心啊。打仗的时候，谁能想到会迎来这样的时代啊。哪怕只有一次也好，我真希望晓雄也能有这样的回忆。"

庆子和月光公主穿着泳装，在梨枝的带领下出现在阳台，此时已经过了下午两点。因为等待时间太长，本多觉得两人的出现已经极为理所应当。

隔着水池看去，庆子包裹在黑白竖条纹泳装里的身体丰满而美丽，完全不像将近五十岁的女人。从小接受西式生活让她的双腿与日本人不同，形状和长度都很匀称。她的姿势太优美，就算正在侧身与梨枝交谈，身体也呈现出雕塑般威严的曲线，胸部和臀部匀称地隆起，展现出圆润的肉体。

在她身边，月光公主的身体与她正好相反。月光公主穿着白色的泳装，一只手拿着白色橡胶泳帽，另一只手梳理着头发，右脚脚趾微微向外张开，姿势悠闲。从远处看去，那双腿向外扭的角度让人心动，带着某种热带气息的不协调。强韧而纤细柔软的双腿支撑着有一定厚度的胴体，让人感到一种不均衡的危险，这是与庆子的身体最大的不同。而且白色的泳衣更突显出褐色的皮肤，泳衣包裹着的胸部高高隆起，本多一下子想到了阿旃陀石窟壁画中濒死的舞女。她微笑时露出的牙齿比白色的泳装更加洁白，从水池另一边也看得一清二楚。

本多从椅子上起身，迎接他翘首以待的人一步步向他走近。

"这样人就齐了吧。"

梨枝小跑到本多身边说，但是本多没有回答。

庆子向宫妃殿下致意，也对水池中的殿下挥了挥手。

"冒险结束了，我都筋疲力尽了。"庆子用完全听不出一丝疲倦的圆润声音说，"我这个糟糕的司机一直从轻井泽把车摸爬滚打地开到了东京，在东京接上月光公主后又开到了这里。总算是到了。不过我一开车，不知道为什么其他车都会让开，简直如入无人之境。"

"他们都被你的威严压倒了吧。"

本多说完，梨枝不知为何也发出了尖锐的笑声。

在他们交谈的这段时间里，月光公主看着波光粼粼的水面入了迷，漫不经心地背对着桌子摆弄白色泳帽。白色橡胶的内侧不时翻出，散发着涂过油一样的妖艳光亮。本多完全被月光公主的身体吸引，很久以后才注意到她手指上的绿色光彩。她手指上带着金色护门神守卫着的翡翠戒指。

看到戒指的一瞬间，本多高兴得无以复加。这是月光公主原谅他的标志，带着戒指的月光公主再次成为原本的月光公主。本多年轻时学习院森林中的喧嚣，暹罗的两位王子，王子眼中的忧郁，传到夏日终南别墅庭院中的月光公主的讣报，长久的时间，在曼谷谒见年幼的月光公主，邦派因的沐浴，战争结束后在日本找到的戒指……本多过去拥有的，一切对热带的憧憬再次被这枚戒指联系在一起，编入黄金连锁中。正因为有这枚戒指，月光公主才成为在本多错综复杂的记忆中不断唤起的、一连串沉闷耀眼的音乐主旋律。

本多耳边传来蜂鸣，他闻到了盛夏的风中炒麦子的香味。这座庭院中没有格外爱花之人，所以没有富士山夏季原野中争奇斗艳的瞿麦和龙胆花，但是风中微微混杂着原野的味道，偶尔还会传来美军基地中将那一片天空染成黄色的灰尘味道。

本多立刻感到月光公主的身体在他身边呼吸。不仅仅是呼吸，那具身体迎着夏日，像特别容易感染某种疾病一样，连指尖都染上了夏日的气息。她的肉体散发的光泽就像泰国市场上在合欢树的阴影下出售的奇异水果，果实已经成熟，那应季的赤裸身体是一个成就，一个约定。

仔细一想，本多上次见到这具身体已经是十二年前了，那时月光公主只有七岁。他现在还能清楚地记得她孩子气、有些大过头的肚子，如今已经微微凹陷，而当时平坦的胸膛如今已经膨胀挺起。月光公主正好被水池中的喧闹吸引，此时正背对着桌子，泳装背后的带子在脖子上打了个结，从两边落下后在腰上连在一起，裸露的后背呈现出一道流畅的沟壑，一直延伸到臀部的缝隙，在缝隙上方尾椎骨的部分略作休息，甚至可以看到小小的隐秘水潭。隐藏在泳衣之下的圆润臀部形状优美，就像满月时月出的轮廓，裸露的肉体上聚集着夜晚的凉气，而隐藏的肉体反而散发着光明。遮阳伞将细腻的肌肤分出阴影和光明，阴影中的一条手臂像青铜一样暗淡，阳光下的一条手臂直到肩膀都仿佛磨光的花梨木。细腻的纹理并不会彻底排斥空气和水，而是像琥珀色的兰花花瓣一样水润。远看时纤细的骨骼近看时小巧而结实。

"可以游泳了吧？"

庆子说。

"嗯。"

月光公主活泼地转身一笑。她等的就是这句话。

这时，月光公主先把白色泳帽放在桌上，双手挽起乌黑的长发。本多在恰到好处的位置看到了她这一连串麻利甚至粗鲁的动作，紧紧盯着左侧腋下。泳衣的上半部分就像围裙，从胸部上方绕过脖子的带子在背后的两边固定，由于开叉过大，甚至可以看到乳房的下部，只有胸部两边细细的带子盖住腋下。而且虽然腋下平时也能看到，但双手举起时带子微微被拉起，以前从没看到过的部分也一览无余。本多看得很清楚，那片肌肤与其他地方一样紧密地连续，没有任何阴影或接缝，在阳光下泰然自若，没有任何黑痣的痕迹。本多心中涌起喜悦。

将隆起的头发紧紧塞入泳帽，月光公主和庆子一起走进水池。当庆子发现指尖还夹着香烟而转身回到桌旁时，月光公主已经进入水中。本多看到梨枝正好不在旁边，凑到在烟灰缸中弹烟灰的庆子耳边说："月光公主是戴着戒指来的。"

庆子什么都没说，只是潇洒地眨了眨一只眼睛，平时看不见的小皱纹隐隐出现在眼角。

本多呆呆地看着两人在池中游泳时，梨枝回来坐在他身边。看着月光公主像海豚一样从水面上跃起，然后带着笑容在一瞬间没入波光粼粼的水中。梨枝用沙哑的声音说："啊，那样的身体应该能生很多孩子。"

四 十 四

晚上在书房打发时间时，普通书籍实在看不进去。

本多打开平时不常开的抽屉，看到了随意放在里面的审判记录副本，无聊地看了起来。那是昭和二十五年一月宣判的判决书，让本多得到了现在的财产。

本多将用黑色绳子缝在一起的记录展开放在大文件夹上，那是摩洛哥皮质的英式文具套装中的一件。

取消明治三十五年三月十五日，农商务省下达的林字第5609号指令，即对原告做出的难以返还国有山林的指令。

被告应向原告返还附件目录中记载的国有山林。

诉讼费用由被告负担。

起诉最初在明治三十三年提出，三十五年时一度被驳回，在此后的半个世纪中，原告不在意历史变革执拗地起诉，在本多接手后胜诉不过是凑巧。福岛县某地的山林与本多原本毫无关系，如今却支撑着本多的财富和腐败，真是不可思议。到了夜里，那片荒无人烟的杉木林和树下潮湿的野草都是大自然不断生长的结果，为了让本多过上今天的生活。如果明治末期某位不知名的行人走过山路，看着长矛般的杉树穿透蓝天，会被那份崇高的景色打动，然而当他得知这一切仅仅是为五十年后的愚蠢效劳，不知会做何感想。

本多侧耳倾听。虫鸣尚不频繁，妻子在隔壁卧室中沉睡，整个房子陷入深夜，被转瞬间聚集的凉气侵占。

水池开放到五点，除了庆子和月光公主，其他客人应该都已经离开。今西和椿原夫人固执地留下了，他们从一开始就打算住下。这给晚餐和房间分配都带来了麻烦，而椿原夫人并不会在意这些。

晚上八点，本多夫妇、庆子、月光公主、今西和椿原夫人六个人吃完了晚餐。此后，厨师和服务生开始整理行李，客人来到庭院中乘凉。今西和椿原夫人去了凉亭，久久没有回来。

本多一开始的计划是让庆子住在最靠里的客房，月光公主住在与书房一墙之隔的客房。但是因为今西和椿原夫人要留宿，只能让庆子和月光公主一起住在书房隔壁，把今西和椿原夫人赶到里面的房间。到了这时，本多愉快地欣赏月光公主独自一人时放松的睡姿的算盘已经落空。既然要和庆子一起住，月光公主一定会选择拘谨的睡姿。

审判记录的每一个字，本多都没看进去。

六、训令第四项第十五号"此外，幕府及各藩的制度承认其所属事实的物品"。意思是：除一号至十四号所列具体事项之外，普遍认可所属事实的物品应该返还。所谓普遍认可所属事实的物品……

本多看了看表,距离十二点已经过去五六分钟了。突然,本多的心仿佛被黑暗中的什么东西攥住了。他感到一阵灼热而无法比拟的甜美悸动。

他已经熟悉了这种悸动。当他躲在夜晚的公园里时,当翘首以盼的事情即将在眼前展开时,红色蚂蚁就会一齐聚集在心脏附近,引起与此时相同的悸动。

这是一种雪崩。这种黑暗蜂蜜的雪崩用令人晕炫的甜蜜包裹住整个世界,折断理智支柱,用机械式的快速鼓动刻下一切感情。一切都融化了,就算想要反抗也无能为力。

雪崩是从什么地方开始的呢?官能的深邃巢穴藏在某处,它从遥远的地方传来指示,再贫弱的触角都敏感地随之摇曳,必须抛下一切开始奔跑。快乐的叫声和死亡的叫声何其相似!一旦受到呼唤,眼前的所有工作都不再重要,写到一半的航海日记、吃到一半的食物、只擦了一只的皮鞋、刚刚放在镜子前面的梳子,就像全部船员全部消失、还系着缆绳的幽灵船一样,必须抛弃一切手头的工作离开。

悸动就是雪崩的征兆。尽管本多知道即将开始的事情只能称之为丢人和丑恶,但这股悸动中必然存在彩虹般的华丽,闪耀着难以与崇高区分的光芒。

这是难以与崇高区分的东西,因此才蹊跷。促使人们做出高尚或壮烈行为的力量,与怂恿人们享受猥琐的快乐,实现丑恶的梦想的力量完全出自同源,伴随着相同预兆的悸动,这真是令人无法直视的真相。如果下流的欲望只会不时投下下流的影子,最初的悸动中并没有闪烁着崇高的诱惑，那么人们尚可保持平静的自尊生存下去。诱惑的根源往往不是肉欲，而是自以为是的、模糊不清的、在云朵之间若隐若现的银色崇高幻影，如山峰般高耸。它是"崇高"的粘鸟胶，首先将你俘获，然后让你在难以忍受的焦躁中憧憬光明。

本多急不可耐地站起身来，偷偷看了一眼旁边漆黑的卧室，确定妻子已经睡熟，然后又独自回到明亮的书房。有史以来，他始终在书房独处，就算来到历史的终结，他依然会独自留在书房中。

他关上了书房的灯。月光如水，映照出家具的轮廓，光亮的山毛榉桌面仿佛是光洁的水面。

本多靠在墙边的书架上，仔细聆听隔壁房间的动静，不过那两个人似乎已经睡下了，听不见交谈声。也许两人在无法入睡的夜里卧谈，不过完全听不见清晰的话语。

本多从书架上抽出了十本外国书，露出用来偷窥的小孔。外国书的数量是固定的，书名也是固定的，都是古旧的德语法律书籍，是父亲传下来的烫金皮质封面书。本多的手指已经清楚地记住了每一本的厚度差异。抽出的顺序也是固定的，手上的重量可以预测，灰尘的气味也很熟悉。这些庄重而威严的书籍的触感和重量、正确的排列方式是获得快乐不可或缺的手续。本多郑重地移开这些观念上的石墙，将思想冷酷的满足转换成隐秘的陶醉——没有比这更重要的仪式了。本多每次取出一本书，都会小心地轻轻放在地上。每放一本，他的心跳就加快一分。第八本是格外沉重的大书，抽出它时，本多的手因为那快乐的金沙的重量而麻痹。

不能撞到头，眼睛也不能撞到小孔，这种精妙的熟练同样十分重要。每一件小事都很重要，不可动摇。就像祭祀仪式一样，为了窥见光芒耀眼的另一个世界，每一个细节都不能忽视。他是独自置身于黑暗中的祭司，要严密守护脑海中花费了漫长的时间构思完成的仪式（他陷入迷信，如果忘记一项细节，整个仪式都会土崩瓦解）。他首先轻轻将右眼贴在了小孔上。

隔壁房间只开了台灯，透出点点昏暗的灯光。本多事先使了些小手段，让松户把墙边的床也稍稍移开了一些，这样一来，两张床都能尽收眼底。

在朦胧的光线中，复杂地纠缠在一起的肢体就在本多眼前的床上蠕动。白色的丰腴肉体和浅黑的肉体冲着相反的方向，姿势极其放纵。可以说那个姿势是心灵与肉体的结合，酝酿出爱意的脑髓渐渐接近最遥远的部分，获得均衡后细细品尝自身酿出的美酒，自然而舒展。影子般漆黑的头发和同等漆黑的毛发亲密结合，纠缠交织，贴在脸上的碎发湿润，成为爱情的标志。燃烧的光滑大腿和燃烧的脸颊亲密贴合，柔软的小腹悄悄起伏，仿佛是月夜的港湾。尽管听不见声音，但既非欢喜也非悲伤的呻吟传遍全身。暂时被双方抛弃的乳房天真无邪地朝向光明，不时像触电一样颤栗。乳晕中隐藏的夜之深沉，以及令乳房颤栗的遥远安乐显示出肉体各处依然处于疯狂的孤独之中。她们急于更加靠近、更加亲密、更加融合却无法实现，在遥远的彼方，庆子染红了指甲的脚趾一根根分开又闭合，仿佛踩在灼热的铁板上，结果却只能踏进空虚的昏暗空间。

本多知道那个房间中也充斥着山里的凉气，但他感到小孔的对面宛如火炉内部一般灼热。那是耀眼的火炉，尽管月光公主背对着他，让他感到遗憾,不过他白天在水池边一览无余的背部沟壑中正静静流淌着汗水,汗水渐渐流出,坠入昏暗的侧腹。本多仿佛闻到了甜腻的热带果实刚刚打开时的果肉清香。

庆子侧了侧身子,好像要压在对方身上,月光公主埋在庆子光滑大腿间的头微微仰起,乳房自然而然地显现出来。她右手抱住庆子的腰,左手轻轻抚摸着庆子的小腹,在夜晚舔舐码头的小小水声时断时续。

自己的爱情归结遭到如此背叛,本多甚至忘记了惊讶。因为他第一次见到如此真挚而美丽的月光公主。

月光公主仰着头闭着眼睛,额头半埋在庆子不时痉挛的腿间。她的鼻孔没有冷淡地收缩,而是保持着柔和可爱的形状,庆子的毛发像合欢树叶一样深深插入其中。月光公主的上唇张开呈弓形,嘴唇湿润,匆忙吮吸的动作给纤细的下巴到脸颊蒙上了一层昏暗的光。这时,本多发现月光公主长长的睫毛间流下一滴泪水,仿佛有生命一般滑落在脸庞。

一切都在无限的波动里冲向闻所未闻的顶峰。为了达到无人梦到、无人渴望的无上境界,两个女人拼命合作。本多觉得自己仿佛看到那闻所未闻的绝顶像一顶辉煌的王冠一样浮现在昏暗房间的空中。那是一顶暹罗风格的满月王冠,它高悬在空中,俯视着两个蠕动的女人,恐怕只有本多才能看到那梦中的景象。两个女人交替压在对方身上,然后又倒下,倒在喘息和汗水中。王冠冷冷地飘浮在触手可及却始终无法到达的地方。

在梦想的顶点,那闻所未闻的金色境界显身之时,眼前的景象突然发生变化，在本多眼皮底下纠缠的两个女人的表情只能用痛苦来形容。肉体的碰撞无法随心所欲，皱紧的眉头中浮现出痛苦，火热的肢体仿佛在挣扎着离开灼烧身体的东西。没有翅膀。她们不断徒然地从束缚、苦恼中逃走，肉体紧紧拽住她们，仿佛在安慰她们。

月光公主美丽的黑色乳房彻底被汗水濡湿，右边的乳房被庆子的身体压到变形，左边的乳房有力地上下起伏，被抚摸庆子小腹的左臂轻轻拥住。乳头在不停摇晃的圆形肉坟上打盹，汗水为这座红土堆成的新坟洒下雨水的光泽。

这时，月光公主仿佛是嫉妒庆子的腿可以自由行动，想要将那双腿据为己有，左手高高抬起抓住庆子的腿，紧紧贴在自己脸上，仿佛就算不能呼吸也无所谓。庆子白皙威严的腿完全盖住了月光公主的脸。

月光公主的腋下显露出来。在左侧乳头的左边，此前一直被胳膊挡住的地方，褐色肌肤像蕴含着夕阳残照的黄昏天空，三颗极小的黑痣历历在目，仿佛空中的星辰。

本多大吃一惊，仿佛眼睛被箭刺穿。

他侧头想要离开书架。

就在这时，有人轻轻敲了敲他的背。

本多将头从书架的小孔中抽出，穿着睡衣的梨枝脸色苍白，站在他身后怒目而视。

"你在干什么？我就猜到会是这样。"

本多让妻子看自己汗津津的额头，完全不觉得扭捏，因为他已经看见了黑痣。

"你看看，那些黑痣……"

"你说让我看？"

"你先看看吧，果然如此。"

梨枝在面子和好奇心之间犹豫了很久。本多毫不在意，他走到凸窗旁边，坐在长椅上。梨枝凑到了小孔旁边。本多没见过自己做这种事情时的样子，他无法忍受妻子此时的下流姿态。不过，夫妇俩终究走到了这一步，做出了同样的行为。

他隔着纱窗寻找隐藏在云中的月亮。月光藏在云中散发着光芒，为云朵镶了一道亮边，几朵云彩庄严相连。星光黯淡，只能看到柏树林边有一颗格外明亮的星星。

梨枝看完后打开了房间里的灯，脸上放着欢喜的光芒。

她走到凸窗旁，坐在长椅一边。梨枝已经痊愈了，她用低沉温暖的声音说："真叫人吃惊……你一直知道此事吗？"

"不，今天是第一次知道。"

"但是你刚才不是说'果然如此'吗？"

"不是你想的那样，梨枝。是黑痣，你曾经翻过我在东京的书房，看过松枝的日记吧。"

"谁翻过你的书房啊。"

"这种事怎样都好。总之我听说你读过松枝的日记。"

"是吗？我对别人的日记没兴趣，不记得了。"

本多让梨枝去卧室为他取来雪茄，梨枝麻利地照办了，甚至用手挡住纱窗里吹来的风，为他点上了火。

"松枝的那本日记里有转生的关键。你应该也看到她左边腋下的三颗黑痣了吧，松枝也有那些黑痣。"

梨枝觉得事不关己，对本多的话完全没有兴趣。她也许认为这都是丈夫的托词吧。本多为了勾起妻子与他的共同回忆，又逼问了一次。

"是吧？你看到黑痣了吧？"

"是吗？不知道。比起这个，我们发现了不得了的事情，这种事没人知道吧。"

"所以月光公主是松枝的转生。"

梨枝怜悯地盯着丈夫。这个相信自己已经痊愈的女人如今打算治愈他人，这不是很自然吗？这个粗暴坚信现实的女人打算用这份像海水一样浸染她皮肤的粗暴感染丈夫。梨枝明明曾经一度想要改变现状，当她明白就算不改变自己，只需要用眼睛看，世界就会改变之后，她认为相信现实才是更聪明的做法。此时的梨枝已经不再是以前的梨枝了，她温柔地蔑视丈夫的世界。她不知道，其实她这一看就已经与丈夫同流合污。

"你说转生什么的，太荒谬了。我才没读过什么日记。不过我现在总算松了一口气。你应该清醒了吧，我也是的……一直在为子虚乌有的事情担心。这就是所谓与幻想为敌的意思吧。这样一想，我突然觉得好累。不过已经结束了，这样一来就再也没有值得烦恼的事了。"

夫妇俩隔着烟灰缸坐在长椅两边。本多担心梨枝着凉，关上了玻璃窗，于是雪茄的烟雾逐渐在灯光下蔓延。两人沉默不语，但与白天的沉默不同。

本多在瞬间想到，如果自己和梨枝能像世间大部分夫妇那样通过看到可怕的事情而心灵相通，将道德的正确性愉快地挂在胸前，就像洁白干净的围裙，一日三次坐在餐桌前自豪地吃饱肚子，依然拥有蔑视离经叛道的权力该多好。但是事实上，两人却成为偷窥夫妇。

尽管如此，两人看到的东西并不相同。在本多发现真相时，梨枝看到的是虚妄，不过通往此处的疲惫和尚未痊愈的徒劳是共通的。之后两人需要做的只剩相互安慰了。

过了一会儿，梨枝打了一个仿佛能看到地狱最深处的哈欠，一边整理碎发一边说了一句十分有道理的话："我说，我们还是考虑收养一个孩子吧？"

从那个瞬间开始，死亡从本多心里飞走了。现在，本多有理由相信自己也许不会死，他一把揪掉沾在嘴上的雪茄叶子，毅然决然地说："不，两个人生活更好，最好不要有继承人。"

本多和梨枝都是被激烈的敲门声吵醒的，然后立刻闻到了烟味。一个女人的声音大声喊着："着火了！着火了！"夫妇俩手挽着手走到门外，二楼走廊已经是烟雾弥漫，来通知的人不见踪影。夫妇俩用袖口捂住嘴，在呛人的烟雾中走下楼梯。水池中的水在发光，总之只要尽早跑到水边就能得救。

走出阳台后，两人看到庆子和月光公主正在水池边相拥着大喊。尽管没有开灯，但两人的倒影在池水中清晰可见，说明火势已经蔓延到整个房子。本多看到披头散发的庆子和月光公主都穿着自己带来的睡袍，为她们的谨慎而感到惊讶。本多和梨枝都穿着睡衣。

庆子说："我是被烟味呛醒的，火是从今西的房间烧起来的。"

"刚才是谁敲了我们的门？"

"是我……我也敲了今西的门，他没有起来。太糟了。"

"松户！松户！"

本多大声呼喊沿着水池走来的松户。

"今西先生和椿园夫人危险了，你能去救救他们吗？"

松户抬头看向二楼，今西的房间和庆子的房间窗户中都涌出大量白烟，火光冲天。

"不行啊，老爷，"司机深思熟虑后回答，"已经无计可施了，他们为什么没有逃出来呢？"

"一定是安眠药吃多了。"

庆子在一旁说。月光公主听了她的话，趴在庆子胸口哭了起来。

屋顶被烧毁了，火焰突然蹿高。空中到处都是飞舞的火星。

"用这里的水如何？"

本多看着池水中浮现出火焰鲜红的倒影，仿佛用手一碰就会烫到，随口提出一个不合理的建议。

"是啊，灭火已经来不及了，不过接待室的贵重物品也许应该泼些水试试。要我去取水桶吗？"

松户询问主人的意思，却依然纹丝不动。

本多已经开始考虑其他事情。

"消防车呢？现在究竟几点了？"

没有人带表，手表都留在房间里了。

"四点零三分,天马上就要亮了。"松户说。

"你竟然带了表。"

这种时候还不忘记讽刺人,本多觉得自己已经冷静下来了。

"这是长年以来的习惯,我总是戴着手表睡觉。"整整齐齐地穿着裤子的松户回答。

梨枝茫然地坐在收起的遮阳伞旁边的椅子上。

本多看到趴在庆子胸前的月光公主已经起身,匆匆忙忙翻找着睡袍胸前的口袋,取出一张照片。火焰照亮了照片,本多本来没打算偷看,但全裸的庆子靠在椅子上的样子清晰地映入他的眼帘。

"太好了,照片没有烧掉。"

月光公主抬头看着庆子微笑,洁白的牙齿在火焰中闪闪发光。各种错综复杂的念想中,正确的记忆浮现出来。本多想起那张照片正是那次克己闯进卧室前,月光公主看入了迷的照片。

"你真傻。"庆子姿势婀娜地抱住她的肩膀问,"戒指还在吗?"

"戒指?啊呀,忘在房间里了。"

本多清清楚楚听到了月光公主的回答。

本多现在依然害怕会有人浑身是火,冲着二楼朝外的窗子发出凄厉的尖叫。那里如今确实正在发生死亡,也许死亡已经结束。或许正因为如此,在吱呀作响的轰鸣声中,火灾依然令人感到静寂。

消防车迟迟不来。本多想到可以用庆子正在改造的别墅中的电话,便让松户去给位于二枚桥的御殿场消防署打电话。

火势已经笼罩了整个二层,就连一层也冒出白烟,因为风正好是从西北方富士山的方向吹来的，所以烟雾并没有随风飘到水池边，背后传来的是破晓前的寒气。

火势时刻在发生变化，嘎吱声仿佛在火焰中大步行走的脚步声，不时传来物体断裂的声音，每当听到这个声音，本多就会猜测是书在燃烧，是桌子在燃烧。他的脑海中浮现出书页被火烧成翻卷的玫瑰花瓣的样子。

火焰越来越高，渐渐超过了烟雾。热浪甚至传到了水池边，每一股热风都掀起燃烧后的碎片。它们在化为灰烬前的瞬间呈现出金黄色，让人联想到拍打着金黄色翅膀，热热闹闹一齐离巢的小鸟。冲天的火焰照亮了天空的一角，藏在破晓前的黑暗中的横云轮廓清晰可见。

二楼屋子里传来一声横梁落地的声音，接下来，火焰撕裂外墙，包裹着窗框落进水池中。火焰给下落的黑色窗框镶上了繁复的装饰，一瞬间幻化为暹罗大理石寺院的窗户。水花四溅，窗框发出东西煮过头的声音劈开四周的空气。人们纷纷从水池周围退开。

逐渐失去外墙的房屋就像正在燃烧的巨大鸟笼。纤细的火焰破布从一切缝隙间涌出、摇曳。房屋在喘息，仿佛火焰之中是生命本质深处激烈气息的源头。尽管火焰中偶尔会浮现出熟悉的家具或者过去生活的影子，但是被耀眼的火光覆盖后立刻分崩离析，自身也变成欢喜的火焰。冲出的火焰像蛇一样迅速爬升，隐藏在烟雾之中，突然从密集的黑烟中露出糜烂的面孔……一切都随着无比迅捷的动作推进，火与火携手，烟与烟融合，向同一个顶点攀升。燃烧的房屋倒转着在水中深深砸下火焰之锚，水池深处能看到破晓前的天空在火焰尖端透明清澈。

　　风向变了，烟雾向水池边飘来，于是人们都从水池边远远退开。所有人都闻到了烟味中无法分辨的、人肉烧焦的味道，但是没有人说出口，只是用双手紧紧堵住鼻孔。

　　梨枝说夜露已经降下，最好去凉亭那里，于是三个女人背对着火焰，沿着昨天刚刚修整过的草坪斜坡向凉亭走去，只有本多留在原地。

　　因为从刚才开始，他就一直觉得这幅情景曾经在什么地方见到过。

　　火焰、映出火光的水、燃烧的尸体……正是贝拿勒斯。本多在那处圣地见过终极，不可能不梦想着那幅场景能够重现。

　　房屋是柴火，生活是火焰，一切归于灰烬。除了本质的东西之外，什么都不重要了，隐藏的巨大面孔从火焰中猛地抬起头。笑声、悲鸣、啜泣，一切都被吸进火焰的嘎吱声中，淹没在爆开的木材、扭曲的玻璃、房屋颤抖的轰鸣声中，声音本身又被静寂包裹。燃烧中的屋顶瓦片裂开落下，解除了一道道束缚，房屋呈现出前所未有的辉煌赤裸。一楼角落的外墙还没有被烧掉，肉色的外墙从四周开始起皱，眼看着变成了茶褐色，火焰凶暴的拳头穿过渗出的烟雾，火焰打开了喷头，顺滑涌出的速度比梦中更加巧妙。

　　本多拂去溅上肩头和袖子的火星，水池上铺满了燃尽的木片和像海藻一样聚集在一起的灰烬。但是火焰的光辉穿透了一切，火葬场的火焰倒映在这片狭小的、被限制的水域中，倒映在这片为月光公主而建的神圣水池中。与倒映在恒河中的葬火有何不同呢？这里的火同样是由柴火与两具尸体组成,那尸体不易燃烧,恐怕在火中多次弹起,抬起手臂,明明已经感受不到痛苦,只有肉体描绘出痛苦的姿态,不断抵抗着毁灭。准确来说,眼前的火焰与黄昏中台阶码头鲜明的火焰本质相同。一切迅速回归四大①,烟雾弥漫在高空。

这里只缺少一样东西,这就是在火焰对面转过身紧紧盯着本多的那头白色圣牛的脸。

消防车到达时,火势已经减弱。不过消防员们还是敬业地在房屋各处洒上了水。他们试着救了人,但只发现两具焦黑的尸体。警察请本多一起勘察现场,因为台阶已经倒塌,本多没办法上二楼,于是他放弃了。警察听说了今西和椿原夫人的性癖,认为着火的原因多半是两人在床上抽烟。如果他们是在凌晨三点吃了安眠药,那么药物生效的时间以及烟草从指间掉落在被褥上起火的时间就和今西生前说过的话完全吻合。本多不觉得他们是自杀,当警官说出"殉情"两个字时,庆子不慎重地笑了。

现场的事情告一段落,本多还要去警察局做笔录,看来今天会是忙碌的一天。只能让松户买些东西来当早餐了,但是商店几个小时后才会开门。

因为没有别的地方可以落脚,大家都自动集中在凉亭里。在凉亭里,月光公主结结巴巴地说,刚才为了躲避火焰过来的时候,看见草丛里钻出了一条蛇,茶色的鳞片在远处的火光中油光发亮,很快就逃

---

① 构成宇宙万事万物的因素:地、水、火、风。

走了。听了她的话，女人们更觉得毛骨悚然。

那时，拂晓的富士山呈现出红瓦般的色泽，只有接近山顶的地方闪烁着一抹雪色，映入凉亭中众人的眼帘。就算在这样的情况下，本多依然立刻下意识地将盯着红色富士山的目光转向旁边的天空。然后，一座截然不同的、洁白耀眼的冬日富士山浮现在空中。

四 十 五

昭和四十二年，本多碰巧受东京的美国大使馆邀请，在晚餐会上见到了曼谷的美国文化中心长官。这位美国人的夫人是位三十多岁的泰国女性，大家都说她是泰国公主。本多坚信她就是月光公主。

昭和二十七年，月光公主在御殿场起火后不久就回国了，从此杳无音信。没想到十五年后，她作为美国人的妻子回到了东京。在那一瞬间，本多对此深信不疑。这并非不可能，夫人第一次被介绍给他时，像从来不认识本多一样寒暄，这也是月光公主会做的事。

晚餐时，本多偶然会看向夫人，但她坚决不说日语。她那一口美式英语和美国人完全一样。本多心不在焉，多次对身边的夫人做出文不对题的回答。

吃完饭后，众人在另一间屋子里用餐后酒。本多靠近穿着玫瑰色泰国丝绸礼服的夫人，终于找到了与她单独说话的机会。

本多问她认不认识月光公主。

"何止认识，她是我的双胞胎妹妹啊，不过她已经去世了。"

夫人爽朗地用英语回答，本多急忙追问月光公主去世的原因和时间。

下面是夫人的回答。

从日本留学回来后，父亲得知她这次留学完全没有成效，决定再将月光公主送去美国留学。但是月光公主不同意，选择在曼谷的宅邸中，被花朵环绕着慵懒度日。在二十岁的春天，月光公主突然死去了。

根据侍女的说法，月光公主独自走出了庭院，站在凤凰树如烟的红色花朵下。庭院中明明没有其他人了，侍女却听见月光公主的笑声从树下传来。侍女在远处听到后，觉得公主一个人在笑很奇怪，那是清澈可爱的笑声，在碧蓝如洗的晴空下回荡。笑声停止，过了一会儿，变成了尖锐的悲鸣。侍女冲到月光公主身旁的时候，她已经被眼镜蛇咬到小腿倒下了。

医生一个小时之后才赶来。在这段时间里，月光公主眼看着出现了肌肉松弛、运动失调的症状，说自己犯困，眼前出现了重影。接下来，她的延髓开始麻痹，流口水，呼吸越来越慢，脉搏迅速而不稳。医生赶到的时候，月光公主已经在最后一次痉挛后断气了。